モブに転生したら、断罪後の悪役令嬢の身代わりにされました

風見くのえ

Kunoe Kazami Presents

fairy kiss

この作品はフィクションです。
実際の人物・団体・事件などに一切関係ありません。

モブに転生したら、断罪後の悪役令嬢の身代わりにされました

fairy kiss

プロローグ　知らぬ間の開幕

「グレース・クロエ・サンシュユ公爵令嬢！　俺は、お前との婚約を破棄する！」

由緒正しいオルガリア王国立学園の卒業記念パーティーに、朗々とした声が響きわたる。

たった今婚約破棄を宣言した人物は、キリリとした顔立ちをした黒髪黒目の美青年だ。

「そんな！　オスカーさま、どうしてですか？」

対するのは、豪華な衣装を着た公爵令嬢。銀の髪と青い瞳が印象的な美しい少女だ。

「白々しい。お前がした数々の悪事を俺が知らないとでも思っているのか？　証拠も証人も揃《そろ》っている。お前のような卑劣な人間と、これ以上婚約を続けることはできない！　婚約を破棄して、俺は聖女であるラマフ男爵令嬢と婚約する！」

そう言って黒髪の美青年――――オスカー・ナイト・アルカネット公爵令息は、彼の隣にいた可《か》愛《わい》らしい少女を抱き寄せた。

ストロベリーブロンドと茶色の目をした少女は、シャルロット・ラマフ男爵令嬢。希《け》有《う》な聖女の力を持つ令嬢で、庇《ひ》護《ご》欲を誘う容姿をしている。

グレースの青い目は、キッ！　とつりあがった。敵意丸出しでシャルロットを睨《にら》む。

「…………ラマフ男爵令嬢、これはあなたのせいなのね。私から、婚約者であるオスカーさまを奪うなんて！　この、泥棒猫！」

「やめないか、グレース！　お前のそういう態度が婚約破棄の原因だ！　他人を責める前に己の所業を省みろ！」

　オスカーは、グレースからシャルロットを庇《かば》って前に出た。

　グレースの顔は般若《はんにゃ》のように歪《ゆが》む。

「オスカーさまが私を責めるなんて――それもこれも、みんなラマフ男爵令嬢、あなたのせいよ！　…………うぅっ！　殺してやる！」

　逆上したグレースは、シャルロットに摑《つか》みかかろうとした。

　それをパーティーの警備のために控えていた騎士たちが慌てて取り押さえる。

「……オスカーさま、怖い」

「大丈夫だよ。シャルロット、君は俺が守る」

「放して！　放して！　放しなさい！　殺してやるぅ〜！」

　怯《おび》えたようにオスカーに縋《すが》りつくシャルロット《ヒロイン》と、彼女をしっかり抱きしめるオスカー《攻略対象者》。

　そして二人を怨嗟《えんさ》のこもった視線で睨みつけるグレース《悪役令嬢》。

　これは、よくある乙女ゲームの断罪シーン。

　しかし、ここに、この物語の主人公はいない、いない。

そう。主人公がまったく知らない間に、乙女ゲームははじまり婚約破棄は成されたのだ。

そして、この物語の幕が上がる。

第一幕　魔女の弟子の平穏な日々の終わり

――変な顔。

魔女の弟子のドロシーは、鏡を見るといつもそう思う。

くせ毛でおさまりが悪いため三つ編みにしている赤毛は、まあ許容範囲として、大きすぎる青い目も、くっきりと彫りの深い顔立ちも、白すぎて幽霊みたいな顔色も、彼女にとっては違和感ありまくりだ。

とはいえ、今日のドロシーの顔が普段と違うかと言われれば、そうではなかった。生まれて十七年。成長による変化はあったものの、彼女の顔は、いつもだいたいこんなだ。

ただ、その顔を、ドロシーだけが『変だ』と思ってしまう。

（だって、私は、こんな顔じゃなかったもの）

ここでいう『私』とは、実は、ドロシーではない。

では、誰かというと、ドロシーとして、この世界に生まれる前の、日本人――『高山《たかやま》なずな』のことだった。

そう。ドロシーには、前世の記憶があるのである。

しかも、この世界とは違う世界の記憶だ。

――高山なずなは、地方都市から東京の大学に進学し、そのまま都内に就職したという、ごくありふれた経歴を持つ一般人。容姿も、格別に美しくもなければ醜くもないという、平均的な日本人女性だ。享年は、三十歳。トラックではなく、バイクにひかれて亡くなったので、トラック転生ならぬバイク転生をしたと言うべきだろう。

前世では三十年間、毎日なずなは自分の顔を見て暮らしている。自宅にも会社にも鏡はあったし、通勤途中の電車の窓にも、通りがかったビルのウィンドウにも、仕事で疲れたなずなの顔が映っていたからだ。

比べて、今のドロシーは十七歳。あまり裕福でない平民の家に生まれた彼女は、幼少時から自分の顔をしみじみと見たことがなかった。鏡も透明なガラスも、この世界では貴重品。顔を映すのは、水を張った瓶《かめ》くらいで、それも長々と眺めていられるような暇なんてなかったのである。

（だから、いつまで経《た》ってもこの顔を見慣れないのよね。……それにしても、異世界に転生して魔女になるとは思わなかったわ。三十歳まで童貞だと魔法使いになれるって話は聞いたことがあったけど、女性もそうだったなんて知らなかった）

前世のなずなは、独身だった。恋人もいたことがなかったので、要はそういうことだ。

――この世界には魔力があり、それを使える魔法使い（男）と魔女（女）がいる。どちらもそれほど数は多くはないが、そんなに珍しいというほどでもない存在だ。

だから、ドロシーに魔法の才能があったことは、多少はラッキーだったが、特別すごいことかと言われれば、そうではなかった。

魔法の力自体も、中の中――――いや、下かもしれないくらい。

残念なことに、異世界転生チートは、授からなかったようである。

（チートっていうのは、うちの師匠のことよね）

魔女には徒弟《とてい》制度があり、ドロシーにも師匠がいる。

師匠は、本来であれば王宮仕えの魔女となっていてもおかしくないくらいの力の持ち主だが、堅苦しいのは嫌いなのだそうで、王家に準ずる二大公爵家の片方のお抱え魔女になっている。

雪のような純白の髪と緑の目をした美女で、派手な攻撃魔法も、堅固な防御魔法も、果てはイレギュラーな幻術魔法もお手のもの。天は二物どころか、三物でも四物でも与えるのだという生きた見本のような人物である。

対してドロシーは、攻撃魔法も防御魔法も使えない底辺魔女だった。かろうじて、できるのは簡単な生活魔法と魔法薬作り、そして姿替えの魔法の三つだけ。

姿替えの魔法というのは、目くらましで自分の姿を変える魔法なのだが、誤魔化せるのは他人の目だけなので、ドロシーの目には、いつまで経っても自分の顔は変な顔のままだ。

異世界転生したとはいえ、世の中は物語のように都合よく回らない。

それでも、平穏に生きていけているのだから、それほど悪くもないのだろうと、彼女は思っていた。

（――――すべて世は事もなし――――ってね）

そう、このときまで、ドロシーは本気でそう思っていたのだった。

そんな彼女の人生観？　が、決定的に変化したのは、とある晴れた日の午後のこと。

突然公爵家から呼び出しがきて、ブツブツ文句を垂れ流す師匠を急《せ》かし、二人は立派な公爵邸の門をくぐった。

「私を呼び出すなんて、いったい何さまのつもりなの？」

何さまも何も、雇い主さまである。

「師匠！　聞こえますよ。声を潜《ひそ》めて！」

「いいのよ、聞こえても。……それに、ずいぶん賑《にぎ》やかだから、きっと聞こえないわ」

師匠の言う通り、公爵邸はなんだかけたたましい。玄関の扉を開けた途端、怒号が飛び交っているのが聞こえるくらいだ。

いったいどこの修羅場にきたのかと思うような喧噪《けんそう》で、ドロシーはびっくりしてしまう。

そんな中をマイペースな師匠は、ずんずんと歩いて中に入っていった。

「……案内を待った方が、よくないですか？」

「この騒ぎだもの。こないわよ、そんなもの。それよりさっさと用件を聞いて帰りましょう」

師匠に怖いものなんて、この世にないに違いない。

一番騒ぎの大きい部屋の扉を、師匠は魔法でぶっ飛ばした。

ドドォ～ン！　と大きな音がして、邸《やしき》を震わせながら重厚な扉が倒れる。

「この私を呼びつけておいて迎えにも出ないなんて、いい度胸をしているわね？　いったい、なんの用なの？」

度胸の良さで師匠を上回る人間などいないだろう。

扉を開ける寸前まで怒声の聞こえていた室内は、シ〜ン！　と静まりかえった。

「なんの用かと聞いているのよ？　公爵家の人間は、みんな耳が遠くなったの？」

オラオラと凄《すご》む師匠は――――スタイル抜群の絶世の美女だ。おかげで、どんな傍若無人な行いでも、格好良く見えてしまうのだから、ズルいと思う。

室内には、雇用主の公爵を中心に五人ほど人がいた。

しかし、誰一人師匠の行いを咎《とが》めることはない。

（まあ、美人なのとは別に、ここまで派手に扉を壊せる相手を叱れる人は、そうそういないのかもしれないわよね）

「あ、いやその。急に呼び出して、すまな――――」

ようやく我に返った公爵が、しどろもどろに話しはじめる。

そんな彼の言葉を、一人の少女が途中で遮った。

「そんなっ！　こんな狼藉《ろうぜき》を働く女性に、お父さまが頭を下げるなんて！　……やっぱり、男性はみんな美人が好きなんだわ！　なんだかんだ言ったって、オスカーさまも、あの女狐《めぎつね》の色香にやられたのよっ！　それを、まるっきり私を悪者にして婚約破棄するなんて！　うぅ〜っ！　悔しい！」

そう言ってハンカチを口にくわえ、キィィィイッ！　と唸《うな》るのは、ドロシーとあまり年の変わらない少女である。美しい銀髪をハーフアップにしていて、残った髪の毛は螺旋《らせん》状に巻いて垂らしている。海のように青い目は、公爵とそっくりで、彼女が公爵の娘であることは、一目でわかった。

しかし、その青い目も血走って真っ赤になった白目に囲まれていては、台無しだ。

たしか、彼女の名前は、グレース・クロエ・サンシュユ。現在、この国の王立学園の一年生

――いや、今度二年生になるはずのご令嬢だ。

そこまで思い出したドロシーは、唐突に目をパチパチと瞬いた。

(え？　でも、待って！　私……この子に見覚えがある？)

ドロシーは、公爵家に雇われている魔女の弟子だ。普段は師匠の家で寝起きしており、公爵本人に会ったことも、指で数えるくらい。ましてや公爵の家族に会ったことなど皆無で、当然グレースとも初対面のはずなのに。

(なんで、私はグレースさまを知っているのかしら？　……それに、さっきのオスカーって名前にも聞き覚えがあるわ。……そうよ！　たしか、オスカー・ナイト・アルカネット。――アルカネット公爵家の嫡男で、グレースさまの婚約者だわ)

公爵家に仕えてはいても、師匠は公爵家の話なんてほとんどしたことがない。グレースという令嬢がいることくらいは教えてくれたのだが、婚約者の話なんて一回も聞いたことがなかった。

しかし、ドロシーはオスカーのことを知っている。

(なんで？　なんで？　この記憶は、どこからくるの？)

心に浮かぶのは疑問ばかり。

一方、突然グレースに、公爵からの説明を遮られた師匠は、ムッとしていた。緑の目が不機嫌に眇《すが》められ、公爵を睨む。

公爵は、ヒッと息を呑《の》み、慌ててとりなすように話しはじめた。

「あっと、その……実は、先日娘は学園で、急に婚約者から婚約破棄を告げられてしまい、その件で力を貸してもらえないかと思って、連絡したのです」

それを聞いた瞬間、ドロシーは、え？　と思った。

（なんで？　婚約破棄は三年の卒業式のはずでしょう？　グレースさまは、まだ一年生よね？）

咄嗟《とっさ》にそう思った自分に、自分で首を傾《かし》げる。

（私ったら、どうしてそんなことがわかるのかしら？）

疑問はますます大きくなるのだが、同時に彼女はもっと多くのことを思い出した。

――――グレースの婚約者のオスカーは、黒髪黒目の爽やかなイケメン。真面目で正義感が強く、聖女という存在に心酔している。

――――入学後たちまちオスカーと仲良くなった聖女に、グレースが嫉妬して悪事を働いたため、それを知ったオスカーに、婚約破棄される。

（……これって、乙女ゲームのテンプレストーリーだわ）

その瞬間――――ドロシーは、この世界が乙女ゲームの世界だということに気づいた。

（なんで忘れていたのかしら？　私も、一回だけやったことがあったのに）

もちろん、やったのはドロシーの前世の日本人、高山なずなだ。

(乙女ゲームの世界に転生したなんて、まるでライトノベルみたい！　……でも、婚約破棄は卒業式じゃないし……いったいどうなっているの？)

ドロシーは、今度はもう少しじっくりとゲームの内容を思い出してみた。

ゲームの主な舞台は、グレースたちの通う王立学園だ。

ヒロインはもちろん聖女で、オスカーはメイン攻略対象者。ほかにも攻略対象者は何人かいて、中にはヤンデレな相手もいる。

グレースは、悪役令嬢だった。

(……悪役令嬢？　本物の？)

思わずグレースに目を向ける。

グレースは、悔しそうに師匠を睨んでいた。

「ズルいわ！　私は、部屋の扉に悪口を書いただけで、オスカーさまにものすごく怒られたのに、扉を壊したこの人は、なんでお父さまに怒られないの！」

扉に悪口ということは、要は落書きをしたということだろうか？　そんなことをする貴族令嬢なんて聞いたことがない。

「なっ！　そんなことも
していたのか？　私は、それは聞いていないぞ！」

娘の言葉に、公爵は驚きの声をあげた。

「そんなこともってことは、ほかにも何かしていたのね？　いったい、どんなことをしていたの？」

師匠の問いかけに、グレースはツンと横を向く。答える気など、さらさらないようだ。

ジロッと師匠が睨めば、焦った公爵が、顔色を悪くしながら答えた。

「あっと、その、学園からの報告書によれば――――婚約者であるアルカネット公爵令息が親しくしている令嬢に対して、虫がたっぷり入った箱を送りつけたり、衆人環視の中で欠点を論《あげつら》ったり、ドレスを切ったりもしていたようです」

話をしている間にも、公爵の顔色はますます悪くなっていく。

「何をやっているのよ。まるで子供のケンカじゃない」

師匠はグレースに、絶対零度の侮蔑の視線を向けた。

しかし、グレースに恥じ入る様子はないようで、キッと師匠を睨み返してくる。

「そのくらい当然よ。だって、あの女狐は、私のオスカーさまに馴《な》れ馴《な》れしく近づいたのですもの！　オスカーさまが、聖女という存在を大切にされていて、断れないのをわかって、わがまま放題したのよ！　守ってほしいとか、ずっと側《そば》にいてほしいとか……婚約者の私を差し置いてお願いするなんて、そんなこと許せるはずがないでしょう！」

だからといって、虫を送りつけたりしていいはずはない。

師匠は、考え込むように首を傾げた。

「それは、あなたの言い分よね。婚約者のオスカーって坊やはどうだったの？　その子にわがまま言われても嫌がっていなかったんじゃない？」

さすが師匠、お見通しである。

（嫌がるどころか、喜んでいたはずよね？　だって、このゲームは、ものすごいヌルゲーだったたん

だもの）

なにせ、何もしなくても、最初からメイン攻略対象者がヒロインに好感度マックスだったのだ。

このため、なずなはオスカールートを一回しただけで、あとはまったくやりたいと思えなかった。

（絵だけは、すごくきれいで好みだったんだけど）

それだけに、とても残念だったことを覚えている。

師匠に鋭いところを突かれたグレースは、あからさまに動揺した。

「そ、それは……………オスカーさまは、お優しいから」

「そんな優しい人が、あなたを悪者にして婚約破棄したの？」

うっ、と呻《うめ》いたグレースは、下を向いた。体をブルブル震わせる姿は、泣くまいとして耐えているのだろう。

なんとなく可哀相な気もしてくるが――――いやいや、彼女は嫉妬して相手のドレスを切るような令嬢だった。

「う、うるさいわね！　ともかく！　私は何も悪くないのよ！　悪いのは、全部あの女だわ！　あなたは、あの女を魔法でなんとかして、私をオスカーさまの婚約者に戻すために、お父さまに呼ばれたんだから！　さっさと仕事をしなさいよ！」

案の定、グレースは逆ギレして叫び出した。

（うわぁ～、師匠に命令するなんて）

知らないということは、恐ろしい。

部屋の温度がグン！　と下がった――――ような気がした。

「へぇ～？　この私にそんな口をきくなんて……度胸だけは、褒めてあげてもいいわよ？」

師匠の美しすぎる笑顔は、恐怖以外の何物でもない。

どんな悪役令嬢より、師匠の方がよほど悪役らしかった。

（でも、師匠は魔女なのよね？　……そういえば、悪役令嬢の公爵家にはお抱え魔女がいたわ。……ひょっとして、それが師匠なのかしら？　……あ、でも、だったら私は？　……私は、ゲームには出てきていないわよね？）

今まで思い出した中に、ドロシーという少女は存在していない。脇役やモブの中にも、いなかったはず。

それならいいのだがと思いながら、なおも考え込む。

やがて……ふと、思い出した。

（――――あ？　そういえば……悪役令嬢のグレースは、やたらめったら怪しい薬を使っていたわよね。それって、公爵家のお抱えの魔女が作っていて――――そうそう、それで、いつも魔女の弟子が運んでくるんじゃなかったかしら？）

もちろんそれは設定の上だけの話だ。

実際に魔女の弟子が登場するシーンはワンカットもなく、グレースが独白で『もうすぐ、魔女の作った薬を弟子が持ってくるわ。そうしたら――――』などと意味深に呟《つぶや》き『オホホホホ！』と、高笑いをしたくらい。

（――ひょっとしたら、私って、その魔女の弟子なの？）

どうやら、そのようだった。

（え？　でも、私、薬なんて運んだことがないけれど？）

いったいぜんたい、この齟齬《そご》は、どういうことだろう？

先ほどの婚約破棄の時期の違いも気にかかった。

ドロシーは、うんうんと考え込む。

「――それで？　サンシュユ公爵、あなたは、この私を、そんなつまらないことのために呼び出したって言うの？」

大きな胸を反らしながら、師匠は不機嫌そうに公爵にたずねた。

ここで黙っていられないのが、グレースだ。

「な！　公爵であるお父さまに対し、たかが雇われ魔女風情が！　なんて、口のきき方をするの！不敬でしょう！」

「うるさいわね！　お子さまは黙っていなさい！」

叫び出したグレースを、師匠は手の一振りで黙らせた。

声封じの魔法をかけたのだ。そのせいで、どんなに叫んでも声を出せなくなったグレースは、哀れパクパクと口を開け閉めする。

そんなわが子を見て、恐怖で顔を引きつらせた公爵は、額に汗をびっしりとかきながら言い訳をはじめた。

「わ、我が公爵家とアルカネット公爵家の縁組は、そ、その……王国にとっても有益なものです。ならばこそ、そんなに簡単に破棄できるものではなくて、なんとかしていただきたいと――」

「ならば、破棄しなければいいでしょう。アルカネット公爵家は、どう言っているの?」

公爵の汗は、拭いても拭いても、きりがない。

「…………ア、アルカネット公爵家としても、婚約破棄は、できればしたくないと言っています。……しかし、何分《なにぶん》グレースの行いが悪すぎて、このまま自家の公爵夫人として迎えていいものかどうか迷ってもいるようで……こ、婚約するご令息も、頑《かたく》なにグレースとの結婚を拒否しているために、ここで無理に結婚させて彼が当主となった途端に離縁となるよりは、婚約破棄の方が傷が少ないかとも、その、思っているようで――」

「……ッチ。相変わらず優柔不断な男ね」

師匠は大きく舌打ちした。

優柔不断な男とは、間違いなくアルカネット公爵のことだろう。

「当家としても、この状態のまま婚約続行を強制しても、アルカネット公爵家に大きな借りを作ってしまい、それはそれでうまくないのです! 貴族間の勢力バランスを考えれば、なんとかしなければならず、さりとていい案も浮かばずで…………それで、その、なんとかお力を貸していただきたいと――」

必死に言いつのる公爵に、師匠は渋面を向けた。

「たしかに、放っておくわけにはいかない案件のようね」

「そうなのです！　……では、お力添えをいただけますか！」

公爵は、縋るような勢いで師匠に迫った。

「近い！　離れなさい」

「は、はいっ！」

ムッとして、手をシッシッと振る師匠と、ズザサッ！　と下がって、師匠の言葉を待つ公爵。

先ほどから――いや、そもそものはじめから、雇用主と雇用人の態度が反対だ。

（さすが師匠っていうか、なんというか、でも本当に大丈夫なの？）

ハラハラと見守る中で、考え込んでいた師匠は、やがて顔を上げると、彼女の方を向いた。

「ドロシー」

「はい！」

いつものくせで元気いっぱい返事をするドロシーに、師匠は満足そうに笑う。

「あなたは今日から公爵邸で暮らしなさい。礼儀作法の基本を教えてもらって、学年末休暇が終わったら、姿替えの魔法でグレースになりすますの。そして学園に潜入して、アルカネット公爵のバカ息子から、なんとか婚約破棄を撤回してもらいなさい！」

――人間、あまりに思いもかけないことを言われると、頭が理解を拒否してしまうようだ。

ドロシーは、しばらくポカンと呆《ほう》けていた。

「…………はい？」

「サンシュユ公爵家とアルカネット公爵家の婚約は、家同士の契約。今回のことで破棄の方向に話は進んでいるけれど、まだ両家とも正式な書類にサインしていないわ。……まあ、当事者の片方であるオスカーが、かなり強固に破棄を主張しているというから時間の問題でしょうけれどね」

師匠の言葉を聞いたグレースが、その場に泣き崩れる。

それに冷たい視線をくれて、師匠は言葉を続けた。

「つまり、オスカーの意志さえ変えてしまえれば、婚約破棄の撤回は不可能ではないということなのよ」

まさかそれをドロシーに、やれと言っているのだろうか？

「無理！　無理！　無理です！　私にお貴族さまのご令嬢の身代わりなんて、できるはずがありません！　しかも、婚約破棄の撤回なんて――――私は、学園に通ったことだってないんですよ！」

ドロシーの主張は、間違ってないはず。

なのに、師匠は一顧だにしようとしなかった。

「無理でもやりなさい！　あなたが学園で婚約破棄を撤回してもらっている間に、私は、このバカ娘の性根を叩《たた》き直しておくから！　甘やかされ放題のこの家から引き離し、掃除、洗濯、炊事、買い物、全部自分でさせてやるわ。親の威光が届かない場所で、自分がどんなに無力か思い知らせてあげる」

言うなり師匠は、むんずとグレースの首根っこを掴む。同時に声封じの魔法も解いたようだ。

「キャァァッ！　痛い！　痛いですわっ！　この乱暴者！　私を誰だと思っているの？」

途端、大声でわめくグレースに、師匠は美しすぎて恐ろしい笑顔を向ける。

「あんたは、わがままがすぎて婚約者に見捨てられた、どうにもならない愚か者よ。――――この私の手を煩わせるんですもの。死ぬ気で根性入れ替えてもらうから、覚悟しなさい」

ニタァ～と笑う師匠と、「ヒッ！」と息を呑んだきり、言葉を失うグレース。

公爵は、真っ青な顔で「どうぞお手柔らかに！」と師匠を拝んでいる。

雇い主であるはずの公爵の目の前で、その娘を「バカ」呼ばわりしたあげく拝まれる師匠とは、本当にいったいどんな存在なのだろう？

疑問が渦巻くこの場だが、たったひとつわかっていることがある。

（絶対、私、――――断れない）

泣く泣く師匠に引きずられていくグレースを見送りながら、覚悟を決めるドロシーだった。

第二幕　四面楚歌《しめんそか》な学園生活のはじまり

ざわざわとした喧噪の中で聞こえてきた声に、ドロシーは思わず身を縮める。

こっそり声のした方を見てみれば、学園の制服に身を包んだ女生徒が二人、こちらを見ながら顔を寄せ合っていた。

「ほら、あの方――」

「よく平気で戻ってこられましたわね？」

「あんな騒ぎを起こして……私だったら、恥ずかしくて邸を一歩も出られませんわ」

「ああいう方を厚顔無恥というのかしら？」

「いつもお化粧が厚いと思っていましたけれど、顔の皮膚も厚くていらっしゃるようですわね？」

ホホホと優雅に笑い合うご令嬢二人。彼女らが、自分に聞こえるように噂《うわさ》しているのは丸わかりである。

（怖《こ》ぇぇ～）

ドロシーは、そそくさと逃げ出した。

彼女とすれ違う生徒たちは、皆、露骨に視線を逸《そ》らし、嫌そうに脇によけていく。背後から聞こえてくるのは、先ほどの噂と似たり寄ったりの陰口だ。

ドロシーがグレースの身代わりになるように命じられて三カ月。

ついに彼女は、乙女ゲームの舞台である王立学園にきていた。

（もっとも、最初の一カ月は、公爵家で公爵令嬢としての教育を受けていたから、学園にきてからは二カ月だけど）

古くから伝統のある王立学園は、黒ずんだ複雑な色合いの木の壁と、火山灰や石膏《せっこう》からできている灰色の床、扇形のヴォールト天井が特徴的な歴史ある建築物だ。そこかしこに威厳と古くささが漂っていて、居心地悪いことこの上ない。

（息が詰まるったらないわ）

廊下を歩く学生たちがいなくなったところで、ドロシーは大きく息を吐いた。

居心地の悪さは建物だけのせいではなく、八割方は、そこで暮らす学生や職員のせいだろう。

（ううん。大元を辿《たど》れば、グレースさまのせいよね）

自分たちの卒業記念パーティーではなかったが、上級生のその舞台で、グレースはオスカーから派手に婚約破棄宣言をされた。いったいなんでよりにもよって、そんな目立つ場で婚約破棄をしたのかと思うのだが――――乙女ゲームの世界なら、それが常識なのかもしれない。

（そんな常識いらないし！）

おかげでグレースが、自らの卑劣な行いにより婚約破棄されたことは、学園の関係者なら誰でも知っている。

姿替えの魔法で、グレースになって学園にきたドロシーは、初っ端《しょぱな》から白い目で見られまくっていた。先ほどのご令嬢二人のように陰口を叩く人は引きも切らず、毎日針のむしろ状態を味わっている。

さすがに、暴力を振るわれることはなかったが、それでもいろいろ辛《つら》かった。

（ガン無視は仕方ないとして、嘘《うそ》の情報で振り回すのは、やめてほしいわよね）

今もドロシーは、昼休みに『オスカーが呼んでいる』という嘘情報を与えられ、校舎裏まで足を運んだ帰り道だ。半ば嘘だとわかっていたのだが、それでもオスカーと会えるかもしれない機会を逃したくなくて、見事騙《だま》されてしまった。

（だって仕方ないわよね。私、オスカーさまと、話したこともないんですもの）

これでは、いつまで経っても、婚約破棄の撤回をしてもらうという至上命令を果たせそうにない。

焦ったドロシーは、万にひとつの可能性に賭けざるをえなかったのだ。

（まあ、会えたとしても、いい案もないから、無事に撤回してもらえる当てもないんだけど）

それでも、会わないことには、何もはじまらない。

そう思ってギリギリまで待った結果、午後の授業に遅れそうになっていた。

急ぎ足で自分の教室に向かっているのだが、健闘むなしく授業開始のチャイムが鳴りはじめてしまう。

しかも、予鈴ではなく、本鈴である。

（あ〜あ、せめて授業くらいは、まともに受けたかったのにな）

平民であるドロシーにとって、王立学園の授業を受ける機会は、貴重なのだ。こんなときではあるが、せっかく与えられたチャンスを大切にしようと、ドロシーは思っていた。

午後一の授業は、厳しいと評判の歴史学の教諭のもの。きっと今から駆けつけても、教室に入れてもらえないだろう。

そう思ったドロシーの足は、廊下から裏庭に続くドアに向く。

格式高い王立学園の裏庭は、背の高い古木が立ち並ぶ森のようになっていた。一応手入れはされているそうなのだが、何代か前の学園長が自然のままの感じがいいと言ったとか言わなかったとかで、結構野放しになっている。

(学園の予算が減らされたんじゃないかしら?)

うがった見方かもしれないが、ドロシーはそう思う。予算を減らす場合に、一番に手をつけやすいのは環境整備の予算だからだ。なんといっても、植物は文句を言わないのである。

ともあれ、鬱蒼《うっそう》と茂った木々の下の半ば放置されたベンチに、ドロシーは腰かけた。もちろんクリーンの魔法できれいにしてからだ。

今日は晴天で、木漏れ日が雨ざらしの木のベンチと、その上に広がるドロシーの制服のスカートの上で舞っている。

グデ~と、ベンチにもたれかかろうとしたドロシーだったのだが――――突如聞こえたカサッという木の葉を踏む足音に、慌てて顔を上げた。

音の方に視線を向けて――――驚きに目を見開く。

そこにいたのは、陽光に透ける金の髪と神秘的な紫の目をした青年だった。

まるで森のエルフか、はたまた光の妖精かと見紛《みまご》うほどの美貌の持ち主で、ドロシーは、ついつい ボーッとなる。

紺のブレザーに金色のエンブレム。ブルーのタイは三年生の徴《しるし》だ。

「久しぶりだね。グレース・クロエ・サンシュユ公爵令嬢」

落ち着いた声で微笑《ほほえ》みかけられて、ハッ！　とした。

（いけない！　このお方は――――）

慌てて、スッと立ち上がる。

「お、お久しぶりです。……王太子殿下」

教え込まれたお辞儀を、ドロシーはなんとかやりとげた。

そう、目の前の青年は、ディリック・ライアン・オルガリア――――この国、オルガリア王国の王太子殿下なのだ。

（師匠からもらった『学園内要注意人物リスト』ナンバーワンの人じゃない！）

ドロシーの背中を嫌な汗が流れ落ちた。

公爵令嬢のグレースなら何度か目通りがあっただろうが、ドロシーにしてみれば、はじめて話す相手である。

（ゲームの中では、何度か話したことがあるけれど）

王太子は、たいへん見目麗しい容姿なのだが、なぜか攻略対象者ではなかった。学園の行事の際に挨拶しているスチルがあったり、無事オスカーを攻略した後でお祝いを言われたりはするけれど、それだけの存在だ。

(実は隠しキャラじゃないかとか、噂はあったけど……少なくとも、私《なずな》のクリアした一回では、攻略できないキャラだったわ)

つまり王太子は、オスカーやほかの攻略対象者のような完全にヒロイン側の人間ではないはずなのだが、だからといって、グレースに対して好意的かといえば、そうとも思えない人物なのだった。

ニコニコと愛想よく微笑みながら、王太子はジッとグレースを見つめてくる。

「うん。体調はよさそうだね？　――――卒業記念パーティーでは泣きわめいたあげく騎士に取り押さえられ気絶したと聞いていたから、心配していたのだけれど。……もうすっかりいいのかな？」

ザッと音を立てて、顔から血の気が引いた。

グレースは婚約破棄の現場で、そんな失態を犯していたのだろうか？

(だからって、こんなにストレートに確認してくる？)

ドロシーは、顔を引きつらせながら微笑んだ。

「お気づかいありがとうございます。その節は、たいへんご迷惑をおかけしました。おかげさまで無事学園に復帰できましたので、今後は二度とそのようなことがないように気をつける所存でございます」

前世の高山なずなの会社員時代の経験を総動員して、なんとか言葉を返す。

「――――ああ。二度も婚約破棄されるような失態は、普通できないだろうからね」

美しく微笑む王太子にサラリと毒を吐かれ、思わず殺意が湧いてしまう。

それを無理やり抑え込んで、ドロシーは頭を下げた。

（王太子さまって、こんな性格だったのね）

失望は大きくとも、グレースの立場でそれを表すわけにはいかない。早く立ち去ってくれないかと願いながら、ずっと頭を下げ続けていた。

――――やがて。

「フム。…………まあ、合格ラインかな」

そんな声が聞こえてくる。

驚いて頭を上げれば、面白そうにこちらを見ている王太子の紫の目と、目が合った。

「サンシュユ公爵令嬢は、堪《こら》え性がなく感情のままにヒステリックに叫ぶ令嬢だと聞いていたけれど……やはり噂は当てにならないな」

木漏れ日の下で、王太子は一見慈悲深い笑みを浮かべる。

どうやら彼は、グレースの反応を見るために、わざと怒らせるような発言をしていたようだ。

（性格悪《わる》っ！）

ムッとしたが、我慢する以外ない。

「これなら交渉になるのかな？　――――サンシュユ公爵令嬢。君は今回の婚約破棄をどう思っている？」

王太子は、急に真面目な口調になってそうたずねてきた。

ドロシーは、どう答えようかと考える。

――――王太子は『交渉』と口にした。

交渉とは、特定の問題について自分の希望を実現するために話し合うことだ。――――ということは、王太子には、今回の婚約破棄に関連して、何か思惑があるのかもしれない。

「どうと言われましても、婚約破棄された私の思うことなど、決まっていると思いますが」

王太子が何を考えているかわからないドロシーは、慎重に言葉を返した。

「フム。バカ正直に答えないところも合格だな。その警戒心は有用だ。……君は、なかなか賢いようだな。そこを見込んで話があるのだが」

いくら見目麗しくとも、こんな性悪王太子の話は、聞かない方がいい。そう判断したドロシーは、丁寧に断りの言葉を口にしはじめた。

「王太子殿下とお話など、私にはとても恐れ多――――」

「君には、なんとしてもオスカー・ナイト・アルカネットとの婚約破棄を撤回してもらいたい。私には、それに協力する準備がある」

交渉を有利に運ぶには、先に条件を提示した方がいい。

「できるだけ早く――――そうだね。半年以内には撤回してもらいたいと思っている」

それにしても、無茶ぶりにもほどがある言葉だった。

しかし、交渉の条件を、少し高い基準で提示することも、ポイントのひとつである。

（人の話は最後まで聞きなさいよ！）

高い交渉術を披露してくれた王太子に対し、ドロシーは心の中で文句を叫んだ。

もちろん、実際に口に出したりしないが。

警戒心をマックスに高めながら、ドロシーは王太子を見つめた。

非常に胡散《うさん》くさいことこの上ないのだが――――王太子の話は、ドロシーにとって渡りに船の内容なのだ。

「…………婚約破棄の撤回ですか？」

だから、警戒しながらも交渉の舞台に立つ。

王太子は、満足げな笑みを浮かべた。

「そう。悪い話ではないだろう？　おそらく君もそうしたいと思っているはずだ」

その通りなので、否定することはできない。

黙り込むドロシーを見て、王太子は話の先を続けた。

「サンシュユ公爵家もアルカネット公爵家も、国を支える有力貴族だ。こんなバカげた婚約破棄騒動で両家の関係がこじれるのは、王家としても困るんだよ。……しかも、私の在学中に騒動を起こしてくれるなんて――――両公爵家は、私にケンカを売っているのかな？」

美しい天使の笑顔が悪魔の笑顔に変わる瞬間を、ドロシーは目撃する。

思わず両手で自分の体を抱きしめた彼女に、王太子は獰猛《どうもう》な目を向けた。

「君は、噂を聞く限りでは救いようのないわがまま令嬢だということだったけれど……実際に見る限りでは、少しは使えるようだ。少なくとも、あの『聖女』に入れあげて惚《ほう》け者になっているオスカーよりは、よほど役に立つ。────いや、役に立ってもらうから、そのつもりでいるように」

何ひとつ返事をしていないはずなのに、既にドロシーが王太子の話に乗ることは、決定事項のようだ。

(断らせるつもりは、まったくないのね)

半ば諦めながら、ドロシーは王太子を見返した。

彼は、先ほどから遠慮なく、毒を吐きまくっている。これだけ本性を見せた相手を逃がすはずがないだろう。

それに、ドロシーの方も、オスカーに近づくことさえできずに困っていたのだ。だとすれば、王太子の話を受け入れるのもひとつの手なのは間違いなかった。

「────半年以内というのは、いささか難しいのではないでしょうか？　努力を怠るつもりはありませんが、せめて一年以内としてほしいですわ」

ドロシーは、覚悟を決めて口を開く。

「悠長なことだな?」

「急いてはことをし損じます。婚約破棄の撤回は、私には絶対失敗できないことですから」

王太子の口車にほいほい乗せられて、取り返しのつかない失敗などしようものなら、師匠にどんな目に遭わされるかわからない。

ドロシーにとっては、一国の王太子などより師匠の方が、よほど恐ろしい相手だった。

(この王太子さまも、なんだか師匠と似た雰囲気を感じるけれど)

一歩も引かないドロシーの決意を感じとったのか、王太子は肩をすくめた。

「わかった。では、期限は私の卒業式までとする。失敗したくないのは私も同じだ。……私の期待を裏切らないように」

紫の目に見据えられて、ドロシーはコクコクと頷《うなず》く。

「それでは、まずは――グレース嬢、君には生徒会に入ってもらうよ」

王太子が言い終わると同時に、一陣の風が木々の梢《こずえ》をザワザワと揺らした。


「――私の推薦で、今日から役員として一緒に頑張ってもらうグレース・クロエ・サンシュユ嬢だ。……知っている者も多いと思うけれど、仲良くしてやってほしい」

王太子の言葉を聞いた生徒会役員一同は、呆気《あっけ》にとられて口をポカンと開けた。目を丸くして、王太子と彼の横に立つドロシー――姿はグレースを凝視する。

(気持ちはわかるけど！　驚きすぎじゃない？)

内心の動揺を隠して、ドロシーはきれいなカーテシーを決めた。

「グレースです。皆さまよろしくご指導をお願いします」

隣で王太子はニコニコと笑っている。

「……四十点。初々しさが足りない」

しかし、ドロシーにだけ聞こえる小声で、辛口の採点をしてくれた。

(厳しすぎるでしょう！　私は平民なのよ！)

もちろんそんな抗議は、できるはずもない。

内心のイライラを堪えていれば、驚愕《きょうがく》していた集団の中から、オスカーが一歩前に出た。

「ディリック殿下！　いったいこれはどういうことですか？　こんな季節外れに、急に役員を増やすなんて――――しかも、そんな女を！」

オスカーは、生徒会役員の一人だ。二年の代表で書記を務めている。

「たしかに季節外れだが、役員の推薦は私の専任事項。いちいち理由を説明する必要はないはずだが？」

ヒヤリとした空気が、生徒会室の中に流れた。

オスカーの後ろにいた三年生の副会長が、慌ててオスカーを後ろに下がらせる。

美しく儚《はかな》げな風情の王太子だが、彼が優しいだけの人物ではないことを、ドロシーは先ほどの出会いで思い知った。

彼とずっと一緒に働いてきた三年生の生徒会役員――――副会長と会計も当然知っているだろう。

ただ、二年になってから入ったオスカーは、わかっていなさそうだった。

オスカーに向かい、『逆らうな！』と伝えるために必死で首を横に振る副会長と会計を、彼は不思議そうに見ている。

「グレース嬢には、オスカーと同じ書記をしてもらう。……どうやら最近のオスカーは、私的な用事で忙しいようだからな」

オスカーが、生徒会の用務より『聖女』との交流を優先しているのは、周知の事実。

もちろんドロシーも、ゲームの知識で知っている。

「それは――――。でも、だからといって、グレースでなくともいいはずでしょう？　ほかにも適任はいくらでもいるはずです！」

オスカーも、自分が生徒会用務をないがしろにしている自覚はあるらしい。少し怯《ひる》んだが、それでもグレースのことだけは、認められないようだった。

「私の決めたことに、異議があると？」

王太子は、スッと目を眇める。

副会長も会計も――――そしてドロシーも、顔色を悪くした。

王太子の不機嫌が手にとるようにわかるのに、オスカーだけがそれに気がつかない。

「異議ということではないのですが――――そうだ！　シャルロット・ラマフ男爵令嬢はいかがですか？　彼女なら、生徒会に入るに相応《ふさわ》しい性格をしています！」

シャルロット・ラマフ男爵令嬢とは、ゲームのヒロイン――――すなわち『聖女』のことである。

オスカーは、自分で自分の考えに、うんうんと満足そうに頷いた。

「彼女は聖女でありながら、それを鼻にかけない素直で優しい性格をしています。何より誠実で真摯な頑張り屋なのです。そこのグレースなどとは大違い！　彼女こそ生徒会役員に相応しい人です！　実は、彼女からも内々にですが、生徒会に入りたいという希望も聞いているのです。――――彼女が役員となり一緒にいるのであれば、私も彼女の護衛と生徒会の仕事を同時にすることができますし」

よいことばかりだと、オスカーは主張する。

ドロシーは、呆《あき》れかえった。

婚約破棄したオスカーは、すぐにその場でシャルロットと婚約すると宣言したと聞いている。

グレースとの婚約破棄が正式に行われていない今は、まだシャルロットとの婚約も正式になっていないのだろうが、それでも人前で堂々と、自分の婚約者をべた褒めするだろうか？

（普通は、少しくらい謙遜するわよね？　……聖女がそんなに優秀な人だとは聞いたことがないし？）

日本人は謙遜しすぎだなどとよく言われるが、傲慢を疎む文化は、どこの国にもあるものだ。それが実力を伴わないものであれば、なおさらに。

「生徒会に入るには、学年で上位十位以内の成績でなければならない。その中にラマフ男爵令嬢の名前を見たことはないが？」

冷ややかな王太子の声に、オスカーは一瞬黙った。

グレースやオスカーなどの高位貴族は、幼い頃より家庭教師がつけられ、学園の教育内容は入学前にすべてマスターしているのが当然だ。生まれの所得格差が教育格差に繋《つな》がるのはこの世界でも変わりなく、わずかな例外をのぞき、各学年上位十名は爵位の高い貴族の令息令嬢でしめられている。

グレースは、学年三位以内は常であり、オスカーも七、八位あたりをキープしていた。

一方、ドロシーは平民だが前世のなずなの知識を持っている。学園の教育レベルは、日本で言う中学高校程度。その程度であればグレースの順位を維持するのになんの問題もない。

それに、いざというときは魔法でなんとかすると、師匠に保証してもらっていた。——もちろん、そんなことは嫌なので、実力で頑張るつもりではあるが。

上位十位以内のわずかな例外に、聖女が入ったことは一度もないという。

「————しかし！　彼女は聖女なのですよ！」

いったん口を閉じたオスカーが、往生際悪く食い下がってくる。

「聖女であれば成績が悪くてもかまわないという決まりは、どこにもない」

冷たく王太子にあしらわれても、オスカーはまだ納得できないようだった。ギュッと拳を握ると、今度はドロシーを睨みつけてくる。

「グレース、お前！　……これは、お前の企《たくら》みだろう？　いったいどうやって王太子殿下にとり入った？　私の側には二度と近づくなと言ったはずだ！」

そんなことを言われていたとは知らなかった。

ドロシーだって、できれば近づきたくないのだが、師匠の命令なのだ、仕方ない。

今にもドロシーに摑みかからんばかりのオスカーを、王太子が怒鳴りつけた。

「いい加減にしないか！　彼女を選んだのは私の意志だ。反対意見を封じ込めるつもりはないが、それなら私が納得できる理由を示せ。……ああ、君の主観たっぷりの性格うんぬんという話は聞く気がないからそのつもりで。彼女の資質は私が自分の目で判断する」

ドロシーを庇うように彼女の前に出た王太子は、冷たい視線をオスカーに向ける。

これには、さすがのオスカーも引き下がるほかなかった。今さらながらに、自分が王太子の不興を買ったことに気づいたのだろう。顔色を悪くしている。

(遅すぎでしょう?)

ドロシーもほかの生徒会役員も、みんな呆れたようにオスカーを見つめた。

周囲におろおろと視線を向けるオスカーに、王太子はため息をつく。

「ああ、それから――――オスカー、君とグレース嬢は婚約を破棄すると聞いている。だとすれば、君にとってグレース嬢は、互いに公爵家の子という対等な地位を持つ赤の他人だ。馴れ馴れしく呼び捨てにするのは礼儀に反するから、注意するように」

オスカーは、ポカンと口を開けた。

「……え? あ、でも、グレースは――――あ、いやグレース……嬢……は、俺の――――」

『俺の』なんだと言うのだろう?

思いもよらぬことを言われたというように、オスカーは狼狽《うろた》える。

「ファーストネームを呼ぶのも親しい間柄でないのなら失礼だろう。サンシュユ公爵令嬢と呼ぶように」

自分が『グレース嬢』と呼んでいることなど素知らぬように、王太子はそう言った。

目を見開いたオスカーは、ドロシーと王太子を代わる代わる見つめ――――やがて小さな声で「わかりました」と呟く。

ずいぶん落ち込んだように見えるのは、どういうことだろう?

（まさか、婚約破棄しても、グレースさまを自分のものだと思っていた？）

そんなことはありえない。

目の前のオスカーは、噂で聞いていたオスカーともゲームの中のオスカーとも、ずいぶん違うように見える。

背中がぞわぞわとするような違和感に、ドロシーは首を傾げた。


その後、オスカーは聖女と約束があると言って、逃げるように生徒会室を出て行った。

本当は、書記の仕事を教えてもらいながら、少しでも印象をよくしようと思っていたドロシーなのだが、今日の今日では無理だろう。

代わりに教えてくれたのは、生徒会副会長だった。

彼の名前は、マイケル・アメア・マイヤー。マイヤー侯爵の次男で、将来王太子の側近として期待されている青年だ。

「――うちは広報がないからね。書記は広報も兼務してもらっている。今は会議がないから当面の仕事は二カ月に一度の生徒会誌の発行かな。記事のまとめは僕やウェインも手伝うから安心していいですよ」

ウェインとは、ウェイン・ガルセス。三年生の会計で、成績優秀者のわずかな例外。平民出身の天才だ。なんでも一度聞いたことは決して忘れないのだそうで、それはそれでたいへんそうだ。

（世の中には、忘れた方がいいこともたくさんあるわよね。それをみんな覚えているなんて、私な

ら嫌だわ）

ドロシーはそう思う。

「ありがとうございます。――――お恥ずかしい話ですが、私は今まで生徒会誌をよく読んだことがないので、ご助力いただければ助かります。ガルセスさまもよろしくお願いいたします」

よく読むどころか一度も見たことがない。

ドロシーの目的は、オスカーと仲良くなり婚約破棄を撤回してもらうことだが、そのためには生徒会役員の信頼を得ていた方がいいのは間違いない。与えられた仕事は真面目にやるつもりで、頭を下げた。

マイケルとウェインは、なんとも言えない表情で黙り込む。

「…………その、サンシュユ公爵令嬢。君は、ずいぶん評判と違うようだね？」

「まさか、俺にまで頭を下げるとは思わなかった」

信じられないとばかりに、ウェインは首を横に振る。

「その評判は間違っておりませんわ。昨年度までの私は、本当にわがままで鼻持ちならない人間でしたから。オスカーさま――――いいえ、アルカネット公爵令息に婚約破棄宣言をされて、目が覚めたのです。私は変わらなければならないのだと」

――――という設定になっている。

この設定の元、変わったグレースをオスカーにアピールして、なんとか婚約破棄を考え直してもらうのが、ドロシーの計画だ。

顔をうつむけ心の中で決意をあらたにしていれば、婚約破棄を思い出し落ち込んだとでも思ったのか、マイケルとウェインが慰めてくる。

「そうなのですか！　それはすごいですね。変わろうと決意して実際に変われるなんて、そうそうできないことですよ」

「ああ。昔なんて関係ない。今の君は真面目に一生懸命生徒会の仕事に取り組もうとしている立派な学生だ。……その……頑張れ！」

ドロシーはびっくりしてしまった。目を瞠《みは》って――嬉《うれ》しくて、笑みがこぼれる。

「ありがとうございます」

そのドロシーの笑顔を見たマイケルとウェインは、なぜか顔を赤くした。

「……さすが、サンシュユ公爵家の月の姫」

「いや、今の笑顔は、月っていうよりお日さまだろう？」

そう言われれば、グレースは流れるような銀髪とその美貌で、玲瓏《れいろう》なる月の姫と呼ばれていた。

彼女の美しさを詠んだ詩が、いくつもあるくらいだ。

（グレースさま、美人だもんね。褒められるのも当然だわ）

まるで他人事《ひとごと》のようにドロシーは思う。

いくら美しくとも、性格がアレで、始終顔をしかめてわめき散らしていたグレースが、月の姫と呼ばれることなど、最近はとんとなかったのだが……彼女がそれを知るわけもない。

「――仕事の引き継ぎは終わったのか？」

そこに、冷静な声が響いた。

声の主は王太子で、マイケルとウェインは、赤かった顔をあっという間に青くする。

「あ、はい！　今！　今終わったところです！」

王太子は、ずっと同じ生徒会室の自分の席にいた。

つまり、今までのドロシーとマイケル、ウェインのやりとりを見ていたわけで、全部丸わかりのはずなのだが——聞く意味と答える意味はあるのだろうか？

「ならばいい。……行くぞ、グレース嬢」

王太子は、スッと席を立った。そのままドロシーの側に近づくと、自然な動きで手を差し出してくる。

「え？　あ……はい？」

ドロシーは、首を傾げながらその手に自分の手を重ねた。男性からエスコートされたらそうしなさいと、公爵家の人々に教育されたからだ。

王太子は、彼女を引き寄せ、耳元に顔を近づけた。

「生徒会に入っただけでは、まだ不十分だ。これから私の部屋で、オスカーを堕《お》とす作戦を練るぞ」

小さな声で囁《ささや》いてくる。

さすが王太子。二重三重の策を練るらしい。

（頼りになる味方を得られてよかったわ。王太子さま、様々ね）

なにせ、彼の推薦で生徒会に入り、今までまったく近づけなかったオスカーと接触することができたのだ。

（あ、でも……たしか、王太子さまには婚約者がいたんじゃなかったかしら？　私室で作戦を練るなんて、誤解されるかも？）

「それはかまいませんが、殿下の婚約者の方に悪くはないですか？」

心配してたずねれば、王太子は不思議そうな顔をする。

「私に婚約者はいないよ。忘れてしまったのか？」

（え？　だって、ゲームではいたはずなのに？）

ドロシーはびっくりしてしまう。しかし、考えてみれば、グレースは一年生で婚約破棄をされている。

（この世界は、ゲームの世界とは違っていたんだったわ）

そうであれば、王太子に婚約者がいないのも不思議ではないのかもしれない。

納得したドロシーは、信頼しきった目で王太子を見上げた。

「はい。ふつつか者ですが頑張りたいと思います。よろしくお願いいたします。王太子殿下」

「ディリックでいい。これから長く一緒にいるのだ。あまり堅苦しくては息が詰まる」

まあ、たしかにずっと肩書で呼ばれるのは気詰まりだろう。

「わかりました。ディリックさま」

「行こうか。グレース」

さりげなく呼び捨てにされたが、身分差を考えれば当然か。

手を引かれ、ドロシーは王太子と二人、生徒会室を後にする。

ハッと気づき、マイケルとウェインに挨拶するため振り返れば、二人は驚愕の表情を浮かべてこちらを見ていた。

「……えっと？　お世話になりました。明日からまたよろしくお願いいたします？」

「あ、あ、ああ。こちらこそよろしく。……サンシュユ公爵令嬢」

引きつったように見える笑みを浮かべるマイケルの横で、ウェインがコクコクと首振り人形のように頷いている。

(どうかしたのかしら？)

聞いてみたいと思ったのだが、王太子の手がクイッと先を急がせる。

諦めて部屋を出て扉を閉める寸前。

「何！　あの殿下の態度――――」

何やらマイケルが叫びはじめた。

振り返ろうとした鼻先で、バタンと扉が閉まる。当然閉めたのは王太子で、見目麗しい青年は、チッと優雅に舌打ちをもらした。

「さあ、グレース、こっちだよ」

世にも優しい笑顔は、一切の質問を遮っている。

それを察したドロシーは、黙って王太子に従ったのだった。

◇

　一方、扉の向こうでは、マイケルとウェインが互いに互いの頬をつねり合っていた。

「痛い！　やっぱり夢じゃない」

「痛いって！　おい、強くつねりすぎだ！　お貴族さまは、容赦がないな！」

　呆然《ぼうぜん》としているのはマイケルで、ウェインは自分の頬に手を当て、痛そうに擦《さす》っている。

「だって仕方ないだろう？　あのディリックが！　どんなご令嬢が迫ってきても、儀礼的な付き合い以外は自分の側に寄せつけなかったディリックが！　サンシュユ公爵令嬢には、自分から手を差し出して、引き寄せたんだぞ！」

　侯爵家に生まれたマイケルは、幼い頃からディリックの近くでずっと彼を見てきた。だからこそ、今回の態度の違いがわかるのだ。

「たしかに、今日の殿下はいつもと違っていたな。……なんていうか、俺たちにも牽制《けんせい》していなかったか？」

「そうそう！　そうなんだ！　僕たちとサンシュユ公爵令嬢との会話を強引に終わらせるなんて、嫉妬したとしか思えない！」

　両手をグッと握ってマイケルは力説する。

　その姿を見たウェインは、反対に少し冷静になった。

「でも、殿下がサンシュユ公爵令嬢に近づいたのは、オスカーとの婚約破棄をなんとかするためなんだろう？　彼女を自分の思い通りに扱おうとして、ああいう態度をとっているんじゃないのか？」

マイケルとウェインは、そのことをディリックから前もって聞かされている。

「それは、そうだけど……でも違う！　違うと僕は思うんだ！」

「それはそれで、困るんじゃないのか？　サンシュユ公爵令嬢には、最終的にオスカーと結婚してほしいんだろう？」

婚約破棄の撤回ということは、つまりはそういうことだ。

それでもマイケルは釈然としなかった。

「――ディリックは、今までどんな女性とも計算尽《ず》くでしか付き合ってこなかった。そんな彼が、サンシュユ公爵令嬢には、独占欲みたいなものを見せたんだ。……あの姿が計算だとは思えないし…………思いたくない！」

ウェインは、大きなため息をついた。

「なんにせよ、面倒なことになりそうだな」

呟きながら確信する。

二人は顔を見合わせた。そして、どちらからともなく、ディリックとドロシーが出て行った扉に目を向ける。

先ほど見たディリックの姿を思い出しながら、二人はしばらくそのまま動けなかった。

◇

生徒会室でそんな会話がされているとは少しも知らないドロシーは、王太子との話し合いを終えて、学園の女子寮へ戻ることになった。

「送る」と言い出した王太子に、丁寧な断りを入れ、いつも通り一人で帰寮する。

公爵令嬢であるドロシーの身分は、寮で一番高い。このためドロシーの部屋は、一番奥の一人部屋となっていた。使用人用の小部屋も一緒についた最高級の部屋なのだが、さながら料亭の離れのような造りで――――要は、少し遠いのだ。

(隔離されているわけじゃないわよね?)

いつもの不安を感じながら、部屋へと歩いていく。

当然だが、ドロシーに使用人はいないので、戻っても独りぼっちだ。

部屋に着くまでの間、せっかく時間があるので、ドロシーは、先ほどまでの王太子とのやりとりを思い出してみた。

王太子から提示された婚約破棄撤回のための策は、オスカーの胃袋を掴むための料理作りや、ドロシー――――ではなく、グレースの魅力をアップするための自分磨き等々。すべてなるほどなぁと頷けるものばかり。

中には、ドロシーには少しハードルが高いと思われたものもあったのだが、そこは彼が全面的にバックアップしてくれるという。

(いきなり王太子殿下と会ったときは、少し怖かったけれど……話してみたら意外にいい人でよか

ったわ）

それでも、かなり曲者《くせもの》なのは間違いないだろうが、同時に優秀であることも事実だ。ドロシーが自身の言動に注意して、愛想を尽かされないように気をつければ、ことは今までよりずっと順調に進むだろう。

（あ、と。「王太子殿下」ではなくて、「ディリックさま」だったわ。普段から言い慣れていないと咄嗟に出ちゃうから気をつけないと）

ディリックの名前を呪文のように頭に唱えながら、ドロシーは歩いていく。

寮内には、ほかの女生徒の姿もあり、彼女らは遠巻きにドロシーを見ていた。それは、もはや見慣れたいつも通りの光景だ。

王太子と出会ったり生徒会に入ったりと、個人的には、かなり変化のあった一日だったが、それを知る人はここにはいない。

このため、ドロシーに向けられる視線は、以前と同じ厳しいままだった。コソコソと陰口を叩かれ、後ろ指をさされる。それでも直接非難されないだけましなのだろう。

（身分の低い者は、高い者に直接話しかけられないから）

そんなことをする者は、礼儀知らずと非難される。

――――しかし、どんな世界にも、そんな暗黙のルールをまるっと無視する者がいた。

「グレースさん！」

王太子が、同じ公爵家の者であるオスカーにさえ礼儀に反するとして注意した呼び方を、その人物は平気でしてくる。

ドロシーは、出かかったため息を、呑み込んだ。

（……無視したい）

しかし、そんなことをしたら明日からまた何を噂されるかわからない。

どんなに礼儀知らずでも、正しいのは勝者であり、敗者の行動はひがみとしか受け取ってもらえないのだから。

そう、ドロシーは敗者であり、今声をかけてきた少女は、紛れもない勝者だった。

「――――ラマフ男爵令嬢」

ドロシーが振り返った先には、シャルロット・ラマフ男爵令嬢――――『聖女』が立っている。

「グレースさん！　生徒会に入ったって本当ですか？」

ストロベリーブロンドの髪と明るい茶色の目を持つ少女は、遠慮や配慮などとは無縁の大声で聞いてきた。

ドロシーは頭を抱え、周囲は驚愕する。

「どうしてそれを？」

「オスカーさまが、教えてくださいました！」

そう言われれば、オスカーは聖女に会うと言って出て行ったのだ。

「やっぱり、本当なんですね？　どうしてグレースさんが生徒会に入るなんてことになったんですか？」

シャルロットは、まるで責めるようにドロシーに詰め寄ってきた。

「どうしてと言われても、王太子殿下に誘われてとしか答えようがないけれど」

「そんな！　グレースさんだけ、ズルいです！」

「…………ズルい？」

いや、どこをどう考えても、シャルロットに「ズルい」と言われる要素はないのだが？

「私も生徒会に入りたいです！」

大声で訴えられて、心底困った。

（いったい私にどうしろっていうの？）

ゲームのヒロインは、こんな子だっただろうか？

「それを私に言われても。…………それに、オスカー――アルカネット公爵令息さまが、あなたを生徒会に入れてほしいと、おっしゃっておられましたけれど、生徒会に入るには、学年で上位十位以内の成績でなければならないからダメだと断られていましたよ？」

仕方なく、誰にでもわかるように説明してみる。

「十位以内なんて、そんなの無理に決まっています！　成績優秀者は高位貴族だけじゃないですか！　そんなお金持ちの貴族じゃないと入れないなんて規則、おかしいと思います！」

正しい意見かもしれないが、そういったセリフは努力した者が言わないと説得力がない。

「平民でも上位成績者はおられますよ。三年生のウェイン・ガルセスさまとか」

「あんな化け物《いかい》と一緒にしないでください！」

シャルロットの暴言に、ドロシーは息を呑んだ。

周囲の女生徒たちも、驚きに固まっている。

たしかに、一度聞いたことは絶対忘れないというウェインの能力は飛び抜けている。人間離れしているという意味なら正しいだろう。しかし、だからといって「化け物」は言いすぎだった。

眉をひそめるドロシーの様子に気づいた風もなく、シャルロットは言葉を続ける。

「お願いです！　グレースさん、私を生徒会に入れてくれるように、王太子殿下を説得してください！」

――――まっぴらゴメンである。

「私にそんな力はありませんわ」

「意地悪言わないでください！」

意地悪とか意地悪でないとか、そういうレベルの問題ではない。

シャルロットは、いったいどうしてそんなに生徒会に入りたいのだろう？

考えたドロシーは、ハッとした。

「ひょっとしてラマフさんは、私が生徒会でアルカネット公爵令息さまと一緒にいるのが心配なのですか？」

もしもそうなら、その懸念を否定することはできない。ドロシーの目的は、まさしくそれなのだから。

どう誤魔化せばいいのかと悩んでいれば――――。

「あ、それはどうでもいいです」

至極あっさりと、そう言われてしまった。

「え？」

「私、オスカーさまとは関係なく、生徒会に入りたいんです！」

ドロシーはポカンとする。

――どうでもいいとは、どういうことだろう？

（……オスカーが、絶対自分を裏切らないっていう自信があるってことなの？　今さらグレースがどうあがこうと、目じゃないって？）

すぐ目の前にいるはずのシャルロットが、とても遠くに思えた。同じ人間のはずなのに、なんだか違う生き物にさえ見える。

彼女を理解することは――とても無理だ。

これ以上シャルロットと話していたくなくて、ドロシーは歩き出した。

「ごめんなさい。私、今日は疲れているので、これで失礼しますわ」

「な！　そんな！　グレースさん――」

シャルロットはまだ何か叫んでいたが、急いでその場を立ち去る。

周囲になんと思われようとかまわない。

――ひどく疲れたと、ドロシーは思った。

しかし、どんなに疲れていても、ドロシーにはやらなければならないことがある。

それは、魔女には欠かせない日々の鍛錬だ。これをさぼったりした日には、師匠にどんな目に遭わされるかわかったものじゃない。

（一緒に暮らしていなくても、鍛錬を続けているかどうか、師匠なら一目でお見通しのはずだもの。さぼるなんて怖いこと絶対できないわ！）

そう思いながらドロシーは、集中力を高める効果のある魔方陣の描かれた一メートル四方の絨毯《じゅうたん》を床に敷いた。

その中央に胡座《あぐら》をかいて座る。

背筋を伸ばし、目を瞑《つむ》ると、息を深く吸って……吐いた。

呼吸を繰り返しながら、意識を集中していく。

これらすべては、魔法を使うために必要な魔力の感知能力を高めるためのものだった。

――魔力というのは、この世界独自のいわゆる万能なエネルギー。普通の人には見ることも感じることもできないのだが、魔法使いや魔女の素質を持った人間ならば感知することができる。

魔力を取り込み、自分の力とすることで、彼らは魔法を使うのだ。

そして、強い魔法を使えるかどうかは、各人の魔力を感知できる量とスピードにかかっていた。

例えば、力の強い魔女である師匠にとって、魔力とは常に感知でき息をするのと同じくらい容易《たやす》く使用できるもの。使うための呪文も魔術式も不要で、己が意のまま力に変換できるのだという。

（まあ、師匠は例外中の例外らしいけど）

これが、底辺魔女のドロシーともなれば、話はまったく違う。彼女が強い魔法を使うためには、多大な意識の集中と感知できた魔力を魔法に変化させるための具体的なイメージ――呪文とか魔術式が必要になってくる。

（魔法薬作りや姿替えの魔法くらいなら、それほど魔力もいらないんだけど）

魔法薬とはいっても、ドロシーが作るのは、日本でいうところの化粧水みたいなもの。薬ではない美容液は失敗のリスクが少ない分気軽に作ることができる。作り方もレシピのような魔術式を頭に思い浮かべるだけなので、とても簡単だ。

また、現在彼女が使っている姿替えの魔法も、実際にドロシーの体を変化させるわけではなく、目に映る映像だけを惑わす魔法なので、難易度はかなり低かった。背中の下の方に小さな魔方陣を魔力で印《しる》しただけだ。おまけに師匠が重ねがけをしてくれたので、ドロシーがこれ以上何もしなくとも、一年くらい魔方陣は消えないだろう。

（強い解除魔法をかけない限りは、解けたりしないと思うわ）

普通はこんなことはありえないのだが、そこは師匠の力量だろう。

現状、魔女としての能力に大きな差がある師匠とドロシーだが、魔力の感知能力は、日々の鍛錬で少しずつ上げることができる。

逆に、努力を怠れば、その能力は衰えていくばかりだった。

（鍛錬を積んだからって、誰もが師匠みたいになれるわけではないけれど……でも、それは私が努力を怠る理由にはならないもの）

だからドロシーは、今日も地道な鍛錬を続けるのだ。
いつか、底辺魔女からの脱却を願って、ドロシーは、意識を集中させ魔力を追った。

幕間《まくあい》その一　とある王太子の心中《しんちゅう》

――今から一年ほど前のこと。

その話を聞いたとき、ディリックは特に何も思わなかった。

「聖女？」

「ああ、新入生の中にいるそうだよ。元々は平民だったけど、聖女の力があることがわかってラマフ男爵に引きとられたらしい。……かなり可愛い子みたいだよ」

興味津々に話すのは、ディリックの幼馴染みであり、将来は側近となるはずのマイケル・アメア・マイヤーだ。侯爵家の次男である彼は情報通で、おっとりとした外見に似合わず様々な情報を握っている。マイケルの言う「らしい」や「みたい」は、確定と受け取ってもほぼ間違いない。

「聖女って言ったって、単に癒《いや》しの魔法が使えるだけの魔女だろう？　あんまり儲《もう》けになりそうにないし、興味はないいな」

マイケルの興奮に水をかけるのは、ウェイン・ガルセスだ。平民出身の天才で、経済方面の才能がずば抜けている。小さな商いを営んでいたガルセス家が、彼の助言で王国内有数の商家となったのが、その証拠だろう。

——普通の人間には欠片《かけら》も存在を感じられない魔力を駆使し、魔法を使う魔女の中に、ときに聖女と呼ばれる者が現れる。

魔法使いや魔女になるためには、生まれ持った魔力を感知する能力が必要だ。

聖女になるためには、さらに特殊な才能がいるらしい。才能がないとどんなに力の強い魔女でも聖女にはなれないという。

その能力は魔法の中でも治癒魔法に特化しており、そのせいか別の魔法はあまりうまく使えないそうだ。

ちなみに、いまだかつて魔法使いの中には現れたことがないため、女性限定なのだと考えられている。

傷や病を癒す力を神聖視する者は多い。そういった者たちは得てして聖女を敬い崇拝する。

しかし、ウェインはそうではないようだ。

「ウェインは夢がないな。聖女だよ、聖女！　同学年になる新入生の男子たちは、我こそは聖女の騎士たらんと、みんな張りきっているっていうのに。……中でもアルカネット公爵家のオスカーは、その先頭に立っているみたいだね」

オスカー・ナイト・アルカネットは、新入生の中心的存在だ。真面目で正義感の強いオスカーに憧れる生徒は、男女ともに多い。

「ふ〜ん。——アルカネット公爵令息には婚約者がいただろう？　聖女なんかに現《うつつ》を抜かして大丈夫なのか？」

心配しているようなセリフだが、ウェインがそのことに興味がないのはよくわかる。なにせ見ている書類から一度も顔を上げないのだから。

彼らは現在王立学園の二年生。生徒会の仕事を引き継いだばかりで、かなり忙しい。

生徒会長がディリックで、副会長がマイケル。ウェインは会計だ。

二年生の彼らが役員となっているのは、年度末の選挙で現三年生を押しのけて当選したため。進んで立候補したわけではなく周囲に推されての当選だが、なったからには彼らが手を抜くはずもない。

三人は生徒会室で仕事をしながら会話をしていた。

「お相手は、サンシュユ公爵令嬢だからな。いくら聖女に心酔しても、公爵令嬢を疎《おろそ》かに扱うようなバカな真似《まね》はしないだろう」

オスカーと同じく高位貴族の令息であるマイケルは、当然のこととしてそう話す。

「…………だといいな」

ウェインは、やっぱり興味がなさそうだった。

そんな態度に埒《らち》が明かないと思ったのか、マイケルは今度はディリックに声をかけてくる。

「ねぇ、ディリック。君は聖女をどう思う？　聖女ともなれば、元は平民でも、やりようによっては王妃になってもおかしくない存在だ。多少は興味があるだろう？」

マイケルがディリックを呼び捨てにするのは、この三人だけのとき限定だ。こういうときのマイケルは、面倒な身分や地位を抜きにして、単に一人の男としてのディリックの意見を聞いている。

ディリックは、考えることなく、否定の返事をした。

「俺は、聖女に興味はない。……幼いときから母に言われているからな。――――『聖女』だの『王女』だの、そういう肩書きで女性を区別するなと。相手の本質を見て判断しないと、俺のような『チョロイ王太子』は、あっという間に『攻略』されてしまうそうだ」

ディリックが自分のことを「俺」というのも、二人の前でだけ。

「…………は？　チョロイ？　攻略？」

マイケルとウェインは、ポカンと口を開けた。

その気持ちはよくわかる。ディリック自身、自分の母の言葉には首を傾げることが、ままあるからだ。

「ま、まあ。……あの王妃さまのおっしゃることであれば、きっと何か含蓄《がんちく》のあることなんだろうね」

かなり無理をしてマイケルは納得した。

それにディリックは、呆れたような視線を向ける。

「チョロイなんて言葉に、含蓄なんてあるはずないだろう？　……まあ、ともかく俺は『聖女』を特別扱いはしない。お前たちも、放っておけ」

言うなり、ディリックは自分の仕事に戻った。聖女のことなど忘れたように書類に集中する。

彼の言葉に、マイケルとウェインはコクコクと頷いていた。

そんなディリックの対応が、間違っていたとわかったのは、その年の卒業式の後だ。

「――――婚約破棄だと？　アルカネット公爵家とサンシュユ公爵家が？　バカな！　オスカーは、ことの重大さをわかっているのか！」

その話を聞いたディリックは、思わず叫んでしまった。

公爵は、爵位の中でも一位の身分で、遡れば王家の血筋に行きつく家だけが名乗れる地位だ。現在オルガリア王国には七人の公爵がいて、中でもアルカネット公爵とサンシュユ公爵は、国の中枢で活躍する二大公爵と呼ばれている。

(二人とも王家への忠誠が厚く、この婚約により、なお一層連携を強くして王国の基盤を固めるはずだったのに)

肝心の当事者が婚約の破棄などしてしまえば、両家の信頼関係はあっという間に潰《つい》えてしまう。最悪、関係悪化から、国を二分した争いが起こる可能性さえあった。

「一応まだ正式な破棄にはなっていないらしいよ。――――ただ、アルカネット公爵令息が、先日の卒業パーティーで派手に婚約破棄宣言をしたからね。今さらなかったことにはできない状況だ」

マイケルが手にした書類を見ながら、顔をしかめて報告する。

件《くだん》の卒業パーティーに、ディリックとマイケルは出席できなかった。国の公務がかぶっていて、卒業式で在校生代表として挨拶した後に、城に戻ってしまったのだ。

「悪いな。俺が止められればよかったんだが」

一人残ったウェインは、平民だ。式典の中ならともかく、終わった後のパーティーで公爵家の後《こう》嗣を止められるはずがない。

「たぶん僕でも無理だったよ。――アルカネット公爵令息も暴走していたけれど、パーティー全体の雰囲気が、婚約破棄を支持していたらしいからね。……サンシュユ公爵令嬢は、よっぽどみんなに嫌われていたんだな。……まあ、これだけのことをしでかしたんなら当然か」

マイケルは肩をすくめて、持っていた書類を机の上に放り投げた。そこには、婚約破棄に至るまでの経緯が事細かに書いてある。内容の半分以上が、サンシュユ公爵令嬢が『聖女』に対して犯した愚行の詳細だ。

最初は、軽い注意にはじまって、アルカネット公爵令息が聖女を庇ったことにより、嫌がらせが段々と陰湿ないじめとなっていき、ついには命の危険を感じさせるような暴行に及んだことが、証拠や証言を明記して書かれてある。

「ちょっと信じられないような内容もあるから、もう一度調査はするけれど、本当にここまでやってしまったのだとしたら、さすがの僕もドン引きだね。……まあ、それにしても、このすべてを他人を巻き込まずに自分の手で行ったというあたりは、潔いと言って言えないことはないけれど」

グレースは、どんなに汚い犯行でもすべて自ら手を汚していた。使用人や他人に命令してやらせたりはしていないと、どの報告書にも書いてある。わがままでヒステリックで短気だと言われるグレースだが、彼女には彼女なりの矜持《きょうじ》があるらしい。

「かえって不思議なのは『聖女』の方だよね。ここまでやられていながら、実際の被害はほとんど受けていない。ギリギリで助けられたり、運良く躱《かわ》したり――まるで彼女には、グレースのやることがわかっていたみたいだ。……もちろん、そんなはずはないから、ただ単に運がよかっただけなのだろうけれど」

そう言いながらも、マイケルは納得できないように顔をしかめていた。

「……書類の報告だけでは埒が明かない。――たしか、オスカーは二年から生徒会に入ることになっていたな？」

ディリックの問いかけにマイケルは頷く。

「ああ。書記をやってもらおうと思っている」

「ならばオスカーの方は、それで性格や考え方が知れるだろう。……問題は、サンシュユ公爵令嬢の方か。……彼女は学園を辞めたりしていないだろうな？」

「そういう書類は出ていないよ。なんていうか、鋼のメンタルだよね」

普通の女性ならば、婚約破棄などされたら恥ずかしくて人前に出てこられなくなるだろう。

しかし、サンシュユ公爵令嬢は、退学も休学もしないという。

マイケルの話を聞いたディリックは、ひとつ頷くと、おもむろに椅子から立ち上がった。

「わかった。それなら、俺が直接サンシュユ公爵令嬢に会ってみよう」

「え？　ディリック自らかい？」

「ああ。実際に会ってみなければわからないこともあるからな。……何より、今回の事態は『聖女』を放っておいた俺のミスだ。――なんとしても、この婚約破棄は撤回させなければならない」

一見、優しげに見える紫の瞳が、ギラリと光る。

「サンシュユ公爵令嬢も、きっとそう思っているはずだ。ならば俺たちは協力し合える。――いや、何がなんでも協力してもらう！　……俺の在学中に婚約破棄などと、ふざけた真似をしてくれて！　…………たっぷり後悔……いや、働かせてやるから覚悟しろ」

ディリックの迫力に、マイケルとウェインは震え上がった。

「い、一応、相手はご令嬢だからね。手加減してね？」

「そうそう！　俺たちも協力するから！　頼むから、その殺気を抑えてくれっ！」

必死で懇願してくるマイケルとウェイン。

「……善処する」

ディリックは、渋々約束した。

だからといって、ディリックはすぐにサンシュユ公爵令嬢と会ったわけではなかった。

その前に、彼女をしばらく観察することにしたのだ。

貴族の本格的な社交界デビューは、学園卒業以降。このためディリックは、サンシュユ公爵令嬢と正式に会ったことはない。

（いや、公爵夫人に連れられて母のサロンにきたところに、偶然出くわしたことがあったか？）

一応紹介はされたが、その時点でグレースとオスカーの婚約は決まっており、本当に儀礼上の紹介のみ。名前と顔は覚えたが、その後の交流はなかった。

つまりディリックも、噂以上の彼女を知らないのだ。

（あらためて容貌だけを見れば、文句なしに美しいな。――――たしか『月の姫』と呼ばれていたのだったか？　これだけの美人がふられるだなんて、やはり性格が悪いのだな）

そう思って観察していたのだが――――。

ディリックが驚いたことに、グレースは、噂とはまるで違う言動ばかりとっていた。

まず、ヒステリックに怒鳴ることがない。

周囲にどんなに悪《あ》しざまに言われても、ジッと耐えるだけ。

中には、そこまで言うか？　というひどい悪口もあったが、彼女は悲しげな顔でうつむくばかり。

（オスカーに振り向いてほしくて、殊勝なふりをしているのか？）

そうも思ったが、だとしても控えめすぎた。

きっと彼女も婚約破棄をなんとかしたいのだろう。何度もオスカーに会おうとしているのだが、周囲から無視されたり、遠ざけられたり、あげくの果てに嘘情報に踊らされ無駄足を踏むばかりなのだ。

近づくことさえできていない。

しかも、おかしなところで真面目さを発揮して、時間が惜しいはずなのに、すべての授業を律義に受けている。

（高位貴族なんだから、授業内容など既に履修済みのはずだろう？）

高位貴族は、よほど成績が悪くない限りは、授業をさぼっても不問にされる。それなのに彼女は教師の話を真剣に聞いて、あまつさえ時間外に質問までするのだ。

このため、教師サイドの彼女への評価は、あっという間に回復――いや、うなぎのぼりに上がっていた。婚約破棄の件についても、きっと他人には言えない、やむにやまれぬ事情があったのだろうと、学園側は意見を変えている。

このほかにも、今までなら決してすることがなかった雑用の掃除やごみ捨てなども、グレースは積極的に行っていた。オスカーへの点数稼ぎかと最初は疑われたのだが、それにしては、いやいやだったり、押しつけがましかったりということがなくて、まるで日常的に行っているかのように自然体。

この様子に、普段から雑用をさせられている平民たちが、教師と同じくらい早く、彼女に好意的になっていく。

元々グレースが下位の者を蔑むということをしていなかったことも大きな理由だろう。

(グレースの高飛車で傲慢な態度は、同じ貴族限定だったらしいからな。彼女にとって平民とは、弱く庇護する対象だったんだろうな。……………まあ、それもある種、傲慢と言えなくもないが)

それでもグレースが平民を傷つけなかったのは事実だった。

一方、聖女は平民出身にもかかわらず一切雑用をしていない。それどころか平民を無視することもしばしばだ。それに腹を立てている平民も多く、グレースへの評価に反比例する形で、聖女の人気は落ちていた。

これが、すべてグレースの計算で行われているのなら恐ろしいと思うのだが、まったくそんな風には見えない。

(だいたい、グレースのいったいどこが、わがまま令嬢なんだ？　お人好《よ》しにしか見えないぞ？)

彼女を観察したディリックは、そう思わざるをえなくなった。

それとも、婚約破棄が、彼女をここまで変えてしまったのだろうか？

考えれば考えるほどわからなくなったディリックは、ついにグレースに直接声をかけることにした。

今日も今日とて見え透いた嘘に騙されて昼休みをつぶし、楽しみにしていただろう午後の授業まで受けられなくなり、とぼとぼと中庭に出て行ったグレースの後を、ディリックは追う。

「久しぶりだね。グレース・クロエ・サンシュユ公爵令嬢」


――――そうして話した彼女は、本当に噂とはまったく違う人物だった。

ディリックが、わざと意地悪く言っても騒ぎ立てないし、探りを入れても慎重に対応する。

彼女にとって渡りに船の提案をしても、その態度はあまり変わらなかった。

「――――悪い話ではないだろう？　おそらく君もそうしたいと思っているはずだ。――――サンシュユ公爵家もアルカネット公爵家も、国を支える有力貴族だ。こんなバカげた婚約破棄騒動で両家の関係がこじれるのは、王家としても困るんだよ。……しかも、私の在学中に騒動を起こしてくれるなんて――――両公爵家は、私にケンカを売っているのかな？」

ついつい、たまっていた鬱憤を表に出せば、グレースは怯えたような仕草をした。

(ああ、その顔も可愛いな)

思わずそう思ってしまって、ディリックは自分でも驚く。

(俺に、嗜虐《しぎゃく》趣味はないはずだが?)

グレースのいろいろな表情を見てみたいと思う。

ディリックは、その場で、強制的に協力し合うことを決め、グレースを生徒会へ入会させた。

案の定、オスカーが激しい拒絶反応を見せたが、力で封じ込める。

――ディリックの目標は、オスカーとグレースの婚約破棄の撤回だ。

そのことにはなんの変更もないのだが、ディリックの心中は、ほんの少し変わってしまっている。

(不思議だな。彼女に会う前は、あんなにイライラしていたのに、今はきれいに消えている)

グレースを生徒会に入れただけでは、事態は好転しない。まだまだやることは多く、婚約破棄の撤回までの道のりは困難なままだ。

(でも、俺はそれを面倒だと思っていない?)

むしろ気分は高揚していた。

貴族令嬢らしからぬ、今のグレースと一緒に立ち向かえるのが……嬉しいと感じる。

(きっと彼女は俺を楽しませてくれる)

なぜか確信した。

「さあ、グレース、こっちだよ」

優しい笑顔を向ければ、グレースは黙って従ってくる。

そのことに、大きな満足感を得るディリックだった。

第三幕　婚約破棄撤回作戦始動！

「これをフォークの背でつぶせばいいのか？」

ボウルの前でフォークを握りしめたディリックに聞かれ、ドロシーは「はい」と答える。

「できるだけ滑らかにつぶしてください。あと、熱い内にお砂糖とバター、牛乳も入れて混ぜていただけると助かります」

ボウルに入っているのは、皮をむいてゆでたサツマイモだ。この世界の食べ物は地球とあまり変わりなく、ほぼ同じ食材が揃っている。

（食文化は、欧米みたいな感じよね。主食は小麦でパンが多いし、ブイヨンやコンソメを使った料理が主流だわ。――――サツマイモがあったのは、ラッキーだったわよね）

地球のサツマイモのルーツは中南米のようだが、欧米ではあまり普及しなかったらしい。イギリスに留学した焼き芋好きの友人が、メールで嘆いていたのを覚えている。

ドロシーは、特に和食にこだわりはないのだが、時々たまらなく食べたくなることがあった。このため、婚約破棄撤回作戦のひとつとして、オスカーの胃袋を摑む料理を作るにあたり、和食っぽいものを選ぶことにしたのだ。

（って言っても、『おやき』なんだけど）

おやきは郷土料理のひとつで、粉を練った生地の中に余ったお惣菜《そうざい》を詰めて焼く食べ物だ。食べごたえがあって、前世の地元ではよく食べていた。

欧米に似た食文化を持つこの世界の人間に、いきなり本格的なおやきが受け入れてもらえるかどうかはわからないが、試してみてもいいだろう。

とはいえ、あまりかけ離れたものを作っても、オスカーに気に入ってもらえなければ仕方ない。

そう思ったドロシーは今回作る料理として、おやきはおやきでもどちらかといえばお菓子に近いサツマイモのおやきを選んだ。

（中身がスイートポテトのようなおやきなら、それほど抵抗なく食べてもらえるわよね？　この際だから、生地にも少しふくらし粉を入れて、ふわっと仕上げることにしましょう）

ほかにも、自分用としてきんぴらのおやきも作るつもりだ。どうせ作るのなら、このくらいの楽しみはあってもいいだろう。

具のサツマイモを、恐れ多くも王太子であるディリックにつぶしてもらいながら、ドロシーはあらかじめ作って発酵《はっこう》させておいた生地を取り出した。適当な大きさにちぎって丸め、手のひらで叩いて平らにする。

「できたぞ。次はどうするんだ？」

何をやらせても様になるディリックが、サツマイモの入ったボウルを見せながら聞いてきた。

輝く金髪をひとつに縛り、白いサロンエプロンをした姿は、海外の高級料理店のギャルソンのようだ。

「それでは、具を小さく丸めてこちらの生地で包んでください。――端を少しずつつまんで伸ばして留めるんです。――そうそう、お上手ですね。そうしたら表面を平らにならして円《まる》くまとめてください」

真剣な表情でおやきを作るディィリックを、ドロシーは複雑な表情で見つめる。

たしかに彼は、ドロシーが難しいと思った策には手を貸し助けてくれると約束した。しかし、料理作りは、そんなにたいへんではない。

（なんで、私は王太子さまなんかと一緒におやきを作っているのかしら？）

あまりに非現実すぎて、思考が飛びそうだ。

「グレース、できたぞ。次は？」

「あ、はい。では蒸し器で蒸してからフライパンで焦げ目を付けます。できたものを、こちらにいただけますか」

そうすると、中はふわふわ外はカリッとした食感のおやきができるのだ。

包み上がったおやきをもらおうと手を伸ばせば「重いから」と言って、ディィリックが蒸し器まで運んでくれた。

「本当にグレースは、見かけによらないな。公爵令嬢なのに、このように料理に詳しくて、実際にここまで作れるとは思わなかった」

感心したように言われて、ドロシーは、ハッ！　とする。

言われてみれば、グレースは深窓のお嬢さままで料理なんてしたことないに決まっていた。

（そうか！　それでディリックさまは手伝ってくださったのね！）

納得すると同時に、顔から血の気が引いていく。

「あ、あの……申し訳ありません。料理は、私の、その、趣味で……貴族令嬢としては賤《いや》しかったですよね」

やってしまったと思ったが、今さらなかったことにはできない。

ディリックは、キョトンとした。

「賤しい？　なぜだ？　たしかに、貴族令嬢で実際に料理をする者は少ないが皆無ではないだろう？　事実、私の母も、ごくまれにではあるがパンを作ることがある。無心に生地を叩いているとストレス解消になるそうだ」

ディリックの母は、この国の王妃だ。

たしか辺境侯爵家の出身で、彼女に惚《ほ》れた国王が妃にと望んだのに「そんな面倒なものになりたくない」と言って断ったという逸話を持つ人物だ。それでも諦めなかった国王が泣き落としに近い形で口説き落としたのだと、まことしやかに噂されている。

（師匠いわく『一見儚げな美女なのに中身は悪魔で外見詐欺もいいとこだ』ってことだったけど）

それなら、ディリックに似ているのかもしれない。

（ううん。違うわ。ディリックさまが王妃さまに似たのよね。……それにしても、ストレス解消にパン生地を叩く王妃って――――）

相当変わっているのではないだろうか？

そんな王妃らしからぬ王妃が料理をするからと言って、公爵令嬢である自分が料理をすることを普通に受け入れてもらえるものなのか？

ほかの貴族――特にオスカーが、料理をするグレースに奇異の目を向けるのではないかと不安になる。

しかし今はディリックの言葉を信じる以外になかった。なんといっても、この策を提案したのは彼なのである。

不安に思っている間に、おやきは出来上がった。

フライパンで香ばしく焼き上がったものを、味見のために口にする。

（美味《おい》しいっ！）

我ながらベストな出来だった。

「熱っ！　……フ～。ああ、でもうまいな。これならオスカーも喜ぶだろう」

ディリックも、口をハフハフさせながら笑顔で食べている。

「本当ですか？」

「ああ、本当だ。ここでお世辞を言っても、なんの益にもならないからな」

この策の目的はオスカーの胃袋を掴むこと。お世辞や気づかいで褒めたりしたら、失敗するばかりだと、ディリックは説明する。

話している間にも、ディリックは二個目に手を伸ばそうとする。本当におやきを気に入ったのだろう。

「それ以上はダメです！　生徒会室に持っていく分が足りなくなりますわ」

ドロシーは、慌てて焼き上がったおやきを、彼の手から遠ざけた。

ディリックは、不満そうに口を尖《とが》らせる。

「まあ、いい。その代わり、そっちも食べさせろよ」

そう言ってディリックが指さしたのは、ドロシーがこっそり作っていたきんぴら入りのおやきの方だった。バレないように気をつけていたつもりだったのだが、ディリックはお見通しだったようだ。

「こ、これは、私個人用で……その、お口に合わないかと」

なずなの好みで赤唐辛子を多めに入れたきんぴらは、ちょっと……その、とても辛いのだ。甘党の友人たちには、すべてそっぽを向かれていたくらいに。

「口に合うかどうかは私が判断する。いいから食べさせろ」

迫る美形の迫力に、ドロシーが勝てるはずもない。

結果、大口でパクリと食べたきんぴら入りのおやきに固まるディリックを、おろおろと見つめることになった。

モグモグ、ゴクリと、おやきを呑み込んだディリックは、ハ〜！　と大きく息を吐く。

「辛い！　でも、うまい！　なんだ、このクセになるうまさは！　これは、オスカーには――、いやほかの誰にも食べさせるなよ！　私専用に作ってくれ」

食いつき気味に命令されたドロシーに、断ることなどできるはずもなかった。

この後、あれよあれよという間に、作ったきんぴら入りのおやき三個は、すべてディリックの胃袋に収まってしまう。

（せめて一個ぐらい食べたかったわ）

空っぽになったお皿を恨めしく睨むドロシーだった。


そして、調理がすべて終わった後で、ドロシーは熱々のおやきを生徒会室に差し入れる。

それを見たオスカーは、思いっきり不審な顔をした。

今日の彼は珍しく書記の仕事を真面目にやっている。聖女の用事がなかったのか、それともこのままではグレースに自分の仕事をとられてしまうと危機を感じたのかは、わからない。

黒い目が嫌悪も露《あら》わに彼女を見つめ、何かを――――おそらくは文句を言おうと口が開かれる。

しかし、その前に、副会長であるマイケルが嬉しそうな声をあげた。

「うわっ。ものすごくいい匂いがするね。サンシュユ公爵令嬢、それはなんですか？」

「見たことのない食べ物だな」

会計のウェインも、興味津々で近寄ってくる。

仕方なしにオスカーは口を閉じた。

「おやき、という食べ物です。ディリックさまに手伝っていただいて一緒に作ってみました。よろしければ、皆さまお食べになりませんか？」

ディリックと一緒に作ったという言葉を聞いて、オスカーの眉間に深いしわが寄る。

(きっと、何を図々《ずうずう》しく王太子殿下に手伝わせているんだって思っているんでしょうね)

それでも、王太子自身がグレースを咎めていないのなら、オスカーに言えることはないはずだ。

「殿下は、料理なんてできたのですか?」

びっくりするウェインを、ディリックはねめつけた。

「私は、騎士の行軍訓練に毎年参加している。軍は出自より階級優先だからな。煮炊きでも皿洗いでも普通にしているぞ」

まだ学生であるディリックの階級は一兵卒。後々軍の最高指揮官となる王太子に命令できるのなんて今このときだけだとばかりに、騎士たちは遠慮なくこき使ってくるのだという。

信じられないと呟くウェインに、同じく行軍訓練に強制参加させられているマイケルが、諦観した表情で肯定した。

それでディリックは料理ができたのだと、ドロシーは今さらながらに納得する。

「……殿下が、行軍訓練に?」

一方オスカーは、少し呆然としていた。侯爵令息のオスカーだが、その情報は知らなかったらしい。

「ああ、特に言いふらすことでもないからな。周知はしていない。しかし、そうだな。オスカーも二年になったのだ。一度参加してみたらどうだ?　凝り固まった視野が広がるぞ」

それはオスカーの視野が狭いと言ったも同然の言葉だった。

オスカーの黒い瞳が、動揺したように揺れる。

肩を落としたオスカーを気づかったドロシーは、話題を変えようと、おやきを配った。

「————甘いっ！　美味しい！」

「ふわっとしているのにカリッとして、変わった食感だな。中身もしっとり滑らかで濃厚な舌触りだ。これはクセになるうまさだな」

すぐに食べて、言うことなしに美味しいと笑み崩れるのはマイケルで、難しい顔で分析しながら最後にニコッと笑ってくれるのはウェインだ。

どちらの評価もとても嬉しい。

しかし、問題なのは手を伸ばそうともしないオスカーだった。

「アルカネット公爵令息さま。どうぞ食べてみてください」

「いらなっ————」

「オスカー、先ほど私が言った言葉の意味がわからなかったか？」

拒絶しようとしたオスカーの言葉を、ディリックの静かな声が遮った。

オスカーは、グッと息を呑む。

「そうそう、こんな美味しいもの。食べないのはもったいないないですよ」

「いらないなら俺にくれ。次は紅茶に合わせてみたい！」

コーヒーと一緒におやきを食べ終えたウェインが、そう言ってオスカーの分のおやきに手を伸ばす。

おやきには絶対煎茶《せんちゃ》だと思うのだが、残念ながらこの世界には存在しない。

「食べます！　食べればいいんでしょう！」

やけを起こしたように怒鳴ったオスカーは、ガブリとおやきにかじりついた。

しかし、それはどうやら最後に焼いたものだったようで、まだ熱々。

結果、オスカーは熱さに飛び上がる。

「熱っ！　――――水、水をくれ！」

慌ててドロシーは、ウォーターピッチャーから水をカップに入れて差し出した。その際、こっそりと魔法で水を冷やすのも忘れない。

カップを奪いとったオスカーは、ゴクゴクとすごい勢いで飲み干した。

「大丈夫ですか？」

「…………ップ。ハァ～。……クソッ！　俺を殺す気か！」

いやいや、人間、熱いものを食べたくらいでは死なないだろう。

ギロリと睨みつけてくるオスカーを、ドロシーは呆れて見返した。飲み干したカップに手を伸ばして受け取る。

「そんなに急いで食べるからですよ。やけどをしていないか見たいので口を開けてくださいね」

落ち着いた様子でオスカーを宥《なだ》めた。

渋々口を開けてみせるオスカーの口内に、こっそり冷却魔法をかける。

「よかった。中は赤くなっていないから大丈夫みたいですよ。今度は気をつけて食べてくださいね」

安心させるために優しく微笑みかけてやれば、なぜかオスカーの顔が、真っ赤に染まった。

(やけどの熱が顔に出てきたのかしら？　口も喉もちゃんと冷やしたつもりなんだけど？)

心配になったドロシーは、もう少しよく見ようと、さらにオスカーに近づいた。

「うわっ！　おいっ！」

途端、オスカーは焦り出す。

すると、背後から伸びてきた手がドロシーの体をオスカーから引き離した。

「……………ディリックさま？」

それはディリックの手で、王太子は美しい顔を不機嫌そうにしかめている。

「――――先ほど私が食べて熱がったときには、そんなことをしなかったようだが？」

たしかにそうだったのだが、それは今確認しなければならないことだろうか？

「あのときのディリックさまは、熱がりながらも、普通に食べておられましたから」

だから、やけどまではしなかったのだと、ドロシーは判断したのだ。現にディリックは、その後辛いきんぴら入りのおやきを三個も食べた。どう考えても、喉に異常があったとは思えない。

「もっと私が痛がればよかったのか？」

――――そういう問題では、まったくなかった。

一体全体、ディリックは何が言いたいのだろう？

不思議に思ってジッと顔を見つめれば、

「君は、オスカーに近づきすぎだ」

フィッと顔を反らしながら、ディリックはそう言った。

たしかにそう言われれば、貴族令嬢は、必要以上に異性に近づいたりしないものだ。そんなことをしようものなら、たとえ相手が婚約者であったとしても、はしたないと噂されてしまうから。

しかも、オスカーは婚約者ではなく、元婚約者だ。

（私ったら、すっかり忘れていたわ！　ディリックさまは注意してくださったのね！）

それだけでは理由のつかない発言もあったような気がするが――――いや、そこは気にしないことにしよう。

（何かを言おうと思って、ついつい話が脱線することは、よくあることだもの）

それよりも、この注意をありがたく受け取る方が建設的だ。

そう思ったドロシーは、素直に謝り「ご忠告ありがとうございます」と感謝を告げる。

「え？　今の、感謝するところですか？」

「絶対、殿下の理不尽な嫉《しっ》――――」

何かを言いかけたマイケルとウェインだったが、ディリックにギロリと睨まれて口を閉じた。

オスカーは、まだ頬を赤くしたままだ。しかし、ボーとしながらも、おやきを黙々と食べている。

（どうやら気に入ってもらえたみたいよね？　胃袋から堕とす作戦第一回は、成功かしら？）

少なくとも失敗ではないだろう。

ちょっと、いろいろわからないことはあったけれど、とりあえず、心の中で快哉《かいさい》を叫ぶドロシーだった。

その後、きちんと生徒会の手伝いをしてから、ドロシーは寮へと戻る。

「グレースさん！」

そこに出てきたのは、またもやヒロイン――――シャルロットだった。

（……無視したい）

しかし、この場にはほかの女子生徒もいる。遠巻きにしている彼女たちの視線を感じたドロシーは、心の声を押し殺し、返事をする。

「――――ラマフ男爵令嬢。何かご用ですか？」

「今日あなたが作ったというお菓子を、私にも食べさせてください！」

どうしてそれを、シャルロットが知っているのだろう？

（ああ、そういえばオスカーさまは、少し早くお帰りになったわよね）

用があるということだったが、やはり聖女絡みだったらしい。

「ごめんなさい。全部食べてしまって残っていないんです」

これは本当のことだ。おやきは大人気で、作ったすべてがあっという間になくなってしまった。

「そんな！　どうして私に残してくれなかったんですか？」

なぜ、シャルロットに残さなければならないのだろう？

相変わらず彼女の言うことは、意味不明だ。

「……ひょっとしてオスカーさまが、何か言っておられたのですか？」

あの後も黙々と食べ続けたオスカーは、「美味しい」という一言を、ついぞ言わなかった。しかし、あの食べっぷりを見るに、彼がおやきを気に入ったのは間違いない。素直にグレースに言えなかった彼も、シャルロットには正直に話したのかもしれない。

(別の女性が作ったお菓子を、婚約者になる相手が褒めたなら、気になるのも当然よね)

そう考えれば、意味不明なシャルロットの言動も少しは理解できる。

そうかそうか、そうだったのかと納得していれば、シャルロットがグンと近づいてくる。

「そうです！　オスカーさまは、そのお菓子を王太子殿下がことのほかお気に召しておられたと教えてくれました！　だから絶対私も食べて、殿下の好みを知りたいって思ったんです！　なのにもうないなんて、ひどいじゃないですか！」

ドロシーは、呆気にとられた。

それでは、まるでオスカーはどうでもよくて、王太子が気に入ったから食べたいのだと言ったも同然だ。

(ううん。同然じゃない。本当に言ったのよね？)

一瞬わかりかけたシャルロットの心が、またわからなくなってしまう。

どうやらそれはドロシーだけでなく、ほかの女生徒も同じようで、彼女らは困惑した視線をシャルロットに向けていた。

「もうっ！　生徒会には入れないし、お菓子も食べられないなんて、踏んだり蹴ったりだわ。どうすればいいの？」

自分の親指の爪をかじりながら、シャルロットはブツブツと呟く。

やがて、パッと顔を上げた。

「そうだわ！　ないなら作ればいいのよ！　レシピをもらえばいいんじゃない！　グレースさん、私にそのお菓子の作り方を教えて！　……なんならあなたが私に作ってくれてもいいわよ。そうよ、そうしましょう！」

名案を思いついたというように、シャルロットは手を叩いて喜ぶ。

ドロシーは、思わずシャルロットから一歩足を退《ひ》いた。

本当に、この目の前の少女の思考がわからない。

どうしてドロシー――――いやグレースが、シャルロットのために料理を作ってくれると思えるのだろう？

「お菓子は、ウェイン・ガルセスさまが、とても気に入ってくださって、彼のご実家の商家とライセンス契約をすることになったのです。ですから作り方をお教えすることはできませんわ」

これは言い訳ではなかった。ガルセス家は王国内でも有名な商家だそうで、おやきを本気で気に入ったウェインからその場で申し出を受けて、話がトントン拍子にまとまったのだ。まだ正式な契約書を交わしたわけではないけれど、話が出ている以上、レシピを広めるのはダメだろう。

「またあの化け物ですか！　平民のくせに邪魔ばかりして。……もう、なんなのよ！　グレースさんもひどいわ！　どうして私にこんな意地悪をするの？」

顔を赤くして涙を滲《にじ》ませ自分を責めるシャルロットが、どうにも受け入れられない。

（この子には、自分がグレースさまの婚約者を奪ったんだっていう自覚がないの？）

「――お話がそれだけなら、失礼しますね。お休みなさい」

ドロシーは、逃げるようにその場を後にした。

「あ！　待ちなさいよ！　――もうっ！」

わめき声には耳を塞ぐ。

遠ざかる気配に、ようやく息ができるような気がしたドロシーだった。


翌日、ドロシーは最悪の気分で目覚める。

あの後、部屋に戻ったら師匠から魔法通信が入っていたのだ。

ここがチャンス！　とばかりに、現状のたいへんさを訴え、なんとか身代わりを辞めさせてもらおうと思ったのに――なんと、通信は一方通行。鈴を転がすような美声が『美容液がなくなりそうだからよろしくね！』とだけ告げて、そのままツーと切れた。

（美容液を作る魔法より、通信魔法の方がよほど高度で難しいのに！）

――天才のやることは、理解できない。

それでも、師匠はシャルロットよりは、ずっとマシだった。

（師匠は、ズボラで変人で高飛車だけど、なんとか話は通じるものね）

いや、時々通じないこともあるが……まあ、概《おおむ》ね通じる。

一方シャルロットとは、永遠にわかり合えそうになかった。

(あの師匠の側に帰りたいと思う日がくるなんて、思ってもみなかったわ)

ドロシーは、頭痛を堪えながら起き上がる。支度をして、簡単な食事を自分で作って食べた。

その後、万が一にもシャルロットに会わないようにと、早朝に寮を出る。

もちろん美容液の方は、既に作成済みだった。昨晩の内に作って窓の外に置いたので、きっともう師匠の手元に届いているはずだ。師匠の使い魔であるフクロウが、夜の間にやってきて勝手に持っていくのである。

(作って出しておかないと、どんなに窓に鍵をかけて寝ても、フクロウが入ってきて蹴り起こされるのよね)

フクロウの爪は鋭い。それで容赦なく蹴られるのはとても痛いので、そんなことにならないように、ドロシーは早め早めの行動を心がけている。師匠が師匠なら使い魔も使い魔のフクロウに、彼女は勝てたことがない。

朝の空気は、澄んでいるけど肌寒く、ドロシーはトボトボと校舎への道を歩いていた。

明るい陽光が射《さ》しているのに、彼女の頭痛は治らず、気分は最悪だ。

(別に特別によいことが起こらなくてもいいから……今日は、一日シャルロットさんと会わないといいな)

ごくごくささやかな願いだというのに、叶《かな》いそうにないと思えるのは、どうしてだろう?

ドロシーは、長いため息をついた。

「ハア〜〜〜〜〜〜〜〜〜〜〜」

しかし、いくらなんでも長すぎである。

（っていうか、私のため息じゃないし！）

ため息の聞こえてきた方に目をやれば――――なんとそこには、オスカーがいた！

（ゲッ！　……じゃないわ、私ったら、チャンスじゃない！）

思わずもれそうになった心の声を、慌てて封印する。

ここは、寮と学園の間にある小さな林の一角。寮から学園への抜け道となっている遊歩道の脇に、ポッカリと開けた空き地だ。

朝の凛《りん》とした空気の中に立つイケメンは、美麗なスチルのよう。

（眼福だわ）

感嘆のため息を堪えながら、ドロシーは、いったいどうしてオスカーは、こんなところにいるのだろうと、思った。

目をこらしてよく見れば、彼は片手に細身の剣を持っている。

どうやら素振りをしていたらしい。

（朝稽古かしら？　心身の鍛錬をしていたにしては、長すぎるため息だったけど？）

ドロシーは、不審に思いながらもオスカーに近づいた。

「――――おはようございます。アルカネット公爵令息さま」

声をかければ、オスカーは弾《はじ》かれたように顔を上げる。

彼女を見つめ、目を見開き――――なぜか、ホッとしたような顔になった。

出会って顔をしかめられなかったのは、はじめてではないだろうか？

「君か、グレ――――いや、サンシュユ公爵令嬢。早いな」

昨日までのオスカーとは思えない丁寧な対応だ。

ドロシーは、狐につままれたような顔になる。

「………どうかされたのですか？　アルカネット公爵令息さま」

不思議そうにたずねれば、苦笑が返された。

「ああ、いや。……その、昨日の『おやき』か？　その、菓子は熱かったけど……うまかった。なのに俺は、ろくに礼も言えなかったからな。……これでも、反省くらいはするんだ。自分の態度が失礼だった自覚はある」

目を逸らしながら「悪かった」と謝るオスカーの頬は、赤くなっている。もっとも、赤いのは朝の鍛錬のせいかもしれないが――――ドロシーは好感を持った。

（こういうところは、さすがメイン攻略対象者だわ。自分が悪いと思えば、嫌っている相手にも謝れる。こういう人は、なかなかいないわよね）

「いいえ。お気に召していただけたなら嬉しいです」

ドロシーが微笑めば、オスカーは顔を赤くしたまま目を見開いた。

「グレ――――いや、サンシュユ公爵令嬢。君は、変わったな」

別人なのだから、その通りである。

「私も反省したのです。嫉妬した相手を貶《おとし》めるばかりで自分を向上させないなんて、愚かの極みで

した。人として恥ずべきことだと思います」

――――と言って、師匠はグレースを怒鳴りつけていた。

あのときの師匠は心底怖かったので、グレースもきっと海より深く反省したことだろう。

（っていうか、反省できなかったら死ぬわよね？　グレースさまが死んだって話は聞かないから、たぶん反省したはずだわ）

師匠を思い出したドロシーは、少し顔色を悪くする。

それを見たオスカーは、心配そうな顔になった。

「グレース――――あ、いや、サンシュユ公爵令嬢」

呼びかけようとして言い直すのは三度目だ。

ドロシーは、今度はおかしくなった。

木々の間を飛んでいるのだろう、小鳥がチチチと鳴くから、優しい気分になる。

「名前で呼んでくださっていいですよ」

だから、気づけばそう言っていた。

「あ……でも、しかし……王太子殿下が」

オスカーに、グレースの呼び方を注意したのはディリックである。しかし、ディリックの本当の目的は、オスカーが婚約破棄を撤回すること。だとすれば、親しく呼び合うようになることに文句を言うはずなどないだろう。

（最初に注意したのは、オスカーさまの気を引くというか……荒療治をしようとしたんじゃないかしら？）

押してダメなら引いてみろ、みたいな感じである。

「王太子殿下には、私からお願いしたと申し上げます。私たちは、同じ生徒会役員ですもの。殿下も、本当は私とアルカネット公爵令息さまの関係が少しでもよくなることを望んでおられると思います。きっとわかってくださいますわ」

「――――そうか」

オスカーは、考え込むように目を伏せる。

「では、グレース嬢と呼んでいいだろうか？　君も私を名前で呼んでほしいと思う」

「はい！」

ドロシーは、満面の笑みを浮かべた。

（やったわ！　たかが呼び方だけど、でも関係改善の一歩には違いないわよね！）

心の中でガッツポーズを決める。

そんなドロシーを、オスカーは眩《まぶ》しそうに見つめてきた。

キラキラと朝の木漏れ日が、二人の周りの空気を暖める。

（なんだか、いい雰囲気よね？　この調子でもう少し仲良くなれるといいんだけど）

とりあえず会話を続けたいと、ドロシーは思った。何か話題はないかと考えて――――この場にきたときの、オスカーの長いため息を思い出す。

「あの……オスカーさまは、何か思い悩んでおられることがあるのですか？」

そうでなければ、あれほど長いため息をついたりしないだろう。素振りをしていたのだって、精神統一というか、雑念を振り払いたかったに違いない。

ドロシーから水を向けられたオスカーは、少し悩む素振りを見せた。

しかし、やがて「そうだな」と呟く。

「同じ女性の方が、彼女の気持ちがわかるかもしれないな」

「――――え？」

同じ女性と言われたドロシーは、嫌な予感に襲われた。オスカーの言う女性というのが、一人しか考えられないからだ。

「あ、あの、アルカネット公爵令息さま」

慌てて断ろうとすれば、オスカーが眉間にしわを寄せた。

「オスカーと名前で呼んでほしい――――先ほどそう頼んだはずだが？」

そう言われれば、そうだった。

「…………オ、オスカーさま」

ドロシーに名を呼ばれたオスカーは、嬉しそうに笑み崩れる。

メイン攻略対象者の破壊力満点の笑顔を見たドロシーは、うっかり見惚れてしまった。どうにもならないヌルゲーでも、絵だけは本当に好みだったのだ。

「――――俺の悩みというのは、シャルロットのことなんだ。最近、どうにも話が通じなくて」

その間に、オスカーに話を続けられてしまった。

嫌な予想がピタリと当たったドロシーは、顔を引きつらせる。

（私なんて、最近どころか最初からまったく通じていないわよ！　――――っていうか、いくらこっちから聞いたからって、シャルロットに対する悩み相談を、私《グレース》にする？）

ドロシーが呆気にとられている間にも、オスカーの相談は続いていた。

「彼女を生徒会に入れたいという話を、以前しただろう？　でも、殿下に断られて。……あのときはついつい感情的になってしまったが、後で考えれば殿下のおっしゃる通りだとわかったんだ。だからシャルロットにもそう話したのだが――――彼女は、私が何を言っても聞き入れてくれなくて。『自分は絶対に生徒会に入れるはずだ』と言い張って折れようとしないんだ」

あのシャルロットなら、さもありなん。

「それに、昨日、君のお菓子を食べたという話をしたときも、『どうして私の分も、もらってきてくれなかったの』と、すごい勢いで怒り出して――――あんなに怒鳴った姿を見たのは、その……はじめてで……少し驚いた」

どうやらかなりショックだったようで、オスカーは額に手を当て疲れた様子で下を向く。

そういえば、彼は以前、シャルロットのことを『素直で優しい性格』『誠実で真摯な頑張り屋』などと評していた。

（うんうん。きっとシャルロットが、大きな猫をかぶっていたのよね？）

釣った魚に餌をやらないというたとえは、多くの場合結婚した夫を揶揄《やゆ》する言葉として使われるのだが、女性であっても同じ現象はあるようだ。

（シャルロットさんは、オスカーさまへの扱いが雑になっているんじゃないかしら？）

昨日、一昨日のシャルロットの言動を思い出したドロシーは、そう思う。

普通であれば三年かかるオスカー攻略を一年で成し遂げたためなのか、シャルロットには驕《おご》りが出てきているのかもしれなかった。

とはいえ、それをそっくりオスカーに言うわけにはいかないだろう。

（いえ、グレースさま的には、シャルロットさんを悪しざまに罵って、これ幸いにとオスカーさまの心を自分に向けるチャンスなんでしょうけれど）

ドロシーは、グレースに代わってここにきた。それは、今までのグレースが、ダメダメだったからで――――ならば、そのグレースと同じ行動をとってはいけないということだ。

（……それに、こんなに思い悩んでいるオスカーさまを、これ以上傷つけたくないわ）

シャルロットの言動を思い出したせいなのか、オスカーは力なくうなだれている。死者にむち打つような真似を、ドロシーはできなかった。

「――――シャルロットさんは、わがままになっているんですよね？　それってオスカーさまに甘えていらっしゃるのではないでしょうか？」

オスカーは、弾かれたように顔を上げる。

「シャルロットが、俺に甘えて――――」

これはかなり好意的な考え方だ。いくら甘えているにしても、許容範囲というものがある。

明らかにシャルロットの言動は、度がすぎていると思うけど、許すか許さないかの判断をするのはオスカーだ。

愛《いと》しい人に甘えられていると言われたオスカーは、たちまち上機嫌になった。

（うん。やっぱりヌルゲーだわ）

ドロシーは心の中でため息をつく。

「そうか。――――ありがとうグレース嬢。君に相談できてよかった。……その……俺は、君には ひどいことをしてしまったのに、こんなに親身になってくれるなんて。……君は、本当は優しい女性だったのだな」

あまりに素直なオスカーに、ドロシーは心配になってしまう。

これが嫡男《いい》だなんて、アルカネット公爵家は大丈夫なのだろうか？

サンシュユ公爵家も、この機会に娘を嫁がせるのをやめた方がよいのでは？

（ま……まあ、オスカーさまの持っていたグレースさまへの印象はよくなったみたいだから、結果オーライよね？）

今でさえ手いっぱいなのだ。公爵家の未来まで、ドロシーは面倒見きれない。

そういうのは、王太子であるディリックのやることだろう。

ディリックを思い出したドロシーは、微かに口元をほころばせる。

（きっと、ディリックさまも喜んでくれるわ）

このときのドロシーは、そう信じて疑わなかった。

「それでは、オスカーさま、私はこのへんで失礼いたしますわ。朝の鍛錬のおじゃまをしまして申し訳ありませんでした」

なぜか、ボーッと自分を見ているオスカーに、優雅に礼をして踵《きびす》を返す。

「……………こんなに、きれいだったのか？」

背後から聞こえてきたオスカーの声に、視線を前方へと向けた。

朝の光に照らされた緑の木々は、たしかにこの上なく美しい。

同意するために後ろを振り返り微笑みかけた瞬間、オスカーの頬がリンゴのように赤くなった。

その理由については、さっぱり思い至れないドロシーだった。


――――きっとディリックも喜んでくれるだろう。

そう確信していたドロシーだったのだが。

「そうか。朝にそんなことが」

カラカラと軽やかな音を立てて走る馬車の中。

正面に座ったディリックは、ドロシーの報告を聞いて難しい顔で黙り込んだ。

「……ディリックさま？　私、何か間違った対応をしましたでしょうか？」

やはり、これ幸いにとシャルロットをこき下ろし、オスカーの気持ちを無理やりにでも自分に向けた方がよかったのだろうか？

心配になって問いかければ、ディリックは「いや」と言って首を横に振る。

「……君の対応は最善だった。もしもそこで君がラマフ男爵令嬢を貶めるような発言をしていれば、おかしな方向に真面目なオスカーのことだ、自分が話を向けたことは棚に上げ、きっと君を非難したことだろうね」

間違っていなかったのだと認めてもらって、ドロシーはホッとする。

しかし、それならばどうしてディリックは、顔をしかめているのだろう？

「ただ、早朝、誰もいない場所でオスカーと二人きりで会ったことは問題だ。……もしもオスカーに君を害する意図があったなら、か弱い女性である君はろくな抵抗もできずに傷つけられてしまっただろう。もっと行動に気をつけるべきだよ」

ドロシーは、ポカンとした。

「オスカーさまが、そんなことをなさるとは思えませんが？」

「君は、オスカーに婚約破棄されたとき、彼がそんなことをすると予想できていたのかい？」

オスカーに婚約破棄されたのはグレースであって、ドロシーではない。だからそのときのグレースの思いはわからなかったが、あの騒動を思い出せば、グレースが婚約破棄を予想していたとは思えない。

「……つまり、不測の事態にも注意しろということなのですね？」

さすが王太子。深謀遠慮に長《た》けている。

（考えすぎな気もするけれど）

いやいや、王侯貴族には、平民のドロシーでは考えも及ばないような腹芸とか二面性とかがあるに違いない。

それに、たとえ考えすぎだとしても、ディリックが彼女を心配してくれたのは事実だった。

「わかりました。今後は迂闊《うかつ》に二人きりにならないように気をつけます」

ドロシーがそう言えば、ディリックはようやくしかめていた表情を戻す。

それにホッとしながら、彼女は馬車の窓から外を見た。

そこには、明るい午後の日差しに照らされた華やかな街並みの風景が広がっている。

通り過ぎていくのは、種々雑多な服装をした大勢の人々だ。

ここは王都の中心街。

ドロシーとディリックは、学園の授業が終わった後、二人で買い物にきているのだ。

もちろん、これもディリックの考えた婚約破棄撤回作戦のひとつだ。

目的地は王家御用達《ごようたし》の服飾店。

恋愛には見かけの印象も大切だということで、今日は一流店で最新流行のドレスやアクセサリーを見る予定だった。

そうしてグレースの美的センスを磨くのである。

(グレースさまって、なんていうか見るからに悪役令嬢なんだもの。すごく高価で上品な衣装を身につけているのに、なぜか冷たくて毒々しくさえ見えるのよね？　銀髪で青い目、白い肌っていう寒色が揃っているのがいけないのかしら？　それとも、美人すぎるせい？)

たぶんその両方であり、そしてそれだけでもないのだろう。

だからこそディリックは、この外出を計画したのであり、同行までしてくれているのだと思われた。

（私は、しっかりお店の見学をして、グレースさまに本当に似合う衣装の傾向を摑まなきゃ！）

そして、無事グレースが学園に復帰した暁には、きっちり伝授するのである。

ディリックには、見るだけではなく気に入ったものはバンバン買うようにと言われているのだが、ドロシーにそのつもりはない。

（一応、公爵さまからお金はいただいているし、必要なものは好きに買うようにとは言われているけれど……でも、無駄遣いはしたくないわ）

ドレスやアクセサリーなんて高級品、魔法使い見習いのドロシーには無用の長物だ。

平民感覚なドロシーは、ディリックには悪いけれど、今日はウインドウショッピングだけのつもりでいた。

（一度使ったお金は戻ってこないもの。――婚約破棄の撤回を失敗して、公爵さまを怒らせたら、使ったお金を返せって言われるかもしれないし）

国でも一、二を争う公爵家の当主が、そんなみみっちいことを言うとは思えないが、それでも危険を冒せないところが、ドロシーの平民たるところだ。

（無駄遣い、ダメ！　絶対！）

心密《ひそ》かに誓うドロシーを乗せて、馬車は順調に王都の中を駆けた。

目的の店に着き、馬車の扉が開くと同時に外に出たディリックは、ドロシーに向かって手を差し伸べてくる。

「足下に気をつけて」

ごくごく自然でスマートなエスコートをされて、ドロシーは一瞬固まった。

さすが王太子と舌を巻きながら、彼の手に自分の手を乗せる。

キュッと軽く握られれば、ドキンと胸が高鳴ってしまった。

(だって、こんな扱い慣れていないんだもの！)

ドキドキしながら馬車から降りたせいだろう、「気をつけて」と言われていたのに、ドロシーは体のバランスを崩してしまう。

「キャッ」

転びそうになったところを、ディリックがしっかりと支えてくれた。

「ケガは、ないかい？」

「は、はい！　すみません」

――――穴があったら入りたい。

「気にしなくていいよ。君をこんなに近くで感じられるんだ。私的にはご褒美だよ」

ディリックは、ことさら甘く微笑んだ。

(ひぇ～！)

ドロシーの表情は強《こわ》ばってしまう。

――――実は、これもディリックの計画の内なのだ。

王室御用達の服飾店は、王侯貴族のゴシップに詳しい。

当然グレースがオスカーに婚約破棄されたことも知っているだろうし、そうだとすれば、彼女は店員から軽く見られる恐れがあった。

（グレースさまが公爵令嬢なのは変わらないんだから、あからさまに見くびるような態度はとられないと思うけど――――）

それでも『婚約破棄された令嬢』が、なんの瑕疵《かし》もないトップクラスの令嬢よりワンランク下に見られるおそれはあった。

別に、ドロシーとしては、それでもかまわないと思ったのだが……ディリックは首を横に振る。

「私が一緒にいるのに、君をそんな目に遭わせはしない」

力強く宣言してくれた。

「――――これは、これは！　王太子殿下。そしてサンシュユ公爵令嬢さま。当店にようこそおこしくださいました」

馬車を降りたところで寄り添って立つ二人の元に、服飾店のオーナーがやってくる。品のよい紺のスーツを着こなした壮年の男性だ。

にこやかに笑ったオーナーは、その目を少しだけ見開いた。

転びかけたドロシーの左手はディリックの胸の上に置かれ、右手はしっかり握られている。そして、ディリックの右手はドロシーの腰を支え自分の方へと抱き寄せているのだ。

つまり二人は図らずも人目の多い往来で抱きしめ合っている状態で、オーナーはそれに驚いたのだろう。

「あ、あの！　その！　これは違うんです！　私が、その、転びかけてしまって――」

「ああ。ケガがなくてよかったよ。もし君がケガなどしたら、私はこの辺り一帯を不吉な地として疎《うと》んじてしまうかもしれないからね」

オーナーには、おざなりの視線を返しただけで、ディリックはドロシーをうっとりと見つめてきた。

王太子に疎まれでもしたら、王室御用達の店としては大ダメージだ。

オーナーは、心持ち表情を強ばらせる。

「ディリックさま！　も、もうっ、私は大丈夫ですから！　どうか……その、離してください！」

ドロシーは、自分の顔が真っ赤になっている自信があった。

(ハードル高すぎでしょう！　この――『私は王太子さまのお気に入りなのよ、大作戦』！)

心の中で、盛大に叫んだ。

そう、先ほどからのディリックの甘い態度は、すべて作戦の一環なのだ。目的は――アルカネット公爵令息に婚約破棄されたグレースが、実は王太子の寵愛《ちょうあい》を受けている――と思わせること。

(たしかに、それならどんな高級店の店員だって、グレースさまを侮ったりしないでしょうけど)

本当に、そこまでする必要があるのだろうか？

甚だ疑問なのだが、もうここまできたなら仕方ない。

「グレース、君は本当に恥ずかしがり屋だね」

困ったように笑って甘く囁いてくるディリックは、芝居とは思えない自然さだ。多少体は離したものの、腰に回った手はそのままで、ドロシーをエスコートしてくれる。

「――王太子殿下、サンシュユ公爵令嬢さま。本日はどんなものをお求めでしょうか？」

さすが一流店のオーナー。内心かなり戸惑っているだろうに、それは一切表に出さず、二人を案内しながら、聞いてきた。

「そうだな？　彼女が望むものなら、ドレスでも宝石でも、なんでも。……オーナー、あなたも、彼女が心ない仕打ちで傷ついているのは知っているだろう？　私は、グレースを喜ばせてあげたいんだ」

ディリックは、真剣な表情でそう言った。

――本当に、やりすぎである。

「…………ディ、ディリックさま」

デロデロに甘いディリックからの視線攻撃を受けたドロシーは、火を噴きそうなほどの顔の熱さを意識する。恥ずかしくてたまらずに、うつむいてしまった。

クスッと笑い声が聞こえたかと思ったら、長い指が彼女の顎にかかり、顔を上向けさせられる。

もちろんそれは、ディリックの指で、彼はドロシーのこめかみに、チュッと自身の唇を押し当てた。

「ひぇっ――――え？　え？　えっ？」

「ごめん。あんまり君が可愛いから」

クラクラと、ドロシーの目が回る。

倒れそうになる体を、ディリックの手が支えてくれた。

「これは！　本当にご寵愛なのですね。承知いたしました。サンシュユ公爵令嬢さまのお慰みになるよう、当店有数の品々をご用意させていただきます！」

オーナーは、感じ入ったようにそう言った。

次いで、最高級の品を持ってくるように店員たちに指示を出し、自身は奥の個室に二人を招いてくれる。

（やっぱり、やりすぎじゃない？）

ドロシーは心配になった。

いくら婚約破棄撤回作戦を遂行するためとはいえ、その作戦が成就した暁には、グレースはオスカーと復縁するのだ。

そのときに、この店の人々はどう思うだろうか？

（ディリックさまが、グレースさまにふられたとか……そんな風に誤解されるんじゃないの？）

それは、ディリックにとって、たいへん不名誉なことではないのだろうか？

王太子に、そんなことまでさせて、不敬に当たらないのか？

グルグルと、思考の渦がドロシーの頭の中を回りはじめる。

そこへ、店員たちが恭《うやうや》しい仕草で大小の箱を抱えてやってきた。そして次から次へと、部屋の中に積み上げていく。

オーナーが、所狭しと置かれた箱の中から、大きめの箱と小さな箱をひとつずつ選び出した。ドロシーとディリックが座っている応接机の上に置き、箱を開ける。

大きな箱の中に入っていたのは、見惚れるほどに美しい白いドレスだった。光沢のある生地に金糸で精微な刺繍《ししゅう》が施され、レースとフリルが絶妙な配置で付いている。

小さな箱の中のものは、美しいアメジストの宝石が付いたネックレス。キラキラキラと光る宝石は、ディリックの目の色そのままだ。

「当店でも、特別なお客さまにしかお勧めしない最高級の品です。……こちらならば、きっとサンシュユ公爵令嬢さまのお心を慰められると思うのですが？」

一応疑問形はとっているものの、オーナーの態度は自信に満ちている。

ディリックも「ほう」と感心したように頷いた。

ドロシーは――――顔を引きつらせないようにと、必死だ。

（い、いったい、いくらするの？）

自分が普段着ている服が何十着も買える値段なのは間違いないだろう。

「たしかに美しいが……私は、彼女にはもっと華やかな色も似合うと思っている。これはキープするとして、別のものはないか？」

「さすがディリック殿下、サンシュユ公爵令嬢さまのことがよくわかっておられるのですね。ならば、こちらはどうでしょう？」

次にオーナーが広げたのは、華やかなイエローのドレスだった。胸元が黄金に近い黄色でそこから下に広がるように色が薄くなっていき、美しいグラデーションを描いている。しかも、よくよく見れば、その黄色は薔薇《ばら》の花模様になっていた。

「ふむ。見事だな。鮮やかな黄色がグレースをよく引き立てている」

「さようでございましょう。このドレスには、こちらのアクセサリーはいかがでしょう？　ブルーダイヤを金細工で囲ったネックレスと指輪のセットになります。ブルーダイヤには銀を合わせることが多いのですが、実は繊細な黄金細工もよく合うのですよ。青は、サンシュユ公爵令嬢さまの瞳の色。金はディリック殿下の御髪《おぐし》の色。お二人の色の合わさったこちらの品が、私としては一押しです」

ブルーダイヤの直径は約二センチくらい。天然のブルーダイヤは、とても稀少で値段などつけられないものであることを、悲しいかなドロシーは知っている。

とんでもない！　と、彼女が首を横に振る前に、ディリックは無造作にネックレスを手に取った。そのままドロシーの胸元に当ててくる。

「ああ、たしかによく似合っている。もっとも、グレースの美しい目の輝きの前には、どんな宝石も色あせて見えるがな」

ブルーダイヤではなく、グレースの目を見てディリックはうっとりと微笑んだ。

（……うっ！　胸がっ！　胸が、苦しい！）

あまりに甘い言葉に、ドロシーの胸は詰まり痛くなる。――このままでは、心筋梗塞でも起こして死んでしまいそうである。

さすがのオーナーも、口元を引きつらせていた。

（絶対、このバカップル！　とか、思っていそうよね？）

「ほかも見せてくれるか？」

「はい！　もちろんでございます」

すぐに立ち直ったオーナーは、次々とドレスや宝飾品を取り出してきた。ここが売り込みのチャンス！　と思ったのだろう、流れるように商品の説明をしてくれる。

ドロシーは――途中から意識を飛ばしていた。

（……モノの次元が違うわ）

どの商品にも枕詞《まくらことば》として『最高級の』だの「稀少な」だの「極上」だのがついてくるのだから。

しかもすべて、その道のプロが作ったオーダーメイドの一点ものだ。

（普通の既製品はないの？）

そんなもの逆立ちしたって出てきそうになかった。

「――どれも甲乙つけがたいな。グレース、どれがいい？」

最後にディリックに、そうたずねられたドロシーは、見ていた中でも一番地味そうなグレーのドレスを選ぶ。

（装飾も少ないし、安そうよね？）

それが彼女の判断基準だった。

「ほー、さすがサンシュユ公爵令嬢さまですね。そちらを選ばれますか」

オーナーは、感じ入ったような様子で息を吐く。

（え？）

「これは、滅多に捕獲されない灰色一角獣の角《つの》を染料にした超稀少な布で仕立て上げられたドレスなのです。量が多く作られないため、どうしても装飾は控えめになりますが、それを補って余りあるエレガントな作りとなっております。デザインも縫製も何度も手直しを重ね丁寧に作られた芸術品とも言える逸品で、当店としても手放すのは惜しいものなのですが、ほかならぬ王太子殿下のご寵愛を受ける方のご希望であれば――」

そんなもの、出してこないでほしい！

そう思ったドロシーは、間違っていないはずだ。

ディリックは、考えるように顎に手を当てた。

「そのドレスは、私も気になっていたが……グレースには少し大人しすぎるのではないか？」

「ならば華やかなアクセサリーを合わせればよいのです。さきほどのブルーダイヤもお薦めですが、こちらの金鎖を編んだネックレスはいかがでしょう？　この繊細な美しさは他に類を見ないものですよ」

そう言ってオーナーが差し出してきたのは、触れるのも躊躇《ためら》われるほど見事に細工された黄金のネックレスだった。

こんなものをつけた日には、怖くて一ミリも動けそうにない。

「……なかなかよいものだな。中央に石を付けられるようになっているのか？」

「はい。アメジストなど配してみたらいかがでしょう？」

アメジストは、ディリックの目の色だ。

「わかった。――ではこれと、さっきグレースの選んだドレスを買おう。この二つは最優先で仕上げて届けてくれ。あと後日でいいから、最初に見た白のドレスと、次の黄色のドレスを頼む。アクセサリーは、アメジストのものとブルーダイヤの二点も追加だ。サイズ直しがなければ今日にも持って帰る。あと、それぞれのドレスに合わせて、腕輪と指輪、ピアスを作ってくれ。デザインはそちらに任せよう」

「ディリックさま！」

思わず大きな声が出てしまった。

いったいどれだけ買わせるつもりでいるのだろうか？　とてもではないが、そんなに買うだけのお金はない。

（ううん。サンシュユ公爵家ならあるのかもしれないけれど――私が買う気になれないわ！）

「どうしたんだい？　グレース」

ディリックは、不思議そうに首を傾げる。

「私、学園へは自立するために侍女を連れてきていないのです。ですから、そんなにドレスを買っても、着ることができませんわ」

これは事実である。平民のドロシーに貴族令嬢のドレスなど着られるはずがない。

「おかしなことを言うね？　自立するためにそうしているのなら、ドレスも自分で着られるようにならないといけないのではないかな？」

ひどく真っ当な意見を返されてしまった。

言葉に詰まっていれば、見かねたオーナーが助け船を出してくれる。

「殿下、ご令嬢が一人でドレスを着られるはずがございません。お可愛らしさのあまり、からかっていらっしゃるのでしょうが、あまりやりすぎると嫌われてしまいますよ」

「――――それはまずいな」

オーナーの言葉を聞いたディリックは、大げさに眉をひそめて困ったふりをした。

「か、か………からかって、て？」

ドロシーの声はひっくり返ってしまう。

ディリックは、我慢できないというようにクックッと笑った。

「ごめんね。君があまりに可愛い嘘をつくものだから。少し意地悪を言ってしまった。……グレース、君は私の使うお金が、民の税から出ているのではないかと心配しているのだろう？　それで買うのをやめさせようとしている。……でも、安心していいよ。こう見えて私は、自分の才覚でいくつか事業を立ち上げているからね。私が君に使うお金は、すべて私の個人財産だ。……だから君は安心して、私に貢がれているといい」

「み、み、貢がれる！」

ドロシーはますます、面食らった。

今の話を聞いていると、ドレスやアクセサリーを買う代金は、すべてディリックが出してくれるみたいだ。

「わ、私、自分で払――」

払いますと言おうとした瞬間、ディリックが自分の指で、ドロシーの唇を押さえてきた。間違いなく男性なのに、長くてきれいな指だ。

「私を、そんな情けない男にしないでくれないか？」

「サンシュユ公爵令嬢さま、殿下のおっしゃる通りです。ここは素直に殿下を立ててさしあげるべきですよ」

オーナーまでそう言ってドロシーを説得してきた。

いやいや、それではあまりにも申し訳なさすぎるだろう。

そう思うのに、ディリックとオーナーの間で、話はポンポンと進んでいく。

混乱気味のドロシーの出る幕などひとつもなく、今日のお持ち帰りの分のアクセサリーが馬車の荷台に運び込まれた。残りの送り先として、ドロシーの寮の住所が告げられる。

「どうしても着替えられないときは、私に相談して。王宮から侍女を何人か派遣してもらうからね」

親切にそんなことまで申し出てもらって、どうにもならなくなった。

「……あ、ありがとうございます。ディリックさま」

この場では、こう言う以外ないだろう。

（学園に帰ったら、ちゃんと私が払うって説得しよう）

心中密かに決意しながら、店を後にする。

そのまま帰るのかと思えば、馬車は学園とは違う方向に走りはじめた。

「ディリックさま？」

いったいどこへ行こうとしているのだろう？

「せっかくきたんだ。もう二、三軒回ろう」

「え？　え？　えぇっ！」

――――この日、ドロシーとディリックが学園に帰ったのは、門限ギリギリの時間だった。

今まで見たこともない超高級な服飾の数々を端から貢がれたドロシーが、精神的にも肉体的にもクタクタになったのは仕方のないことだろう。

当然ディリックを説得できる余力はなく、翌日以降もこの話題をうまく避けられまくったドロシーは、いまだディリックにお金を返せていない。

――――このままでは、一生返せないのでは？

そう危惧するドロシーとディリックの攻防は、この後もずっと続いていくのだった。

第四幕　理不尽なクレームの発生

ドロシーはディリックに、今後オスカーとは、迂闊に二人きりにならないように気をつけると約束した。

（でも、でも、これは不可抗力よね？）

清々《すがすが》しい朝の空気の中、ドロシーは自分を待っていた青年を困った顔で見つめる。

「おはよう。グレース嬢。気持ちのよい朝だな」

どんな朝の空気より爽やかな笑みを、目の前の青年――言わずと知れたオスカーは浮かべた。

「……おはようございます。オスカーさま。今朝も鍛錬ですか？　毎日ご苦労さまです。私は、おじゃまをしないよう、別の道を通った方がいいでしょうか？」

言外に（どうしてこんな人の通り道で鍛錬しているのよ？）という常識を疑う副音声を忍ばせてみたのだが、案の定オスカーには通じない。

「いや、それはやめてほしい。俺は君を待っていたんだ。……実は、シャルロットのことで、また意見を聞かせてほしくて――」

――そうだと思った。

せっかく昨日は、寮でシャルロットに出くわさずに済んで、よかったと心から安堵《あんど》していたのに。

その安堵をすべて吹き飛ばすオスカーの行為に、心中密かにため息をつく。

先日も思ったが、どうして彼は、自分から婚約破棄した相手に、その原因となった女性とのトラブルを相談できるのだろう？

（婚約破棄撤回のためには、よい傾向なんでしょうけど）

いかんせん理解が及ばない事態に、ドロシーは面食らっている。

「……その、君は昨日、殿下と外出したのだろうか？」

戸惑っていれば、オスカーはそんなことを聞いてきた。

どことなく非難しているように聞こえるのは、気のせいだろうか？

（婚約中ならともかく、婚約破棄したグレースさまが、誰とどこに出かけようと、オスカーさまには関係ないはずよね？）

シャルロットの件で相談と言いながら、グレースの行動を聞いてくるのも、おかしなことだ。

「はい。そうですが？」

それでも、出かけたことは事実なので、ドロシーは頷いた。

「そうか。……理由を聞いてもいいだろうか？」

「私の一存ではお答えできません」

まさか『あなたとの婚約破棄を撤回してもらえるように、美的センスを磨きに行きました！』などとは、言えるはずがない。

（途中から美的センスどころじゃなくなったけど）

磨くべきは、ドロシーの美的センスではなく、ディリックの金銭感覚の方だろう。

ドロシーの返事を聞いたオスカーは、眉をへにょりと下げた。

その姿が、あんまり情けなかったため、ドロシーは一応謝罪の言葉を告げる。

「ご希望に添えずすみません」

「ああ、いや。君がそう言うのは当然だ。君は、口の堅い信頼のおける女性で、そんなところも、俺は好ましいと思う」

それでは、そんなにがっかりしないでほしかった。

ドロシーがそう思うのは、間違いだろうか？

「実は――――」と、オスカーは話しはじめた。

「いったいどこから聞いたのかわからないが、シャルロットが昨日の君と殿下の外出を知っていたんだ。そして、本当は殿下と外出するのは自分のはずだったと言い出したんだよ。しかも、そんなことになったのは『グレースさんがおかしいせいだ』と主張して――――」

「は？」

ドロシーは、ポカンとなってしまった。

（何、その発想？　シャルロットさんは、ディリックさまと面識がないはずよね？）

少なくともディリックからそんな話を聞いたことはない。

だいたい聖女と呼ばれていても、シャルロットは男爵令嬢。王太子とそんなに簡単に接触できるような身分ではない。

ゲームの中でも、攻略対象でない王太子とヒロインの絡みはなかったはずだ。

（第一、ディリックさまとシャルロットさんが、一緒に出かけるくらい親しいのなら、婚約破棄撤回の話を私《グレース》にする必要はないはずよね？）

ディリックが直接シャルロットに、撤回するよう頼めば済む話なのだ。

やっぱりシャルロットの方こそ、いろいろおかしいと、ドロシーは思う。

（条件を満たさなくても生徒会に入れると思っていたり、お菓子の作り方も教えてもらって当然と思っていたり）

今回のディリックと一緒に出かけるのは自分だったと主張している件もそうだ。

彼女の主張は、根拠のないでたらめばかり。

なのにそれが正しいと信じている。

（まるで、シャルロットさんは、すべて自分の思い通りになるのが当然だと思っているみたい。

……自分が世界の中心で、ほかの人は、彼女に都合のよいように動くはずだって信じている？）

そんな人物は、物語の中心人物——そうヒロイン以外いないだろう。

（……まさか、シャルロットさんも転生者？）

そうであれば、いろいろと納得できることがある。

反対に、まるでわからないこともあった。

（彼女が転生者でヒロインなら、どうしてゲームのシナリオ通りに動いていないのかしら？）

ゲームで三年かかるオスカーは一年で攻略されている。

そして、せっかく攻略したオスカーに、シャルロットは冷たい態度をとっているのだ。

(自分がヒロインだから、オスカーさまは何をしても離れていかないと思っているのかしら？　そしてあわよくば、ほかの攻略対象者やディリックさまも攻略しようとか？)

いくらなんでもそんなバカなことはしないだろう。

ここは、ゲームではなく現実なのだ。

男爵令嬢であるシャルロットが、オスカーの婚約者になることだけでも、現在かなりの物議を醸し出し、まだその前の段階である婚約破棄すら、正式にはできていない。

そんな中、シャルロットがオスカーをないがしろにしてあらたな相手を攻略するなど、絶対不可能なことだった。

(そんなことをしたら、ラマフ男爵家の取りつぶしどころじゃないわよね？　一族郎党すべて消されてしまうんじゃない？)

それは、本来貴族ではないドロシーでさえわかること。

同じく平民ではあっても、貴族に引きとられ、曲がりなりにも貴族の教育を受けたシャルロットにわからぬはずはないだろう。

(うんうん。違うわ。シャルロットさんは、ほかの攻略対象者を攻略しようなんて思っていない。それにきっと転生者でもないわよね？　転生者で、ここが乙女ゲームの世界だってわかっているとしたら、元は日本人だってことだもの。日本人ならそれなりの教育を受けて倫理観だって持っているはずだわ。逆ハーレムなんてありえないし、自分の行いで家族や親戚が路頭に迷うなんて選択をするわけないわ！）

――――少なくとも、なずななら、そう考える。

「……シャルロットさんのお考えはわかりませんけれど、ひょっとしたらオスカーさまと一緒に買い物に行きたかったのかもしれませんね？」

結局、ドロシーはそう言った。それ以上答えようがないからだ。

「俺と一緒に？」

「はい。どこかで私とディリックさまが出て行くのを見かけて、自分も行きたいと思われたのかもしれません。でも、自分から誘うのは恥ずかしいから、遠回しにオスカーさまから誘ってほしいとお願いしておられるつもりなのかも？」

いったいどんな遠回しだと、我ながら思う。

（でも、これで勘弁して！　ホントに、私、これ以上シャルロットさんのことを考えるのは、無理だから！）

ドロシーの必死の願いが通じたのか、オスカーは「なるほど」と頷いた。

「そうか。そうだったのか。やはりグレース嬢。君に相談してよかった。私はそんなことには思い至れなかった。――――だから、君の素晴らしさにも気がつけなかったのだろうな」

いやいや、これで納得するとかおかしいだろう？

やはりオスカーは素直すぎる。アルカネット公爵家の未来が、本当に心配だ。

そう思っていたのに、オスカーは、思いもよらぬ鋭さを見せてきた。

「……しかし、そうか。君は殿下と買い物に出かけたのだな」

そういえば、先ほどドロシーは、うっかり「買い物」と言ってしまった。そこは聞き逃さなかったのかと、ドロシーは感心する。

「今つけているブローチも、今まで見たことのないものだ。ひょっとして殿下に買っていただいたのか？」

前言撤回。オスカーは、思いもよらないどころか、かなり鋭い面も持っているようだ。

たしかに、今ドロシーがつけているブローチは、昨日ディリックに買ってもらったもの。

まったくそんなつもりはなかったのに、帰り際、ふと目を引かれた品を、めざとく見つけられ、買われてしまったのだ。

「美しい金細工のブローチだな。葡萄《ぶどう》の意匠で房にはアメジストを使っているのか」

金も紫もディリックの色だ。

ドロシーの頬は、カッと熱くなる。

「――――俺は、婚約していた間、君に宝石のひとつも贈ったことがなかったな」

まるで後悔しているようにオスカーが呟いた。

「いいえ。折にふれ、いろいろとプレゼントしていただきましたわ」

事前知識としてそれくらいは、ドロシーも知っている。

ただ――――。

「それは、俺の選んだものじゃなかった」

そう。オスカーからグレースへのプレゼントは、すべてアルカネット公爵家からのプレゼントだったのだ。選んだのはオスカーの従者で、オスカーの名前を入れたカードが付いていただけ。

（それでもグレースさまは、それを何より大切にしておられたのよね）

――――ゲームの中で、グレースがオスカーに対し、『あんなにたくさん贈り物をしてくださったではないですか！』と、縋るシーンがある。そこで、そのへんの事情が語られるので、ドロシーはよく知っているのだ。『どれも、とても嬉しかった。……ひとつひとつが宝物だったのに』と泣き崩れるグレースは哀れで、悪役令嬢とはいえ、心から同情してしまったのを覚えている。

気が強くわがままでどうにもならない高慢令嬢なグレースだが――――彼女がオスカーに向ける想《おも》いだけは、純粋で可愛い女性のものだった。

「……………もしも、俺が君に宝石を贈ったなら、もらってくれるだろうか？」

だから、そう問われたドロシーは、考え込んでしまう。

婚約破棄された相手からの贈り物を、どうとらえればいいのだろう？

グレースは、喜ぶのだろうか？

「別に、特別な意味じゃない。君には世話になったから、お礼がしたいんだ」

どうやら、それはシャルロットの件で相談に乗ったお礼らしかった。

（だったらいいのかしら？）

純粋なお礼の品を勘ぐるのもどうかと思ったドロシーは、コクリと頷く。

（それに、きっとグレースさまは喜ぶわ）

どんな理由であれ、オスカー自身が選んだ贈り物を、グレースが喜ばないはずはない。

「――ありがとうございます」

しかし、ドロシーの返事は、我ながら、あまり嬉しそうに聞こえなかった。申し訳ないと思うのだが、こればかりは仕方ない。

それでもオスカーは、ホッとしたように笑った。


その日から、毎朝ドロシーは、オスカーを見かけるようになった。

話すこともあれば、黙礼だけで通り過ぎることもある。

「――毎日、君を待っているのか？」

どことなく不機嫌そうな声で聞いてくるのは、ディリックだ。

「たぶん……そうだと……思い……ます……一度……時間を……遅く……してみ……たんです……けれど……ずっと……待って……おられ……てぇ」

あのときは、周囲に寮から登園途中の女生徒が大勢いて、衆人環視の中で話しかけられ、とてもいたたまれない思いをした。

婚約破棄した者同士が待ち合わせをしていたみたいに見えたのだ。いったいどういうことかと、誰もが興味を持つのは当たり前。なんとか生徒会の用事があったように誤魔化したのだが、あんなにヒヤヒヤするのは、もう二度とゴメンである。

「道を変えてみたらどうだ？」

「護身……魔道具……持って……ますので……そこま……でしな……くとも……大丈……夫です」

今のところオスカーに、グレースを害そうという気配はない。

それでも万が一を考えて、師匠から護身用グッズのスタンガンみたいな魔道具を送ってもらった。

触れれば、一発で竜でも気絶するという代物だ。

師匠の魔道具は、効き目がありすぎるのが難なのだが――我が身の安全を考えれば、多少の犠牲は仕方ないだろう。

サンシュユ公爵家お抱え魔女の作ったすごい魔道具なのだと説明したのだが、ディリックは気に入らないというように顔をしかめた。

「――その話し方は、なんとかならないのか？」

しかし、どうやら気に入らなかったのは、魔道具ではなく、ドロシーの切れ切れな話し方の方らしい。

「無理で……すわぁ……私……ダンス……しなが……ら会……話でき……ないん……ですぅ」

――ドロシーの右手は、ディリックの左手に握られている。左手はディリックの右腕の上で、背筋はピンと伸ばされているが、腰にはしっかりディリックの右手が回っていて、下半身は触れ合う寸前。

――そう、ドロシーとディリックは、現在、絶賛ダンスの練習中だったのだ。

ここは、学園内の小ホール。

小さなパーティーを開けるくらいの施設を借りきって、ドロシーはディリックからダンスの特訓を受けていた。

平民だったドロシーにとって、ダンスは学園にくるまでの短期間に身につけた付け焼き刃。当然、踊りながらスムーズに会話するなんて高等技術、できるはずもない。ディリックの足を踏まないようにステップを踏むだけで、精いっぱいなのだ。

（それでも、ここまで踊れるようになっただけ、褒めてほしいくらいだわ！）

もちろんディリックは、そんな甘いことを言ってくれない。

「サンシュユ公爵令嬢は、ダンスの名手だと聞いていたのに。――――やはり、噂は当てにならないな」

そのサンシュユ公爵令嬢は、グレースのことである。

「ホント……ですね！」

息を切らしたドロシーの言葉に、ディリックはますます不機嫌そうな顔になった。

「お前は貶《けな》されているんだぞ。もう少し怒れ」

「ホント……のこと……ですか……らっ！」

最後の「らっ！」が叫び声になったのは、ディリックが急に止まったからだ。

勢い余ったドロシーは、彼の胸にポスン！　と、ぶつかる。

「あ！　……あ、あ、あ……申し訳ありませ――――」

「謝る必要はない。――――休憩だ」

いささか乱暴にそう言ったディリックは、ドロシーの手を握ったまま、小ホールの脇に寄った。

そこにあった椅子に彼女を座らせてから、手を放す。

「少し待っていろ」

そう言い置いて、小ホールを出て行ってしまった。

（呆れさせちゃったかしら）

息が上がって返事もできなかったドロシーは、ガックリとうなだれる。

（こんなことなら、ダンスの特訓なんて頼まなければよかったわ）

グレースとオスカーの婚約破棄の撤回を目指すディリックは、有言実行。これまでもドロシーを生徒会に入れてくれたり、お菓子作りを手伝ってくれたり、あまつさえドレスや宝石まで買ってくれたりした。

その上で、今日はドロシーに対し心配事はないかと聞いてくれたのだ。

（最初は、強引で怖い王太子さまだと思ったけれど、本当はとても親切で、面倒見がよい人なのよね）

頼りになるディリックに、出会って以来すっかり心酔していたドロシーは、バカ正直にダンスが苦手なのだと、答えてしまったのだ。

（よくよく考えれば、公爵令嬢のグレースさまが、ダンスが苦手なはずはないのに。私ったら、底抜けのバカだわ）

即座に小ホールを貸しきって、自らダンスを教えはじめてくれたディリック。

彼の実行力に脱帽し、感謝の言葉しかないドロシーだったのだが……しかし、彼女はディリックのダンスについていくことができなかったのだ。

(なんとか足だけは踏まずにすんだのだけど)

そんなレベルで、ディリックが満足するはずはなかった。

自分の不甲斐《ふがい》なさにうなだれていれば、視界の中に上品な靴が映る。

慌てて顔を上げれば、そこには両手にコップを持ったディリックがいた。

「そら、喉が渇いただろう」

目の前に差し出されたのは氷の浮かぶ透明な液体の入ったコップだ。

条件反射で受け取れば、手のひらがひんやりとした感覚を拾う。

「炭酸水だ。疲れがとれるぞ」

ディリックは、そう言って自分の分をゴクゴクと飲んだ。

王太子という身分のわりに豪快な飲み方に驚きながら、ドロシーも自分のコップに口をつける。

爽やかなシュワシュワという感触が、冷たさと一緒に喉を滑り落ちた。微かに香るのは、レモンだろうか？　自然に体の力が抜けて、小さくホッと息をつく。

「――――最初から飛ばしすぎたな。……悪かった。誰でも苦手なものはある。ゆっくり確実に上達しよう」

なんと！　ディリックは謝ってきた。

ドロシーは、驚き立ち上がる。

「そんな！　謝っていただくことではありません！　悪いのはダンスが苦手な私で――――」

「そんな風に『悪い』と思わせた俺が悪かった」

「そんなことありません！」

互いに自分が悪かったのだと、ドロシーとディリックは謝り合う。

――やがて、どちらからともなく笑い出した。

「これは、ここまでだな」

「はい。どっちも悪くなかったってことでいいですよね？」

ドロシーの言葉に、ディリックも大きく頷く。

「飲み終わったらまた練習だ」

「はい」

すっきりとした気分で答えたところに――――第三者の声が聞こえてきた。

「うわぁっ！　ディリックさま。すごい偶然ですね！」

たちまちディリックの顔が強ばる。

ドロシーは、あまりのことに一瞬意識を飛ばしかけた。

「…………ラマフ男爵令嬢。どうしてここに？」

声の主は、ほかでもないシャルロットだ。

ふわふわとストロベリーブロンドを揺らして歩いてきた少女は、問いかけたドロシーを無視して、ディリックの方へと視線を向ける。

「私、今そこを通りかかったら、ディリックさまのお声が聞こえたので、きてみたんです。いったい何をしていらっしゃるのですか？」

ひどく甘ったるい声で、シャルロットはディリックに問いかける。

――今さら言うことではないが、ディリックは王太子だ。彼の名前を敬称抜きで呼べるのは、彼が許可した者たちだけなのは、周知の事実。

シャルロットが、その許可された者でないことは、ディリックの眉間に刻まれた深いしわを見るまでもなく明らかだ。

（何より、お声をかけられたわけでもないのに、自分から勝手に話しかけるなんて、不敬だわ）

ここは歴《れっき》とした身分制度のある世界。それに従えない者には、罰が下される。

（学園だからって、例外ではないのに）

表向き身分制度がない日本にあってさえ隠れた格差は存在し、皆暗黙の了解の下で暮らしていた。ましてやこの世界であれば、学生だから、子供だからというのは、貴族である限り、言い訳として通用しない。

「ラマフ男爵令嬢！　不敬でしょう！」

だからドロシーは、声高にシャルロットを窘《たしな》めた。――ほかの誰のためでもない。シャルロットのためだ。

謝るのなら、一分一秒でも早い方がいいし、ドロシーが強く注意することによって、ディリックが許してやるという流れに持ち込みやすいのである。

あえて憎まれ役を買って出たドロシーなのだが、シャルロットは、斜め上の反応を返してきた。

「不敬だなんて。そんなことありません！　たしかに私は聖女ですけれど、今は普通の学生なんですもの。ディリックさまには、そんなことを気になさらずに、普通に話していただきたいんです！」

不覚にも、ドロシーはポカンと口を開けてしまった。

そのまま閉じることもできずに、まじまじとシャルロットを見てしまう。

（……まさか、この子、自分が聖女だから、ディリックさまより偉いとでも思っているの？）

信じられないことだった。

ディリックを見れば、彼も驚きのあまり動きを止めている。

それも当然だろう。

（――聖女なんて、癒しの魔法が得意なだけの魔女なのに？）

少なくともドロシーは、師匠から、そう教えられていた。

癒しの魔法は使える者がほとんどいないため、オスカーのように聖女を神聖視して崇拝する者は数多い。しかし、実際のところ、聖女に国からの正式な称号は与えられておられず、あくまで通称のひとつでしかなかった。

（まあ、聖女は人気があるから、国も教会も表面上はおだてておいて都合よく名前を使っている節はあるんだけど。……癒しの魔法自体、貴重なものだから、取り込むために高位貴族や王族が聖女と結婚する事例もあるわよね）

とはいえ、王族に嫁いだ聖女は、元々身分が高いか、さもなければ高位貴族と養子縁組し釣り合

う身分を与えられた者ばかり。身分の低い聖女が、そのまま王族に嫁《か》した事例は皆無である。

（たぶん、アルカネット公爵家も、本当にオスカーさまとシャルロットさんを結婚させることになったら、彼女をどこかの侯爵家か、少なくとも伯爵家の養女にするつもりでいるわよね？　そうでなければ、シャルロットさんが公爵夫人としてやっていけるとは思えないもの）

聖女に正式な身分はない。たとえ将来公爵夫人になったとしても、男爵家の後ろ盾しか持たない女性が社交界の中心になれるはずがないのである。

――しかし、残念ながらそのあたりの事情は、ゲ、ー、ム、では語られなかった。ドロシーも、師匠に教えられなければ、きっと知らないままだっただろう。

ゲームの中では、聖女は大切にされ、敬われるべき存在。イケメンな攻略対象者たちにちやほやされて、愛されるだけだった。

（だって、ヌルゲーなんだもの）

もしもシャルロットが転生者で、現実を見ることなくゲームの知識だけを持っていたとしたら、ありえない誤解をしているのも、わかるような気がした。

（ううん。それだけで彼女を転生者だと、断じることはできないけれど）

戸惑うドロシーと、呆気にとられているディリックに気づくことなく、シャルロットは頬を染めて話し続ける。

「私のことは、遠慮なくシャルロットと、呼んでくださいね。……あ、そうだわ！　ディリックさまは、ここで何をしていらしたのですか？　ひょっとしたら、ダンスの練習じゃありませんか？

もしそうなら、ぜひ私にも教えてほしいんです！　私、ダンスはあまり得意じゃなくて――――」

クネクネと科《しな》を作りながら、シャルロットはディリックにお願いする。

ムッと顔をしかめたディリックは、スッとシャルロットから距離をとった。

同時にドロシーの腰に手を回し、引き寄せてくる。

「グレース、すまない。今日は気が削《そ》がれた。ダンスの練習はまた今度にしよう」

ディリックは、そう言うと、腰の手を離すことなく、そのまま歩き出してしまった。

当然の結果として、ドロシーも歩き出さざるをえない。

――――シャルロットのことは、ガン無視だ。

「なっ！　ディリックさまっ！」

叫び出したシャルロットを気にすることもなく、ドロシーの顔を覗《のぞ》き込んでくる。

「最近の学園内はダメだな。うるさい虫が飛び回って、不愉快極まりない。責任者には強く注意しないと」

うるさい虫というのは、もしかしてもしかしなくともシャルロットのことだろう。

「そんな！　ディリックさまぁ！　どうして行ってしまわれるのですか？」

シャルロットが、どんなに大きな声で叫んでも、ディリックが振り返ることはなかった。

それは、見ようによっては冷たい仕打ちだが、ドロシーはまったくそう思わない。

（ディリックさまの態度は、当然よね。……むしろ、この場でシャルロットさんの非を責めないだけ寛大だわ。王太子殿下なら、無礼を働いた男爵令嬢を、問答無用で切り捨てたってかまわないの

だもの）

きっと、ディリックは理性を総動員して我慢しているのだと思われた。

ただ、それをシャルロットが理解しているかといえば、とてもそうとは思えない。

論より証拠。そっと振り返ったドロシーの視線の先には、怒りでらんらんと目を光らせたシャルロットがいる。

（こ、怖い――――）

般若もかくやという顔を見て、ドロシーは震え上がった。

しかも、間違いなくシャルロットは、ドロシーの方を睨んでいるのだ。

そういえば、以前シャルロットは、自分がディリックと出かけられなかったのは『グレースがおかしいせいだ』と主張していたと、オスカーが言っていた。

（ひょっとして、今のこの事態も私のせいだと思っているわけ？）

どうやらそれで間違いないようだ。

憎々しげに睨まれて、ドロシーは身震いしてしまう。

（濡《ぬ》れ衣《ぎぬ》だわ！　責任転嫁がひどすぎるでしょう！）

大声で主張したいが、今のシャルロットにわかってもらえるとは思えない。

（いったいどうして？　私は婚約破棄された悪役令嬢の方でしょう？　なんでヒロインに恨まれているのよ？）

ドロシーの心の声は、どこにも響かず…………消えた。

その後、ドロシーはシャルロットを避けて避けて避けまくった。

(これ以上言いがかりをつけられたら、たまったもんじゃないわ)

寮の自室にはいつでも鍵をかけ、出入りもシャルロットがいないか確認してから行う。シャルロットが玄関ロビーで待ちかまえているときには、裏口から出入りした。

仮にも公爵令嬢である自分が、なんでこんなにこそこそしなければならないのかとは思うのだが、嫌なものは嫌なのだ。

幸いなことに今回は、周囲の寮生たちがドロシーに協力してくれた。

「なんていうか……さすがに、最近のシャルロットさんの行動はおかしいですもの」

以前は、高慢でわがままなグレースの悪行ばかりが目立ち、シャルロットは完全な被害者。いじめられながらも健気《けなげ》に頑張る可憐《かれん》な少女というイメージだったという。

ところが、最近のシャルロットは、当時のグレースを上回るほどの奇行ばかり繰り返しているらしかった。

授業をさぼったり割り当てられた仕事をすっぽかしたりすることは日常。

注意する教師の言葉は聞き流し、意見した伯爵令嬢には逆ギレして、最後は泣いて男子生徒の同情を誘う。

そうまでして何をしているのかといえば、それは誰が見てもわかる王太子殿下のストーカーだった。

王太子の周囲から何度注意されても懲りずに生徒会室や教室に押しかけているのだそうだ。当の王太子はシャルロットなど眼中になく、きれいに無視されているにもかかわらず。

極めつけは、見かねて注意したオスカーへの暴言だった。

「あなたは、もう必要ないの」

そう言われたオスカーは、茫然《ぼうぜん》自失だったという。

――ちなみに、この暴言事件の翌日、ドロシーは一限の授業を欠席してオスカーを慰めた。

「女性には、理由なく怒りっぽくなってしまう日がありますよ」

そう言ったのだが、オスカーが納得してくれたかどうかはわからない。

草むらに体育座りで膝を抱えるオスカーの隣にずっと寄り添っていたドロシーだった。

「アルカネット公爵令息さまを奪っておきながらのあの言動。グレースさまが、シャルロットさんの顔を見たくないというお気持ち、よくわかりますわ！」

寮内ばかりでなく学園内でもグレースに協力してくれるようになった寮生たちのおかげで、ドロシーはシャルロットと顔を合わせずに済んでいる。

日別時間帯別のシャルロット出没マップもできた。

「――それは、ぜひ私もほしいな」

そんなある日の放課後。

婚約破棄撤回作戦のひとつとして、ディリックからエスコートを受ける練習をすることになったドロシーは、学園内の教師しか使わない管理棟の応接室で、ディリックと会っていた。

作戦を行うことになったきっかけは、以前行ったダンスの練習で、ドロシーのダンスのレベルが低かったせい。公爵令嬢としては限りなくアウトに近い実力なため、ダンスだけでなく、ほかの礼儀作法も確認しようと、ディリックが言い出したのだ。

場所がここになったのは、当然シャルロット対策。さすがに管理棟までは追ってこないだろうとの判断なのだが……ことシャルロットに関しては、あまり安心できない。

ディリックが自分もほしいと言ったのは、シャルロット出没マップのことだった。

眉間にしわを寄せ、疲れた表情のディリックは、よほど彼女につきまとわれているのだろう。

「最新情報を一週間ごとに更新して、お渡ししますわ」

「……ありがとう」

これが王太子と公爵令嬢の会話なのだから、物悲しいものがある。

「あ、でも、ラマフ男爵令嬢がディリックさまに夢中になっているおかげで、オスカーさまと私の関係は、概ね良好になっています。……まあ、今のところは愚痴の聞き役程度のものですけれど」

それでも、以前のように顔も見たくないほど嫌われていないだけ大きな進歩だろう。

当然ディリックも喜んでくれるだろうと思ったのだが、彼の眉間のしわは深くなるばかり。

「…………人を生け贄《にえ》にするな」

そんなつもりは、なかった。

「婚約破棄の撤回が第一ではないのですか?」

「そこまでの自己犠牲精神は持っていない」

もっともな言い分である。

ドロシーだって婚約破棄撤回のためだからシャルロットと仲良くしろと言われても、絶対できないと断るだろう。

「それに、たとえ公爵家の婚約破棄撤回ができたとしても、その代償として私が廃嫡されては話にならないからな」

「………廃嫡？」

なんだか物騒な話になってきた。

「うちの両親は、自力でまともな結婚相手を見つけられないような王太子はいらないそうだ。特に母は、簡単に『攻略』される男は推せないと言っていた」

ディリックの言う「うちの両親」とは、当然国王夫妻だろう。「母」が王妃さまであるのも聞くまでもない。

「………攻略」

「ああ、普通攻略といえば、敵国を攻撃して奪いとることだが、母の言う攻略は男女間の恋の駆け引きのことらしい。相手にいいように手玉にとられて虜《とりこ》になってしまう状態を言うようだ」

(――――王妃さま、絶対に転生者でしょう！)

ドロシーは確信した。

同時に少し納得してしまう。

（お母さんが転生者だから、ディリックさまはこうだったのね）

言ってはなんだが、ディリックは王太子としては変わっている。やたらめったら行動力があるし、王族のわりには身分を笠《かさ》に着ることがない。なんでも自分で実行するのが、その証拠だろう。

シャルロットに対してだけは厳しい態度をとっているが、ほかは王太子としてありえないほどにフレンドリーな人だとドロシーは思う。

（だいたい、婚約破棄の撤回作戦だって、王太子なら、命令はしても実行は配下にさせるのが普通よね？）

自ら料理を作ったり、買い物に行ったり、ダンスの練習に付き合ってくれたり――――ディリックの行動は、ドロシーの予想を超えている。

（王子さまっていうより、日本のスパダリに近いような？）

実の母が日本からの転生者なら、息子をそんな風に育てるのも十分ありなのかもしれなかった。

こうなると、ドロシーの師匠の、王妃に対する「外見詐欺」発言も的を射ていると思えてくる。

転生前のドロシーは三十歳の会社員だった。王妃がどうだったのかはわからないが、今現在王妃としてバリバリ活躍していることを思えば、それなりのキャリアを積んだ人だったのかもしれない。

（――――それにしても、シャルロットさんの転生者疑惑もあるのに……案外、転生者ってたくさんいるのかしら？）

そんなはずはないだろうと思うのだが、自身が転生者であるドロシーは、強く否定できない。

うんうんと考え込んでいれば――――。

「――グレース嬢。私が側にいるのに、ほかのことを考えているのですか？　つれない方ですね」

耳元で、思いっきり色っぽい声で囁かれた。

この部屋にいるのは、ドロシーとディリックだけ。

ということは、今の声はディリックで、ドロシーはカッ！　と頬を熱くする。

「――減点三十点。うぶな反応は、貴族令嬢として見れば好感度が高いが、公爵令嬢としては失格だ。そうそう容易く内面を悟らせるな」

先ほどの甘さはどこへやら。今度は冷静な声で、厳しいダメ出しがくる。

どうやら、突然エスコートを受ける練習に入ったらしい。

「…………申し訳ございません」

「――減点十点。迂闊に謝ると足下を見られるぞ」

ドロシーは、顔をうつむけないように顎を引き、必死で笑顔を保った。

（だって仕方ないでしょう！　私の礼儀作法は付け焼き刃だし、婚約破棄を撤回して、グレースさまが師匠に叩き直される間だけもてばいいものなんだから！）

だから、エスコートを受ける訓練は必要ないと思うのだが、まさかそう言うわけにもいかない。

つい先刻まで普通に話していたのに、急にエスコートの確認になってしまい、ドロシーは、あっぷあっぷしてしまう。

（私がぼんやり考え込んでいたせいなんでしょうけど……急すぎるでしょう！）

「————グレース嬢。もしかしたら、私はあなたの怒りに触れたのでしょうか？　もう許していただけませんか？」

練習を続けるディリックが、彼女の前に跪《ひざまず》き、熱い視線で見上げてきた。

その演技に、ドロシーはクラクラする。

（こ、こういうときは、どう答えればよかったのかしら？　ああ、もうっ！　全然思い出せない！）

ドロシーは————泣きそうになった。大きな目に涙をため、白い頬を赤く染め、プルプルと震えながら、ディリックに縋りつくような視線を向ける。

「い、いじわるしないでください」

————ディリックは、黙り込んだ。

彼の整った美貌に赤みが差し、なぜか片手で口を押さえる。

「————百点満点」

「へっ？」

「ああ、違った。……減点三百点！　その顔を、私以外の前では、絶対しないように！」

「え、えぇっ？」

なんだか、ものすごく理不尽なことを言われたような気がした。

それに、減点三百点はないだろう？

ムッとして口を尖らせれば、ディリックの視線が泳いだ。

「無自覚なのか？　それでこれとは、恐ろしいな。……どうしてオスカーは、婚約破棄なんてできたんだ？」

言われた内容は――さっぱりわからない。

「――まあいい。それより今度は歩いてみよう。さあ、私の手に掴まって」

そう言って手を差し出されれば、それをとらない選択肢はドロシーにはない。

ディリックの手の上に、自分の手を乗せれば、キュッと握られ、引き寄せられる。

「もう少し、側に。――そうそう、そのくらいの位置だ。視線は私に向けて」

ディリックのアドバイス通りに体と目線を動かした。

きれいに整った横顔が視界に入ってくる。

「静かに微笑んで、手は私の腕に。そうしたら前を向き、歩調を合わせて歩くぞ」

指示の内容自体は難しくないのだが、笑いかける相手がディリックだということが問題だ。

（顔がきれいすぎる！　緊張しないで笑える自信がないわ！）

さすが美麗なイラストだけは、高評価だったゲームの登場人物。至近距離からのディリックの顔は、破壊力満点だ。

ドロシーの胸は、ドキドキと高鳴り、心臓が痛かった。

それでも、必死に笑みを浮かべて、ディリックを見上げる。

（次は、歩くのよね？）

そう言われたはずなのに、肝心のディリックが動かない。

「……ディリックさま？」

「どうしよう？　減点か？　貴族令嬢としては、余裕が感じられない笑顔はダメなのだが……しかし、健気に縋ってくる姿には、庇護欲が半端なくかき立てられて――」

どうやら彼は、ドロシーの笑顔への評価を迷っているようだ。

（迷うくらいなら、減点しないでくれればいいのに。――それに、庇護欲って、私そんなに頼りない？）

このままではいけないと思ったドロシーは、ギュッとディリックの腕を掴む手に力を入れる。頑張ろうと思いながら、ディリックの目をジッと見た。

「ディリックさま。参りましょう？」

「あ、ああ。そうだな」

ようやくディリックは歩き出す。

二人は、しばらくそのまま応接室の中を歩いた。

あらかじめ机や椅子を最小限にしていた部屋の中は、二人で歩いても支障なく、曲がったり立ち止まったりというディリックの動きに、ドロシーは必死についていく。

（背中を伸ばして、視線は前に。お腹《なか》にちょっと力を入れて、歩幅は心持ち大きめに――だったわよね？）

教えてもらったマナーを思い出しながら、時折ディリックを見上げて微笑みを浮かべた。

そうすることが重要だと、マナーを教えてくれた公爵家の講師は言っていたのだ。

学園生のいない管理棟は、思いのほか静かで、聞こえるのはひとつに重なった二人の足音のみ。

それは、まるで、世界にたった二人だけになったよう。

手のひらで感じるディリックの腕は、力強く温かかった。

気づけば、先ほどまでの気負いが、いつの間にかきれいになくなっている。

(――ああ。私、こうしていることが好きかも)

特に会話をするでもなく、黙って並んで歩くこの時間。

なのに、どうしてだろう？　何もないこの時間が、とても大切に思える。

しばらく歩いて――やがてディリックは立ち止まった。

自然にドロシーも止まり、二人は静かに見つめ合う。

トクトクトクと、鼓動が大きくなって――。

「――ディリック！　いるかい？　緊急事態だ！」

突如大きな声が聞こえてきた。声の主は、生徒会副会長のマイケルだ。

ディリックは、「チッ」と忌々しそうに舌打ちした。

「マイケル！　ここだ」

ドロシーの横を通って、応接室のドアへと向かう。

バタバタとマイケルの走り寄ってくる足音が響いた。

「ああ、よかった。すまない。ラマフ男爵令嬢が生徒会室に突撃してきて『サンシュユ公爵令嬢から嫌がらせを受けているからなんとかしてほしい』と、騒いでいるんだよ」

「――は？」

「────え？」

奇《く》しくもドロシーとディリックの疑問の声が重なる。

「彼女が言うには『最近、女子学生に無視されて、まともに話してもらえない。サンシュユ公爵令嬢が、陰でみんなに強制しているに違いない』────のだそうだよ。オスカーが宥めているんだけど、まったく聞こうとしないんだ。王太子殿下ならきっとわかってくださるはずだからって、君に会わせろの一点張りなんだ」

いったい彼女は何がしたいのだろう？

既にグレースは、オスカーに婚約破棄されている。そんな彼女が扇動したからといって、女子学生が言うことを聞いてくれるはずがないのに。

（無視されているのは、自業自得でしょう？　他人のせいにしないでほしいわ！）

ムッとしていれば、ヒョイッと応接室内を覗いたマイケルと目が合った。

「それにしてもディリック、こんなところでいったい何を？　…………え？　月の姫！　……あ、そうか。例の作戦ですね」

月の姫呼びはやめてほしいと思う。

よほど驚いたのだろう。マイケルは、ドロシーの前でディリックを呼び捨てにしたことにも気がついていなかった。

（婚約破棄作戦のこと、マイケルさまも知っていらしたのね）

そう思いながら、ドロシーは彼に対して礼をする。

マイケルは、申し訳なさそうに笑った。

「ごめんね、邪魔をして。……でも、驚いた。生徒会室じゃないせいかな？　サンシュユ公爵令嬢は雰囲気が違って見える。すごくきれいだし、なんていうか……艶《あで》やかだ。……ひょっとして、ディリックと一緒にいるせいなのかな？」

そんな風に言われて、ドロシーは焦ってしまう。頬が熱くなり、慌てて顔を伏せた。

「うわっ！　可愛い！」

思わずといった風に、マイケルが叫ぶ。

ディリックは、再び忌々しそうに大きく舌打ちした。

「仕方ない。行くぞ。――――グレース、続きはまた明日に」

整った顔を凶悪に歪めたディリックが、驚いて惚けているマイケルを引っ張って応接室を出て行く。

（……続きがあるのね）

ドロシーは、ガックリと肩を落とした。

これ以上ここにいても仕方ないため、自分も帰ることにする。

鍵をかけ、事務室に戻してから、管理棟を後にした。

途中で担任の教師に出会い、しばらく立ち話をする。内容は、やはりというかシャルロットのことで、さすがに彼女の言動が目に余ってきた教師陣は、今後なんらかの対処を考えていると教えてくれた。シャルロットの被害を一番受けているグレースに、もう少し辛抱してほしいと頼んできたのだ。

（それは嬉しいけれど、話が長すぎよね）

最後は担任の愚痴をたっぷり聞かされて、遅くなってしまったドロシーは、寮への道を急ぐ。

周囲は薄暗く、魔法外灯がポツリポツリと道を照らしていた。

毎朝オスカーと出会う林の中の遊歩道を小走りに移動していれば、前方から聞き覚えのある声が聞こえてくる。

「まったく！　もう、なんでうまくいかないの？　ディリックが全然堕ちないじゃない！」

咄嗟にドロシーは、大きな木の陰に隠れてしまった。

声がしたのは遊歩道脇の空き地で、ドロシーの立つ場所からは五メートルくらい先だ。

そっと覗いてみれば、思った通り、そこにはシャルロットが立っていた。薄闇の中でも目立つストロベリーブロンドの少女は、カチカチと右手親指の爪を噛《か》んでいる。

「頑張って三年間で攻略するオスカーを一年で堕として、ようやく隠しキャラのディリックルートに入れたと思ったのに――――シナリオとまったく違うことばかり起こるんだもの！　冗談じゃないわ！　……今日だって、あれほどディリックを呼んでって言ったのに、きたのは学園長で、いっぱい叱られちゃったし！」

ドロシーと別れたディリックは、生徒会室には行かずに学園長を引っ張り出したようだ。

さすがのシャルロットも学園長に注意されては、引っ込まざるをえなかったのだろう。

よほど鬱憤がたまっているのか、シャルロットはその場で地団駄まで踏んでいた。

（こ、怖い――――っていうか、やっぱり彼女も転生者なのね）

今のセリフはそうとしか思えない。

そして同時に、ディリックが隠しキャラだということも判明した。

（…………やっぱり）

あれほど美形なディリックだ。モブな方がおかしいだろう。

どうやら、ディリックルートの発生条件は、オスカーを一年で攻略することらしかった。彼が今年度で卒業することを考えれば、ディリックの攻略期間は彼の卒業式までなのだろう。

（それで、シャルロットさんは急いでいるのね）

最近のなりふりかまわない行動も、そう考えれば説明がつく。

前世のシャルロットは、ドロシーより《なずな》も、よほどこのゲームをやり込んでいたようだ。

（私は、隠しキャラなんて知らなかったもの）

だいたい三年間の攻略イベントを一年でクリアするなんて普通は考えない。例えば文化祭イベントだって、各学年でそれぞれ違った三種類のイベントがあったはずなのだ。

（きっと、特定の誰かに話しかけたり、困っている人を手伝ったりすることが発生条件になっている隠しイベントがあったのね。それをクリアすることでまだ起こらないはずの二年や三年のイベントを強制発生させることができたのかもしれない。わからなかったのは、ヌルゲーだって決めつけてやり込まなかった私のせい？）

そういえば、攻略サイトも何も、ドロシーはまったく見なかった。それほど興味がなかったのだから仕方ない。

少し反省するドロシーの視線の先で、シャルロットは恨み言を呟き続けている。

「生徒会に入るのも、ディリックと一緒にお菓子を作るのも、買い物もダンスの練習も、みんな私がするはずだったのに――――」

いやいや、いったいどういう流れになれば、シャルロットとディリックが一緒にそんなことをすることになるのだろう？

（グレースさまが、婚約破棄撤回作戦の協力を断って、ディリックさまがお一人でなんとかしようと、シャルロットさんに近づくのかしら？）

たとえそうなったとしても、ディリックがあのシャルロットとそんな風になるとは思えないのだが――――。

（……そういえば、王妃さまも転生者だったわ。だったらディリックさまも、ゲームのディリックさまとは違うのかもしれないわよね？）

転生者のシャルロット《ヒロイン》と、転生者の母に育てられたディリック《隠しキャラ》と、転生者のモブが入れ替わったグレース《悪役令嬢》が織り成すストーリーが、原作と同じはずがない！

「――――本当ならいるはずのディリックの婚約者はいないし……それにやっぱり、どう考えてもおかしいのはグレースだわ。ゲームでは、オスカーを諦めきれないグレースが、まだまだ私をいじめるはずなのに、ちっとも悪役らしいことをしてこないんだもの！」

イジメなんてするのは、断じてごめんである！

だいたい、シャルロットだってゲームのヒロインとは、全然性格が違うではないか！

ゲームの中のシャルロットは、もっと健気で優しくて、天真爛漫《らんまん》な明るさの中にも相手への思いやりが溢《あふ》れていた。傲慢だったり高飛車だったりしないし、間違っても他人の迷惑になるような行為なんてしない！

（自分のことは棚に上げて、私のせいにするのはおかしいでしょう！　それに、ディリックさまの婚約者がいないのは、私じゃなくて、たぶん王妃さまのせいよ！）

今すぐ飛び出してそう言ってやりたいが、まさかそんなわけにもいかなかった。

悶々《もんもん》として見ていれば、すべてをグレースのせいにしたシャルロットが、グッ！　と両手を握りしめる。

「ディリックは、私のモノなのに！　グレースなんて、大人しくオスカーの後でも追っていればいいのよ！　……それなのに、ヒロインである私の邪魔をするなんて！　今に見ていなさい。絶対懲らしめてやるんだから！」

ゲームの中では優しく穏やかだった茶色い瞳が、ギラギラと物騒に光る。

おどろおどろしく宣言したシャルロットは、薄暮の中を、寮の方に立ち去った。

――――いったい彼女は何をするつもりなのだろう？

ゲームの知識が間違いなくドロシーより豊富なシャルロットが、侮れない相手なのは間違いない。

（どうしよう？　ディリックさまに相談した方がいいかしら？）

しかし、ゲームのことなど知らないであろうディリックに、どう相談したらいいのかわからない。

この世界で、唯一相談できるとしたら、同じ転生者らしい王妃なのだろうが、グレースならぬドロシーは平民。王妃に面会できるはずもなかった。

(きっと安全なのは、ディリックさまとこれ以上接触しないことなんでしょうけれど)

シャルロットの目的は、ディリックの攻略だ。だとすれば、このままドロシーが何をしなくとも、近々オスカーはシャルロットに捨てられるはず。そのときにうまく立ち回れば、婚約破棄の撤回は簡単に成しえることだろう。

ディリックを避け続けていれば我が身の安全と目的の達成が、苦もなく手に入る。

とても合理的で簡単なことのはずなのに、ドロシーは――――嫌だ――――と思った。

脳裏に、今日の応接室でのことが思い浮かぶ。

――力強く温かいディリックの腕に摑まって、二人で歩いた。

――特に会話をするでもなく、黙って並んだ時間を「好き」だと、ドロシーは思ったのだ。

――静かに見つめ合った彼の紫の目も、トクトク高鳴った自分の心音も、覚えている。

(ディリックさまから離れるのは……嫌だわ。……それはもちろん。いずれグレースさまと交代したときには、離れなきゃならないお方だけど……でもだからこそ、今自分から離れることは、したくない)

それがなぜかは、考えないことにした。

気づけば日はすっかり暮れ、周囲は闇に包まれている。

魔法外灯の光だけが、寂しく道を照らしていた。

（……帰ろう）

夜の中、ドロシーは足を踏み出した。

幕間その二　とある王太子の葛藤

「ディリック、その、人を大量虐殺できそうな凶悪顔をなんとかしてくれないか？」

声をかけてきたマイケルを、ディリックはギロリと一睨みで黙らせる。

「そんなに、サンシュユ公爵令嬢との時間を邪魔されたのが気に入らなかったのか？」

今度は、ウェインが興味深そうに確認してきた。

ディリックは、彼にも不機嫌な視線を向ける。

しかし、海千山千の商人たちに常日頃もまれているウェインは、ビクともしなかった。

「これは確認なんだが……殿下は、アルカネット公爵令息とサンシュユ公爵令嬢の婚約破棄が無事撤回されたら、彼女をオスカーに渡せるんだよな？」

ウェインに聞かれたディリックの顔は、ますます凶悪になる。

「――――渡せるとは、なんだ？　彼女をそんなモノのような言い方をするな！」

「そっちに怒るわけね？　……これは重症だな」

ウェインは、ヒョイッと肩をすくめた。

「……自覚はあるんだよね？」

マイケルが恐る恐るという風に確認してくる。

ディリックは黙って答えない。

王太子の友人二人は、顔を見合わせてため息をついた。

「……正真正銘、重症だ」

「危篤状態だろう？　なんといっても恋煩いだ」

「しかも、僕が知っている限りでは、初恋だよ」

「マイケル！」

お喋《しゃべ》りな幼馴染みを、ディリックは怒鳴りつけた。……次いで大きなため息をつく。

「自覚はあるから心配するな。……ちゃんとわかっている」

我ながら、少しも安心できない口調になってしまった。

心配そうにこちらを見つめる友人二人から、目を逸らす。

――――ディリックが、グレースと一緒に婚約破棄の撤回を目指しはじめて一カ月。

最初の頃の彼女は、貴族令嬢らしからぬ言動で、自分を楽しませてくれはしても、それだけの存在のはずだった。

好ましいとは思っても、そこに特別な感情はない。

グレースは、オスカーとの婚約破棄を撤回した後は、そのままアルカネット公爵家に嫁ぐ立場なのだから、それが当然だ。

そう思っていたはずだった。

――――それなのに、自分の心が変わってきたと自覚したのはいつ頃からだっただろう？

(最初に料理を一緒に作ったときには、もう胃袋を摑まれていたな)

どうせ何もできまいと諦め半分で提案した『オスカーの胃袋を摑む作戦』。

なのに、グレースは公爵令嬢らしからぬ料理の腕前を発揮し、珍しくも美味しい『おやき』なるものを作って見せた。

(特に、あのきんぴら入りのおやきは絶品だった)

辛さがクセになるおやきは、思わずほかの誰にも食べさせるなと命じてしまったくらい。以後も度々作ってもらっている。

(鶏挽肉《とりひきにく》とトマトを炒《いた》めたものもうまかったし、じゃがいもとチーズの組み合わせも絶妙だった)

中の具材のバリエーションはまだまだたくさんあるようで、目的だったオスカーより先に摑まれたディリックの胃袋が解放される気配はどこにもない。

(解放されたら、捨てないでと泣いて縋ってしまいそうだ)

もっとも、このとき摑まれたのは胃袋だ。心ではなかったと思いたい。

それでも、胃袋だけでもグレースの想定外の魅力にタジタジだったのに、翌日決行した『私は王太子さまのお気に入りなのよ、大作戦』で、彼女はあらたな魅力を見せつけてきた。

(あんなに初々しく物慣れない謙虚な姿に、庇護欲を刺激されないはずがないだろう！)

公爵令嬢という身分柄、豪華なドレスや宝飾品など見飽きているはずなのに、グレースはすべてにおいて気後れし、遠慮がちだった。

それは、過度な贅沢《ぜいたく》を忌避するディリックの好みにピタリと当てはまったのだ。……当てはまりすぎて、ついつい過剰なプレゼントをしてしまうくらいに。

グレースは、完全に引いていた。あれからずいぶん経つのに、いまだに代金を自分が支払うと言ってくるのが、その証拠だろう。

(律儀な彼女とのやりとりも楽しいのだが……そろそろ新しいものを贈りたいな。……ああ、でもこれ以上プレゼントすると嫌われてしまうかな?)

ほかの令嬢に対しては絶対考えられない、そんな悩みも好ましい。

…………でも、この好ましいも、まだかろうじて恋愛ではなかった……はずだ。

例えるならば、妹や保護対象の子供に対する好ましいの方だと思っている。————いや、思っていた。このときのディリックは。

同時にこの頃から、オスカーがグレースにかなり接近してくるようになった。

(まだ婚約破棄撤回作戦をはじめたばかりだったのに……あいつはチョロすぎだろう!)

ディリックの目的に適《かな》う望ましい事態のはずなのに、イライラしてしまう。

おかげで一緒にダンスの練習をしていたグレースに不機嫌な顔をしてしまった。

(毎朝オスカーがグレースを待っていると聞かされて、面白くなかったんだ。一日のはじまりに、俺より先にグレースに会う男がいると————それがオスカーだと思ったら、苛《いら》つくのを抑えられなかった。……なのにグレースは怒ることもなく、必死に俺のステップについてきた)

苦手なダンスに集中していたせいか、グレースがディリックの手を握る力は、ほんの少し強かった。

表情も口元は笑みを形作っているものの目が真剣で怖いくらい。

なのに、口調はたどたどしく、切れ切れに言葉を繋ぐ様は初々しい。

(何より、あの腰！　細すぎだろう！)

着痩せするタイプなのか、グレースの腰は見た目よりずいぶん華奢《きゃしゃ》でとても細かった。触れた手の感触が、か細くたおやかで、庇護欲だけでなく独占欲まで煽《あお》ってくる。

ここだけの話――ディリックは、細腰の女性が好みなのだ。

――実は、グレースの見た目と腰の細さが違うのはドロシーが使っている姿替えの魔法のせいで、他人の目にはグレースに見えても、実際の体はドロシーだからなのだが……ディリックが、それを知るはずもない。

必死で頑張りながら、訥々《とつとつ》と言葉を紡ぎ、しかも、理想の細腰を持っている女性に、ディリックが惹《ひ》かれないはずがない。

不機嫌な顔をしたことへの罪滅ぼしに飲み物を渡して謝れば、グレースは笑って許してくれた。

(たぶん、このときには、もう彼女は俺にとって特別になっていたんだろうな)

だからこそ、ここで邪魔に入ったラマフ男爵令嬢には怒りしか覚えなかった。

貴族の礼儀作法をすべて無視したありえない誤解にも、ただただ腹が立った。

あの場で断罪しなかったのは、グレースに怯えられたくないという保身でしかなかったが、後々にかぶった迷惑を考えれば、すぐに切り捨てた方がよかったかもしれない。

そんな風に思えるほど、ラマフ男爵令嬢には手を焼かされ続けていた。

今日だって、自身で対処せず学園長に任せたのは、怒りで暴走しない自信がなかったからだ。

（せっかくグレースを、誰憚《はばか》ることなくエスコートできていたのに）

本来ならそれはオスカーの役目。

今このときが過ぎれば、ディリックには一生叶わない夢だ。

（我ながら、不毛な恋をしているな）

そう。ディリックには、しっかりと自覚があった。

自分は、グレースに恋をしているのだと。

「――ディリック、君は、望むのならサンシュユ公爵令嬢を手に入れることができるんだよ」

マイケルが静かな声で囁いてくる。

「ああ。サンシュユ公爵令嬢を公衆の面前で婚約破棄したのはオスカーだ。今、殿下が彼女を妃《きさき》にと望んでも、誰も反対はしないだろう」

ウェインも、マイケルの言葉を肯定する。

それは、ディリックも一度は考えたことがあることだ。

「二つの公爵家の縁組みは、我が国にとって利がある。……ひとつの公爵家の令嬢が王太子に嫁ぐことよりも」

表向き、グレースとオスカーの婚約の目的は、王家への忠誠心が厚い公爵家同士が婚約することにより、なお一層連携を強くして王国の基盤を固めることであった。

しかし、その裏には、どちらか一方の公爵家が他家を出し抜いて力をつけすぎないようにとの抑制の意味合いもある。

ディリックの父が王太子だった時代、アルカネット公爵家には王族に嫁ぐに相応しい適齢の令嬢がいたが、サンシュユ公爵家にはいなかった。

二家と王家の間でどんな話し合いが行われたかは不明だが、アルカネット公爵令嬢は友好国の公爵家に嫁ぎ、父は母を王妃とした。

（父が母を溺愛していることは間違いないが、要はそういうことなんだろうな）

そうでなければグレースは、最初からディリックの婚約者となっていただろう。

「それはそうかもしれないけれど！　非はアルカネット公爵家にある。サンシュユ公爵家だって、婚約破棄されたグレース嬢を妃にしてもらえるんだ。特例で押し通すことだってできるだろう？」

マイケルの言葉は、ディリックには甘い誘惑に聞こえる。

それでも、王太子である彼は、苦く笑って首を横に振った。

「結果、アルカネット公爵家が迎えるのが、あの聖女では、遅かれ早かれ不満が噴出する。自業自得と突き放すのは簡単だが、行き場を失った怒りが王家に向かう可能性は少なくない。――――最悪、私がグレースを娶《めと》りたいがための計略だったと勘ぐる輩《やから》も出てくるだろう」

とんだ濡れ衣だが、どんなにありえないことであっても、人は自分の都合のいいように考える生き物なのである。

マイケルとウェインは、悔しそうに押し黙る。

ディリックは、そんな二人に近づくと彼らの肩をポンと叩いた。

「大丈夫。ちゃんとわかっていると言っただろう。残念だが俺には、恋に盲目になって国を傾けるような勇気はないよ。……何より、そんな後味の悪い思いを彼女にさせたくない」

グレースは、優しく良識的な人間だ。自分のために国の情勢が悪くなったと知れば、悲しみ後悔にくれることだろう。

（彼女にそんな思いをしてほしくない！　そのためなら、自分の想いに蓋をすることくらい簡単だ）

ディリックは、そう信じていた。

このときは――――まだ。

表情の晴れない友二人に、明るく笑う彼だった。

第五幕　婚約破棄撤回作戦終了！

「――俺には、もう彼女の心がわからない」

そう言ってうなだれるのは、黒髪黒目の立派な青年――オスカーだ。

（わかっても、怖くなるだけですから、わからない方がいいですよ）

そう言いたくても言えないドロシーである。

二人は、いつものように、女子寮から校舎に続く林の中の空き地で話し合っている。

もはや恒例となった朝の密会には、今ではもれなく朝食がついていた。

もちろん準備するのはドロシーで、今日のメニューは、蜂蜜とバターをたっぷり使ったパンケーキとチーズオムレツ、新鮮野菜のサラダだ。

シャルロットに「必要ない」宣言をされて以降、オスカーは日々元気をなくして塞ぎ込み、気力体力ともに落ちてやつれてしまった。

食事をする元気も出ないという彼を見るに見かねたドロシーは、朝食を提供することにしたのだ。

幸いなことに、ドロシーの寮の部屋には厨房《ちゅうぼう》設備の整った使用人用の部屋がついている。自炊をする学生も多いため、食材を手にするのも容易だった。

最初は遠慮したオスカーも、実際に食事を用意して「心配だから」とお願いすれば、折れて食べてくれた。ドロシーが作る料理は、貴族の豪華なものにはほど遠い家庭料理なのだが、どうやらそれが口に合ったようで、オスカーはあっという間に完食してしまう。

恥ずかしそうに「ありがとう」と礼を言う姿は、なんだか新鮮で可愛く思えてしまったものだ。

その後、オスカーは、ここで朝食を食べるようになった。

(翌日、何もなかった場所に四阿《あずまや》が建っていたのには驚いたけど。おかげで、雨の日は無理でも、天気のいい日は気持ちよく食べられるようになったのよね)

さすが公爵令息。行動力と経済力に脱帽だ。

オスカーが、一人では申し訳なさすぎると言うから、最近ではドロシーも一緒に朝食を食べていた。

(もっとも、作っているのは三人前なんだけど)

もう一人前は、ディリックのもの。報告をしたら、彼まで「食べたい」と言い出したのだ。

二人前も三人前も大して変わらないからいいのだが、絶対学園内の食堂の方が美味しいだろう。

なんで？　とは思うのだが……王太子という立場柄、ディリックは豪華な料理に食傷気味なのかもしれなかった。

残念ながら、ディリックの朝食には間に合わないため、お弁当としてお昼に食べているのだそうだが、いつでも絶賛してくれるので、なんだか気恥ずかしい。

オスカーは、朝食を一緒にとるようになってから、目に見えて元気になった。

しかし、今朝の彼は、どんよりドヨドヨと落ち込んでいる。

理由がシャルロットなのは、先ほどの言葉からもわかるのだが――。

「何かあったのですか？」

本当は聞きたくないのだが、そんなわけにもいかないだろう。

オスカーは、一口サイズに切ったパンケーキに、ブスリとフォークを突き刺した。

「もうすぐ、対抗戦があるだろう。それで、昨日シャルロットが飾緒《かざりお》を持ってきたんだが――」

対抗戦とは、日本でいうところのクラスマッチみたいなものだ。種目は剣術、馬術とダンスで、クラス単位ではなく学年単位で順位が競われる。各学年二チームずつ代表を選出し、合計六チームで優劣を決めるのだ。

たしかオスカーは、剣術の代表に選ばれていた。

ドロシーは、ダンスの代表に推薦されたが、丁重に辞退した。最近は、シャルロットの奇行のおかげで、以前より嫌われていないグレースだが、見ている人への印象がものを言うダンスに、婚約破棄された令嬢が出るわけにはいかないと主張し、なんとか断ったのだ。

（本当は、いくらディリックさまの特訓を受けていても、対抗戦の代表なんて絶対無理だから！なんだけど）

ものは言いよう。使える言い訳はなんでも使うのがドロシーの信念だ。

ただ、話を聞いた人たちからとても同情されてしまった。少し……いや、かなり申し訳なくなったが、仕方ない。

ちなみに飾緒とは、服の片方の肩から胸にかけて吊《つ》るされる紐《ひも》のことで、対抗戦の代表となった男性がつける目印だ。学園からも支給されるが、自前で用意することも可能で、紐であれば何をつけても自由とされている。

そんな中、最近流行《はや》っているのが、女性が自分の髪や目の色の紐を編んで恋人にプレゼントする飾緒だった。シャルロットならば、明るいピンクと茶色の組み合わせになるだろう。

必要ないなどと言いながら、オスカーにプレゼントするあたり、シャルロットは逆ハーも狙っているのかもしれないと、ドロシーは思う。

複雑な心境になってしまったが、一応オスカーにお祝いを言った。

「それは、よかったですね」

「……いや。俺宛てではなく、王太子殿下に渡してほしいと頼まれたんだ。自分で渡そうとしたのだが、近づくこともできなかったそうだ」

ドロシーは、絶句する。

もはや、どう言っていいのかもわからない事態だ。

それでは、オスカーが落ち込むのも無理はない。

（本当にシャルロットさんは、オスカーさまのことを、ディリックさまを攻略するための踏み台としか思っていないのね。……ゲームのキャラクターと違って、この世界のオスカーさまには、傷ついたら悲しんだりする心があるってことがわかっていないのかしら？）

わかっていれば、そんなことはできないだろう。

ドロシーは、そうとう悲痛な顔をしたのだろう。「ありがとう」と小さく呟いたオスカーは、諦めきった表情で話を続ける。

「もちろん俺は断った。殿下が望んでいないのに、俺が渡しても受け取ってもらえるはずがないからな。……そうしたらシャルロットは『私を愛していないの！』と逆ギレしたんだ。……しかも、わめき散らして言うことには、どうやら彼女は、飾緒の中に、自分の本当の髪も混ぜて編んだらしい。……そんな恐ろしいものを、どうして渡すことができると思うんだ？」

ドロシーは、あちゃ～と、頭を抱えたくなった。

飾緒に自分の髪を一本入れて編む。――――それはゲームのイベントだ。

聖女であるヒロインの髪には、癒しの力を宿すことができて、その飾緒をもらった攻略対象者は、疲れ知らずに戦うことができて対抗戦で優勝する。

しかし、この世界の現実において、それは呪術の類だった。髪や爪など人の体の一部を使って魔法を付与または強化することは、忌避されているのだ。

（ちょっと考えればわかることでしょう？　髪の毛一本で疲労を回復できちゃうのよ。だったら、血とか肉とか骨なんかなら、もっと効果抜群ですごいものができるってことよね！）

そんなことを許したなら、聖女はおろか魔法使いも魔女たちも、全員体をバラバラにされて何かの道具になること間違いなしである。

実際、数百年前のどこかの領主はそれを実行したらしい。

急に威力の高い武器や魔道具を使用して王家に反乱を企てた領主を成敗した後に、彼の城を調査したら腕や足を切り取られた魔法使いや魔女が何人も発見されたという。

しかも、城内には空っぽな棺《ひつぎ》が納められた墓がいくつもあった。中身のない棺に本来納められていたはずの遺体が、呪術に使われたのは間違いない。

身の毛もよだつ実話は、何より雄弁な教訓だ。

（授業でしっかり習っているはずなのに。……何を聞いているのよ？）

――何も聞いてはいないのだろう。

抱えられなかった頭が、ズキズキと痛くなってくる。

「オスカーさま。このことはどなたにも言わない方が――」

「言えるか！　こんなこと！」

オスカーは泣きそうになっていた。

――そういえば、昨年オスカーはシャルロットから飾緒をもらったのだろうか？

（グレースさまも作ったはずだし……正式な婚約者がいるのに別の女性の飾緒をつけたりしなかったと思いたいけれど）

そんな外聞の悪いことはしないはずだと信じたい。

（ああ、でも、服の内側に忍ばせるとかやっちゃったかもしれないわよね？）

だからこそ、ここまで落ち込んでいるのかも？

「オスカーさま。もし、ラマフ男爵令嬢からもらったモノがおありなら、すべて焼却した方がよいと思いますわ」

「………そうする」

ないと否定しないところを見ると、持っているのだろう。

ご愁傷さまとしか言いようがない。

顔色を悪くして落ち込むオスカーは、フォークに刺したパンケーキを口に運ぶ元気もないようだ。

可哀相になったドロシーは、ふと思いつく。

「……私でよろしければ、飾緒を作りましょうか？　もちろん髪など入れません」

オスカーは、パッと顔を上げた。

「いいのか？」

「はい。オスカーさまにつけていただけたら嬉しいです」

――――もちろん、グレースが。

今日、さっそく連絡してグレースには飾緒を作ってもらおうと、ドロシーは決意する。師匠の地獄のしごきで死にそうになっているかもしれないが――――いや、きっとオスカーのためならば、死力を振り絞って飾緒を作ってくれるはず。

「ありがとう。もしも、俺などに作ってもらえるのならば、この上なく嬉しいが……でも、そんなことをしては、王太子殿下に叱られてしまうのではないか？」

最初は嬉しそうにしていたオスカーだが、ふと目を逸らしてそう聞いてきた。

「ディリックさまですか？」

どうしてここにディリックが出てくるのだろう？

「ああ。……殿下は、君のことを気に入っていらっしゃるだろう？　生徒会に推薦されたのも殿下だし、買い物にも一緒に出かけたと聞いた。……さすが殿下だ。君の素晴らしさをいち早く見抜かれたのだな。……それに比べて俺は、君にひどいことをして――――。こんな俺のために飾緒を作るなどと聞かれたら、殿下はご気分を悪くされるのではないか？」

オスカーの横顔は、複雑に歪められている。

ドロシーは、慌てて首を横に振った。

「違います！　そんなことはありません！　殿下はきっと大喜びしてくださいますわ！」

「グレース？」

顔を上げたものの、まだ不安そうなオスカーに、誤解を解かなければならないと思う。

（ディリックさま。話してもいいですよね？）

心の中で問いかけ、覚悟を決めたドロシーは、手を伸ばしてオスカーの両手を握った。

「ディリックさまは――――王太子殿下は、実は私の応援をしてくださっているのです。生徒会に入れていただいたのも、ほかのことも、みんな私がオスカーさまと関係を修復するためのお力添えです。――――殿下は、我がサンシュユ公爵家とオスカーさまのアルカネット公爵家が仲違《たが》いすることなく王国を支えていくことを願っておられます！」

ドロシーの言葉を聞いたオスカーは、目を見開いた。

「俺と君の家？」

「はい。王国を盤石にするためには必要なことだとおっしゃいました」

ドロシーの手の下で、オスカーは自分の手をギュッと握りしめる。

「……そうだな。そうだった。……俺と君の婚約は、我が国のために必要な政略で……なのに、俺はそんな大切なことも忘れて、自分の感情を優先してしまっていたのか。……俺は、貴族失格だ」

どうやらオスカーは、ようやくそのことに思い至ったようだった。

「オスカーさまのせいだけではありません。私も高位貴族の令嬢にあるまじき傲慢さとわがまま放題でした。あれではオスカーさまに愛想を尽かされても、仕方ありません」

だからそんなに自分を責めないでほしいと、ドロシーは願う。

(それに、半分以上はシャルロットさんのせいだと思うし)

シャルロットにより、ゲームの三年間分のイベントを無理やり経験させられたのだ。オスカーが正常な判断をできなかったのも無理はないと思う。

「君は、本当に優しい人なんだな。……我ながら図々しいと思うが、こんな俺でも、飾緒を望んでもいいだろうか?」

「もちろんです!　誠心誠意、心をこめて作らせていただきます」

——しつこいようだが、グレースが。

ドロシーの答えを聞いたオスカーは、深々と頭を下げた。顔を上げると心から嬉しそうに微笑む。

「本当にありがとう。……俺にそんな資格などないのかもしれないが、でも君の飾緒をつけられたら、君のために精いっぱい戦うと誓う」

キリリとした表情は、さすがメイン攻略対象者。見惚れるほどに爽やかでカッコよかった。

（……パンケーキ付きのフォークを持っていなければだけど）

そこはご愛敬というところかもしれない。

視線を向けながらクスクスと笑えば、フォークに気づいたオスカーが、恥ずかしそうに頬を赤くした。

パクリとパンケーキを頬張ると、もりもりと食べはじめる。

朝の光に照らされた真新しい四阿の中で、ドロシーとオスカー二人の、吹っきれたような笑い声が響く。

風がそよそよと緑の木々を揺らしていた。


「……私も、飾緒がほしい」

朝のオスカーとの密会後、ディリックの元にお弁当を運んだドロシーは、混乱した頭を小さく傾ける。

「……はい？」

「私だって頑張っていろいろ協力してきたのだ。飾緒くらい作ってくれてもいいはずだろう？」

それはそんなに真面目な顔で、言ってくることなのだろうか？

ドロシーは、まじまじと目の前のディリックの顔を見てしまった。

「ディリックさまならば、飾緒なんていくらでも、もらえるのではないですか？」

「ほかの女性からのものなどほしくない。――――何が入っているかわからないからな。その点、君なら安心だろう?」

――一応、オスカーとも相談して、シャルロットが髪の毛入りの飾緒を作った件は、ディリックにだけは報告することにした。呪術を行うことは、場合によっては罪になることもあるからだ。先ほどそれを報告した際、難しい顔で考え込んだディリックは、シャルロットに呪術を行ったという意識がないだろうことから、今回だけは不問に処すと言ってくれた。

「だいたいこの程度の罪では、学園に通報したとしても厳重注意で終わってしまうだろうからな。どうせなら一気に退学、修道院に幽閉くらいには、最悪でもしてやりたい」

なんだか怖いセリフが聞こえたが……いや、聞こえなかったことにしよう。

それより飾緒の件だ。

どうして、ディリックからこんなお願いをされているのか、さっぱりわからない。

それでも――。

「作るのはかまいませんが……色は私のものでなくてもいいですか?」

グレースがオスカーに作るのは、当然彼女の髪と目の色である銀と青になるだろう。同じ配色の紐をディリックに渡すのは、さすがに躊躇われる。

確認すれば、ディリックは首を縦に振った。

「オスカーとお揃いは嫌だからな。……そこは諦める」

諦めるのかと、ドロシーは思う。なんとなく、胸がもやもやするのはなぜだろう?

「何色で作るつもりだ?」

「…………赤と青で作ろうと思います」

ドロシーは、赤髪青い目だ。

（私の色なんて、不敬かもしれないけれど）

ディリックも誰も知らないことだから、その色で作っても問題はないはずだ。

「そうか。――――きれいな飾緒になりそうだな」

ディリックのその一言に、先ほどまでのもやもやが一気に晴れた。

代わりに、胸の鼓動がドキドキと高鳴ってしまう。

なぜそうなるのかわからなかったが、でも一生懸命作ろうと思った。

「ディリックさまも、剣術に出られるのですか？」

「ああ。昨年は公務で出られなかったからな。今年は優勝を狙おうと思う」

昨年の優勝はオスカーだった。今年も勝って、昨年の優勝がシャルロットの髪の毛のせいではなかったと証明したいと、先ほど別れ際に言っていた。

ドロシーはどちらを応援するべきなのだろう。

（グレースさまとしてならば、オスカーさま一択なんでしょうけれど）

ドロシー的には、お世話になっているディリックを応援したい。

まさかそんなわけにもいかないから、オスカーを応援することになるのだろうが。

（心の中でこっそり応援する分にはいいわよね？）

見た目はグレースでも、心はドロシーだ。

「飾緒。一生懸命作ります」

そう思った。


——そう思っていたのに。

対抗戦当日、ドロシーは、ディリックもオスカーも応援できない場所にいた。

それは、メイン競技場となる闘技場の貴賓席で、居並ぶ教師陣に交じったドロシーは、生徒会総務としての仕事に追われている。

「ダンスの結果が出た。一位は三年Aチーム。二位は二年のBチーム。三位は三年Bチーム。サンシュユ公爵令嬢、アナウンスを頼む」

「はい！」

マイケルからの連絡を受けたドロシーは、魔法伝声器を使って、今聞いた内容を全校に放送する。

うぉぉ！　と、地鳴りのような歓声が三年の応援席からあがった。

「点数の集計ができた。剣術の決勝戦を残して、三年と二年が共に三百点で同点。一年は百二十点。この決勝戦で勝敗が決まるぞ」

ウェインから伝えられた点数を、即座に魔法ペンでタブレットに書き込んだ。

会場中央に浮かんでいた巨大なスクリーンに、その点数はすぐに反映されて映し出され、今度は二年、三年の応援席双方から、大きなどよめきがあがる。

最終種目の剣術決勝戦を前に、対抗戦は最高の盛り上がりを見せていた。

「すまないね。サンシュユ公爵令嬢。殿下とオスカーで決勝になるとは思っていたんだけど、それでも、こんなにたいへんだとは思わなかったんだよ」

「手伝いは何人か頼んでいたんだが、全員剣術の試合がはじまったあたりからいなくなりやがった」

謝ってくるのはマイケルで恨み言をもらすのはウェインだ。それもそのはず、彼らは生徒会本部の運営を、二人でてんてこ舞いになりながらやっていたからだ。

一方のドロシーは、前日までの準備でかなりハードな仕事をしていたため、当日はゆっくり見学していいとの許可をもらっていた。すっかりそのつもりでいたのだが、陣中見舞いで顔を出したのが運の尽き。二人から泣きつかれて、そのまま仕事に突入。今ココ↑状態である。

「大丈夫です。それに、ここってある意味特等席ですもの」

貴賓席は最前列。競技も会場の盛り上がりも一望にできる絶好の場所だ。

「そう言ってくれると助かるけれど……でも、どちらかの応援席でみんなと一緒に応援したかったんじゃないかな?」

同じものを応援する者同士、心をひとつにして声援を張りあげる一体感は、言うに言われぬ感動がある。それに心惹かれぬわけではなかったが、ドロシーは首を横に振った。

(きっと、今の私では、どっちの応援席にいても浮いてしまうもの)

「ディリックさまも、オスカーさまも、両方応援したいのでここがいいです」

ドロシーの返事を聞いたマイケルとウェインは、困ったような表情で黙り込んだ。

そのとき、一段と大きな歓声が沸き起こり、競技場に選手が入ってくる。

当然それは、ディリックとオスカーだった。

二人は、学園の剣術授業の指定服である騎士服を着ている。プレートアーマーではなく、身丈の長い軍服みたいな服の上から胸甲と籠手《こて》、足甲をつけただけの軽装で、とてつもなくカッコイイ！

（さすが、乙女ゲームのヒーローだわ！）

キャアキャアという黄色い歓声が鳴り止《や》まないのも納得だった。

オスカーは二年の色である赤い胸甲を、ディリックは三年の色である白い胸甲をつけている。赤い胸甲の上には銀糸と青糸で編まれた飾緒が、白い胸甲の上には赤糸と青糸で編まれた飾緒が誇らしげに揺れていた。

今は決勝だが、初戦でディリックが色つきの飾緒をつけて出てきたときには、阿鼻叫喚《あびきょうかん》の悲鳴が女生徒たちからあがった。

その中でも一際大きかったのがシャルロットの声だった。

「信じられない！　何よ、あれ？　赤髪で青い目の女なんて、ゲームにいた？」

言っている内容は、ドロシー以外の人には、まったく意味不明だったものの、あまりの大声に会場中の注目を浴びていた。

（髪の毛入りの飾緒は、オスカーさまから注意されて処分したって聞いたけど……ディリックさまが別の人から飾緒をもらうかもっていう可能性は、まったく考えていなかったのかしら？）

――どこまでも、自己中心的なヒロインである。

ドロシーは、ちょっと恥ずかしかった。

特に、勝った後でディリックが、飾緒にキスなんてするからなおさらだ。

（あれが私からのものだなんて、誰にもわからないんだから……平常心、平常心）

心の中で念仏のように唱え続けて乗りきった。

そしていよいよ迎えた決勝戦。勝った学年が優勝なのだから、チーム的にもグレースの立場的にも、ドロシーはオスカーを応援しなければならない。

それでも、心は素直にディリックの勝ちを祈っていたから、この場にいるのは好都合だった。

審判役の教師たちが定位置につき、試合前の握手をディリックとオスカーが交わす。

先ほどまで点数を表示していたスクリーンの映像が変わり、二人のその姿を映し出した。

オスカーが、何かをディリックに伝え、ディリックが不敵に微笑む。

「うわぁ～」

映像を見ていたマイケルが、一言呻いて、額に手を当てた。

「どうかされたんですか？」

「あ、……いや、あいつ読話《どくわ》ができるから、何を言ったかわかったんだろう」

教えてくれるのはウェインである。

読話とは、音は聞こえなくとも唇の動きや表情から何を言ったか推測する能力のことだ。

いったい二人は何を言ったのだろう？

ウェインと二人、マイケルを見つめれば、彼は渋々口を開いた。

「……ああ、大丈夫。そんなに変わったことを言ったわけじゃないよ。少なくともオスカーの方は。

――――『すみません』と『ありがとうございます』と、あとは『これからは自分が彼女を守ります』『この試合に勝って、その覚悟を証明します』くらいかな」

ドロシーは、少し赤くなった。

オスカーの言う『彼女』とはグレースのことだろう。

こんなところで何を宣言しているのかと思うのだが、いかにもヒーローらしい真っ直《す》ぐな意気込みだ。

「ただ、それに対するディリック――――殿下の答えがね。……『粋がっているんじゃねぇぞ、女狐に誑《たぶら》かされたクソガキが』……だってさ」

「………………は？」

ありえない言葉を聞いた気がする。

ウェインは「ああ」と呻いてマイケルと同じように額を押さえる。

「ディリックさまが、ですか？」

呆然としてスクリーンを見れば、オスカーも驚いて動きを止めているように見える。

ディリックは、変わらずニコニコと王子さまスマイルを振りまいていた。

「……えっと、聞き間違い――――じゃなく、読み間違いじゃないですか？」

「だといいんだけど」

「――――何ぶちきれているんだか。……一方的な試合にならないといいな」

マイケルとウェインは、疲れたように言い合った。

そして、その懸念は本当のことになる。

――――キーン！


剣術の決勝戦が開始され、ものの一分も経たない内に、オスカーの剣はディリックの剣により、音高く弾き飛ばされていた。

あまりに呆気なく勝敗がついて、観客も審判も呆気にとられたままだ。

スッと自分の剣を腰の鞘《さや》に収めたディリックは、飾緒に愛しげに唇を落とすと、正面――――つまり、ドロシーたちのいる貴賓席に向かい優雅に一礼した。

「――――しょ、勝者！　三年、ディリック・ライアン・オルガリア！」

遅れて審判が勝者の名をコールする。

うわぁぁぁぁっ！　と、会場中に歓声が轟《とどろ》きわたった。

「…………やってくれた」

「ちょっとは手加減しろよ！」

マイケルとウェインが、大きなため息をつく。

彼らの横でドロシーは、真っ赤な顔で震えていた。

（…………カ、カッコイイ）

好みの絵師さんだったのだ。――――仕方ない。

ということがあった対抗戦の翌朝。

ドロシーは、今ひとつ元気のないオスカーといつも通り一緒に朝食を食べていた。

今日のメニューは、野菜とベーコンをたっぷり載せたピザトーストと溶き卵のスープ、ヘルシーな海藻サラダだ。本当は死闘を尽くしたオスカーとディリックを労《いたわ》るためにボリューム満点のステーキサンドも考えていたのだが――――ボツにした。

（死闘どころか、最短記録試合だったわよね）

あれでは疲れる暇もなかっただろう。

その分、精神的ショックは大きそうだが。

「…………準優勝、おめでとうございます。立派な成績ですわ」

とりあえずドロシーはそう言って褒めた。

そう、オスカーは準優勝。どこかの政治家の言葉ではないが、二位だって、決してダメではないのである。

「ハハハ。ありがとう、グレース。……うん、大丈夫だよ。あまりに呆気なかったから、悔しいと思う余地もなかった。……いささか情けないけれど」

笑う声にも張りがない。

ドロシーは黙ってコーヒーを入れた。

「ありがとう」

礼を言って、モグモグとピザトーストを食べながら、オスカーは「ハァ〜」と大きなため息をつく。

「……ダメだな。やっぱり悔しい！　手も足も出なかったことも、バカにされたことも……何もかも悔しすぎて、自分が情けない！」

そう言ってギュッと拳を握った。

「そんな！　ディリックさまは、バカにされたりは――」

「いや、はっきり言われたよ。そして、俺はバカにされて当然の『クソガキ』なんだ。君の優しさに甘えて、忘れてた」

――そう思わなくもないが、さすがにこれは落ち込ませすぎだろう。

（こんなに自信をなくさせて、どうするんですか！）

ドロシーは、心の中でディリックに文句を言う。

拳を握ったまま考え込むオスカーをハラハラとして見ていたが、やがて彼はその手を開いて、ドロシーに視線を向けた。

「本当に、俺は愚かだ。自尊心をくすぐる心地よい言葉に酔って、大切なものをこの手から離してしまった。……もう、こんな愚か者の手では何も摑めないのかもしれないが……でも、やっぱり嫌だ！　……俺は、諦めたくない！」

「――オスカーさま？」

何を諦めたくないと言うのだろう。

（まさか、シャルロットさんじゃないわよね？）

不安に思っていれば、オスカーがガバッと顔を上げる。

真っ直ぐな黒い瞳が、ドロシーを射貫いた。

「本当は、昨日優勝して、言うつもりだった。……優勝できなかったけれど……あんなに無様に負けてしまったけれど……グレース！　俺は、できることならば君とやり直したい！　――婚約破棄を撤回させてくれ！」

それは、待ちに待っていた言葉だった。

ドロシーの体が、喜びに打ち震える！

（ああ、でも、待って――）

「今、婚約破棄の撤回って言われましたよね？　聞き間違いじゃない――」

「間違いじゃない！　俺ともう一度婚約してほしい！」

一応確認をと思ったドロシーは、間違いじゃないと言われて、ようやく安堵した。

（やった！　やりましたよ師匠！　ミッションクリアです！）

心の中で快哉を叫び、報告する。

すぐに了承の返事をしなければと、思った。オスカーの気が変わる前に、確約をとらなければならないからだ。

（紙にきちんと書いて署名、血判も押してもらった方がいいかしら？）

考えながら、はいと言うべく口を開く。

しかし、声が喉を出る寸前――――。

「――グレース」

声が聞こえた。

こんなところで聞こえるはずのない、低く耳に心地よい声だ。

「え？」

「あ！」

ドロシーとオスカーは、二人揃って振り返り、ポカンと口を開けた。

「ディリックさま？」

なぜ、彼がここにいるのだろう。

「おはよう、グレース。……………オスカー」

朝の爽やかな空気の中、木々の落とす木陰のひとつに金髪の王太子は、立っていた。彼の表情は、陰になっていて見えない。

普通に挨拶されて、二人で「おはようございます」と返した。

ディリックは、木陰から出て近づいてくる。

サク、サク、と足音がして、見えた顔には、笑みが浮かんでいた。

いつも通り麗しい笑みのはずなのに、なぜかドロシーはゾクリとしてしまう。

（え？　なんで？）

自分で自分の反応がわからずに戸惑っている内に、彼女の手は近づいてきたディリックの大きな手に摑まえられた。

そのまま、優しい動作で、しかし少し強引に椅子から立ち上がるように促される。

「……ディリックさま？　どうされたのですか？」

仕方なく立ち上がりながら、ドロシーは問いかけた。

「ごめんね。こんなに朝早く。少し急用ができたんだ。今すぐきてもらえるかな？」

そんな急用があるのだろうか？

ドロシーは不審に思う。

それでも、ディリックの頼みを断るという選択肢はなかった。

「あ、はい。それではこの場を片付けて、すぐに――」

「いや。それくらいならオスカーがやってくれるよ。……そうだよね？　オスカー」

首を傾げてオスカーを見るディリックの紫の目が、キラリと光る。

「は、はい！　も、もちろんです！」

オスカーは、首をコクコクと縦に振った。なぜか額には汗が浮いている。

「ほら、大丈夫だよ。さあ行こう」

有無を言わせず急き立てられて、ドロシーは歩き出した。

なんだか、今日のディリックは、いつもと感じが違う。

振り返れば、オスカーも疑問に思っているのだろう、心配そうにこちらを見ていた。

後始末を押しつけた格好になったため、ドロシーはオスカーにペコンと頭を下げる。大丈夫だという意味をこめて笑いかけた。

途端、グイッとディリックに握られている方の手を強く引かれる。

「っ！　――ディリックさま？」

「――ごめん。急いで」

それからは、黙って彼の後をついていった。

とても質問できるような雰囲気ではないからだ。

――いったいディリックは、どうしてしまったのだろう？

いくら考えてもわからない内に、連れて行かれたのは誰もいない生徒会室だった。

（ああ、そうか。生徒会の用事があったのね？　昨日の対抗戦の後片付けかしら？）

学校行事の翌日に後片付けがあるのは当然だ。こんな風に連れてこられる前に、自分から用事がないかと聞くべきだったのだと、ドロシーは思いつく。

それで、ディリックは不機嫌なのだろうか？

「………グレース」

「はい」

「オスカーに、何を言われたの？」

反省しきりのドロシーに、ディリックは後片付けとはまるで違うことを聞いてきた。

「………はい？」

先ほどから、ディリックの名前と「はい」しか言えていない。

「婚約破棄とか、聞こえたけれど？」

どうやらディリックは、オスカーとの会話を聞いていたようだ。

ドロシーは、ハッとする。

（そうよ！　婚約破棄の撤回ができたのだもの。誰よりも先に、協力してくれたディリックさまに報告しなければならなかったのに！　私ったら何をしているの！）

そう思ったドロシーは、勢い込んでディリックに話し出した。

「そうなんです！　先ほどオスカーさまから『婚約破棄を撤回させてほしい』と言われて！　これもディリックさまのご協力のおかげです！　ありがとうございました！」

両手を膝につき、深々と頭を下げる。貴族令嬢としてはいかがなものかと思われる姿だが、ドロシーの心情的には、合っていた。

（これで、あとはグレースさまが、師匠の地獄のしごきを乗り越えて復帰されれば万々歳だわ！　こっそり入れ替わってお役御免よね！）

先日飾緒を受け取る際に、グレースの様子を少し聞いてみた。なんでも以前とは見違えるほどに謙虚になっているそうで、師匠の言葉には絶対服従、毎日奴隷のように働いているそうだ。

（師匠やりすぎてないといいけれど……）

自業自得とはいえ、ちょっぴり同情してしまう。

そんなことを考えて、自分の胸に走った痛みには、わざと気づかないふりをした。

グレースと入れ替われば、もうディリックとは会えなくなる。

「………オスカーからの申し出を受け入れるの？」

自分の感情をコントロールしようと必死になっていれば、そんな声が聞こえてきた。

ドロシーは、「？」となって、顔を上げる。

受け入れるも何も、そのために今日まで努力してきたはずだ。

「…………は……い？」

顔を上げて、驚いた。

本当にすぐ近くに、ディリックの顔があったからだ。

しかも、無表情。美しく整いすぎたその顔に、いつもの笑みはなく、それどころかどんな感情も浮かんでいない。

ただ、紫の目だけが、強く光っていた。

まるで、ドロシーのすべてを捕らえようというような視線が突き刺さる。

「申し出を受けて、君は、またオスカーの婚約者となるの？　……そして、いずれはアルカネット公爵夫人になる？」

なるのはグレースだが、今はドロシーが、そのグレースだ。

「…………はい」

だからドロシーは、そう答えるしかない。

それに、そのためにこそ、ディリックは協力してくれていたのだろう。

「────ダメだ」

なのに、ディリックはそう言った。

「え？」

「オスカーの婚約者になるのは……ダメだ。当然、公爵夫人になるのも許さない！」

「…………ディリックさま？」

いったい彼は何を言っているのだろう？

ドロシーは、紫の目を覗き込む。

強く、深く――そして、いつの間にか熱く輝いていた紫の目を。

「……私は、もっと理性的な判断を下せると思っていた。……いつかオスカーが君を望んでも、きっと笑って祝福できるだろうと。……オスカーの隣に寄り添って笑う君を、たとえこの胸は痛んでも、平然と見守れるはずだと。……そう信じていた」

――本当に、何を言っているのか？

そんな言い方では、まるでディリックが、そうできないとでも言っているようだ。

グレースが、オスカーと婚約するのが、ダメだと言っているかのようで――いや、さっき、そう言ったのか？

「ディリッ――あっ！」

そんなはずはないですよね？　と、ディリックに聞こうとしたドロシーは、急に彼に抱きしめられた。

痛いほどの力で体を囲われ、ドクドクと大きな鼓動が耳に響いてくる。

今にも破れそうな、これは、ディリックの心音なのか？

「私は――――俺は、それくらい簡単だと思っていた。……それなのに、君が、オスカーに婚約破棄の撤回を頼まれているのを見たら……勝手に体が動いていた。……君が、オスカーに『はい』と答えるのを聞きたくなくて……君とオスカーが、あれ以上、一刻も一緒にいてほしくなくて」

――――まるで、情熱的な告白をされているような気がするのは、勘違いだろうか？

――――ディリックが、自分に好意を抱いていると思えるのは？

そんな都合のよいことは、ありはしないと、ドロシーは自分で自分を戒める。

自分がディリックを想っているように、ディリックも自分を想ってくれているなんて。

そんなことはないのだと心に言い聞かせるのに、ドロシーの心臓はバクバクと高鳴った。

ディリックの心音に重なるように『嬉しい』と、高らかに鳴っている。

「…………愛している」

――――幻聴が聞こえた。

「君を、愛している。……ずっと、君を見てきた。婚約破棄を撤回してもらおうと、必死で頑張る君の姿を、一番側で、俺が！　――――俺が、ずっと見てきたんだ！　――――そして、惹かれてしまった。……今さら、オスカーなんかに渡せるか！」

――――本当に、都合のよい幻聴だった。

こんな、自分の願望がすべて叶うかのような幻聴は、末期だろう。

「王太子として、俺は二つの公爵家を婚約させせなければならないのに。国のためならそれが最善だとわかっているのに。……君を渡せない！」

涙が、溢れる。

胸が、熱くなって。

心が、しめつけられて。

喜びが、湧き上がる！

――言ってもいいだろうか？

自分の、胸に秘めておこうと思っていた想いを。

「…………ディリックさまが、好きです」

思ったときには、口にしていた。

小さな小さな声だったけど、ディリックの体がピクッと震える。

「グレース」

「…………想っていてもいいですか？　今のお言葉を、忘れなくてもいいですか？」

いずれ自分は、グレースと入れ替わり、ディリックの前からいなくなる。

すべてを忘れて、ただの魔女の弟子に戻るのだ。

だけど、今のディリックの言葉だけは忘れずに、覚えていてもいいだろうか？

そう思ってドロシーは、言葉を紡ぐ。

「当たり前だっ！　愛していると言っただろう！　たとえ、この想いが王太子として許されないものであったとしても、俺は君を愛している！」

痛いほど抱きしめられて、幸せだと思った。

――もう、これで十分だ。

この思い出だけで、これからずっと生きていける。

二人は、しばらく抱き合っていた。

やがて――。

「……オスカーには悪いが、君のことは諦めてもらおう。アルカネット公爵家には、別の見返りを渡して……ああ、でも、俺は、王太子として失格で、廃嫡されるかもしれないな。……個人資産があるから不自由はさせないが、俺についてきてくれるかい？」

ドロシーを抱きしめながらもディリックは、これからのことを次々と話しはじめた。

――もう少しこのままの雰囲気に浸らせてほしかったなと、ドロシーは思う。

（あんなに情熱的に告白してくれたのに、見返りとか個人資産とか、めちゃくちゃ現実的よね？）

まあ、これもディリックが王太子ゆえということなのだろう。

誰よりも王太子に相応しい彼を、廃嫡になどさせてはならないと、そう思う。

（そんな風に思うあたり、私も普通の十七歳の少女じゃないんだわ）

前世は三十歳の社会人だった。乙女チックなこの雰囲気に流され続けられないのも仕方ない。

ドロシーは、ディリックの胸に手をつき、顔を上げた。

しっかり目を合わせて、声を出す。

「そのことですが……グレースさまは、オスカーさまと婚約しますよ」

ディリックは、呆然とした。

「……………え？　いや。だって、君は、今、たしかに、俺を好きだと」

焦ったように聞いてくる。

「はい。私は、あなたが好きです。……でも、私は、グレースさまではありません、から」

「……………………………は？　え？　え？　えぇっ！」

たっぷり三十秒は息を止めて、ディリックは素っ頓狂な声を張りあげた。

今まで一度も見たことのない慌てるディリックの姿に、たまらずドロシーは笑い出した。


それから二十分後。

「――――つまり、君はサンシュユ公爵令嬢の身代わりなんだな？」

「はい。この姿は、サンシュユ公爵家お抱え魔女の姿替えの魔法の成果です。本物のグレースさまは、現在オスカーさまに相応しい婚約者となるべく鋭意努力中です」

ドロシーはディリックに、今回のグレース入れ替わり作戦の大まかなことを説明していた。

そうしなければディリックが、グレースとオスカーの婚約を許さないとか、いざとなれば王太子の身分を捨てるとか、いろいろしでかしそうだからだ。

（不可抗力ですから！　許してください、師匠！）

もちろん伝えた情報は必要最低限。この計画を企てたのが公爵ではなくお抱え魔女の方だとか、自分がその魔女の弟子だとかという、余計なことは一切言っていない。

「……公爵家お抱え魔女か」

ディリックは、複雑そうに顔をしかめた。

そういえば、以前護身用の魔道具をお抱え魔女に作ってもらったと伝えたときにも、ディリックは顔をしかめていた。あれは、ドロシーのダンスしながらの話し方が気に入らないからだとばかり思っていたのだが――――。

「……ひょっとして、師――――魔女とお知り合いですか？」

師匠は、性格はともかく、腕前は王宮お抱え魔女になってもおかしくないくらいの実力の持ち主だ。王太子が知っていても不思議ではないのかもしれない。

「不本意だがな」

ディリックの眉間のしわが深い。

いったい師匠は、ディリックに何をしたのだろう？

ドロシーが、魔女の弟子だということは言わなくて大正解だったようだ。

「…………と、ともかく！　そういったわけで、婚約破棄が撤回されたからには、グレースさまの準備が整い次第、私とグレースさまは入れ替わることになります。オスカーさまと結婚するのは、本物のグレースさまです。なので、婚約破棄の撤回を撤回させるのはやめてください！」

ドロシーの言葉を聞いたディリックは、眉間のしわはそのままで考え込む。

どうも、気に入らないようだ。

「――――まさか、ディリックさまが好きなのは、グレースさまのこの容姿なのですか？」

返事を渋るディリックに、ドロシーは不安になった。

ディリックが愛しているのがグレースの容姿なら、ドロシー自身は愛されていないことになるからだ。

「違う！」

間髪を容《い》れずにディリックは否定した。

「俺が愛したのは、一生懸命頑張る君の行動とその性格だ。容姿なんて関係ない！」

真剣に主張する彼の言葉に嘘は見えず、ドロシーは、ホッと息を吐く。

しかし、それならなぜディリックは素直に頷いてくれないのだろう？

「…………いずれは、本物のグレース嬢と入れ替わるとしても、それまでの間は、君がオスカーの婚約者となるのだろう」

それが嫌だとディリックは呟く。

ドロシーは、頬を熱くした。

そんな独占欲を見せられたら、ますます好きになってしまう。

「婚約者に戻っても、そんなにすぐには親密にできないと、オスカーさまにはお願いします。急かされては不安なのだと言えば無理強いできないと思います」

なにせ、一度婚約破棄したのは彼なのだ。すねに傷持つ身としては、強引に出られないに決まっている。

「触れるのは禁止だ！　近づくのも。……半径一メートル、いや二メートル以内に立ち入らせるな！」

いやいや、それは無理だろう。

「それでは、せっかく練習したダンスをオスカーさまと踊れませんわ」

「踊るのか！」

踊るために練習したのである。

何を言っているのかという思いをこめて、ディリックを睨む。

「もうすぐ文化祭です。文化祭の打ち上げパーティーに、ダンスはつきものですよね？」

婚約者なら、そこで踊らないのは不自然だ。

「…………今年の文化祭パーティーは、ダンスを禁止する！」

大真面目で宣言するディリックに、ドロシーは呆れてしまった。

「ダンスは社交のひとつです。文化祭で禁止しても、今後オスカーさまだけではなく、いろんな方と踊ることもあるはずでしょう？」

ドロシーの言葉を聞いたディリックは、ムッと頬を膨らませる。

それでも、それ以上言ってこないところをみれば、ちゃんとわかっているのだろう。

（こんな風に子供っぽいところもお持ちなのね）

そのすべてが好ましく思えるのだから、恋とは偉大だ。

そんなことを考えていたら、急に手を引かれた。

細身に見えるのに、意外にたくましい胸の中に引き込まれ、抱きしめられてしまう。

「ディリックさま！」

「ダンスは、我慢する。……代わりに今抱きしめさせてくれ」

既に抱きしめた後である。

ドロシーは、力を抜いた。抵抗してもたぶんムダだし、それに彼女自身、抱きしめられて嬉しいと思っているから。

(だって、私がディリックさまとこうしていられるのは、学園にいる間だけだもの)

ドロシーは、平民だ。

王太子であるディリックとは、逆立ちしたって結婚できない身分である。

(そんなことを言ったら、また王太子の身分を捨てるとか言い出すんでしょうけれど)

彼は優秀だ。国を治める能力を十二分に持っている。これほど優秀な王位後継者を、自分のために市井《しせい》に埋もれさせることなどできるはずがなかった。

どんなに好きでも、この恋は諦めなければならない。

それくらい、ドロシーはわかっている。

自分が聖女だからという理由だけで、どんな未来も思いのままだと信じるヒロインとは違うのだ。

だから、今このときくらいは、抱きしめられていたかった。

そう思っていれば――――なんだか、ディリックの手が不穏な動きをしはじめる。

ドロシーの腰のあたりを、形を確かめるように何度も撫でるのである。

「ディリックさま？」

「――姿替えの魔法は、見る方の視覚を惑わすだけなのか？」

真剣な表情で、そんなことを聞いてきた。

「はい。……そうですが？」

「では、この細い腰は、本当の君のものなのだな」

――貧相だとでも言いたいのだろうか？

「グラマーでなくて申し訳ありません」

ムッとすれば「そうではない」と言われた。

「俺は、どちらかといえば華奢なタイプが好みだ。しかし、それとは別に、見えない分だけ余計に君の健康状態が気になる。……ちゃんと食べているのか？　入れ替わりなどというたいへんなことをしていて、食欲不振になっているのではないか？」

心配そうにたずねられれば、ドロシーの不機嫌はあっという間に直った。

「大丈夫です。私は元々痩せの大食いで、細くても、食べられないなんてことはありません」

ディリックは、ホッとしたように笑った。

「ああ。たしかに細いな。――肩も腕も小さくて華奢だ」

ディリックの手は、いつの間にかドロシーの肩から腕を撫でていた。

「しっかり筋肉はついているようだけど……本当に小さい。君は何歳なんだ？　まさか未成年とは言わないよな？」

この世界の成人は十五歳である。

魔女の弟子は、力仕事も多いため、貴族のご令嬢のような柔らかい腕でないことを申し訳なく思いながら、ドロシーは答える。

「十七歳です」

年齢くらいは、いいだろう。

「俺と同い年か」

ホッと安心したようにディリックは笑った。

前世を合わせれば実際は――――いや、考えないことにしよう。

「本当に華奢だ。…………好みすぎる」

さわさわと腕や背中に触れながら、ディリックはうっとり呟く。さすがに、胸やらお尻やらには触られないのだが、そろそろセクハラの域に到達するのではないだろうか？

「ディリックさま――――」

離してほしいと伝えようとすれば、大きな手が首を這《は》い上がり包み込むように両頬を挟んだ。

思いのほか熱い手にピクリと震える。

そっと顔を上向きにされた。

「……君の名前は？」

紫の目に捕らえられる。

キュッと唇を噛めば、彼の親指が咎めるように触れてきた。

「ファーストネームだけだ。家名は聞かない。……君の本当の名前を呼びたいんだ」

平民であるドロシーに家名などない。

それを、あるのが当たり前のように聞かれて、やはり自分はディリックとは釣り合わないのだと思い知った。

「教えて。……教えてくれないとキスするよ」

親指が、輪郭を確かめるように撫でてきて、ドロシーは降参する。

「…………ドロシーです」

「ドロシー」

まるで、世界で一番の宝物のように、ディリックは彼女の名を呼んだ。

ドロシーの胸はドクンと高鳴り、頬に熱が集まってくる。

泣きたいくらいに、幸せだった。

「……そんな顔、反則だ。我慢できない」

耳元で囁かれ、気づいたときには、唇が重なっている。

熱く触れ合った唇は、ゆっくりと離れていった。

「……なっ！　名前は、言ったのに！」

「教えてくれたらキスしないとは言ってない」

屁《へ》理屈どころか詭弁《きべん》である。

「手に入れてはいけない相手だと、ずっと言い聞かせてきた人と両想いになったんだ。浮かれてキスくらい、いいだろう？」

そんな風に言われては、叱りづらい。

「……ドロシー、もう一度キスしたい」

請われて頷いたのは、未来のない恋だとわかっているから。

「ドロシー、もう一度」

――三度目までは頷いた。

四度目で足を踏んでやったのは、正しいことだったと思っている。

第六幕　突然の幕引き

オスカーとシャルロットの不完全だった婚約の白紙化は、予想外に簡単だった。

シャルロットに、オスカーへの想いが何もなかったからである。

証人としてマイヤー侯爵家のマイケルに立ち会ってもらった場で、婚約の白紙化を了承したという書類にあっさりサインをしたシャルロットは、オスカーには見向きもせずグレースに声をかける。

「これで、グレースさんはオスカーさまの婚約者に戻るんですよね？　そうしたら、もうディリックさまと一緒に出かけたりしませんよね！」

婚約者のいる人間が、ほかの相手と仲良くするのはいけないことだと、シャルロットは声高に主張する。

どの口がそれを言うのかと呆れてしまったが、言ってもムダだろう。

「生徒会も辞めるのでしょう？　だったら、私が代わりに入ります！」

そんなことまで言ってきた。

「お気持ちだけいただきますわ。辞めるつもりはありませんから」

「なんで！」

なんでも何も、婚約したから生徒会を辞めるという発想がわからない。

「ディリックさまには、近づかないって、言ったのに！」

「生徒会には、オスカーさまもいるのですよ？」

「————あ」

本当に、ディリック以外は何も見えていないシャルロットだった。

「…………俺は、彼女の何にあんなに夢中になっていたんだろうな」

話し合いとも言えない話し合いが終わり、シャルロットが帰った後で、オスカーはポツリと呟く。

完璧にゲームの知識を身につけたヒロインに、好感度上がりまくりの対応をとられたら、十五、六歳の少年に太刀打ちできるはずもなかっただろう。

そうも言えないドロシーは、曖昧に微笑みながらオスカーを労《ねぎら》った。

「もう終わったことですわ。私たちはこれからの未来に目を向けましょう」

「グレース！」

感激したオスカーが、彼女の手を握ろうと腕を伸ばしてきた。

その二人の間に、スッとマイケルが割って入ってくる。

「オスカー、たしかに僕は、君がラマフ男爵令嬢との婚約話を白紙に戻すのを見届けた。だけど、それで即サンシュユ公爵令嬢との婚約が復活するわけではないからね。……君が彼女にした仕打ちは、ひどいものだった。それまですべて白紙になったわけじゃないんだ。……現に、サンシュユ公爵は君のことをまだ信用しておられないし、君のお父上であるアルカネット公爵も、それもやむなしと見ておられる。君は、これから自分の行動で、周囲の信頼を勝ちとらなければならない。それまでは、サンシュユ公爵令嬢に対しては紳士的に振る舞うこと。過度なスキンシップは、当然禁止だ」

毅然《きぜん》として言いわたすマイケルだが、実はこれは元々ディリックの言い出したこと。

ディリックの目の届かないところでも、絶対オスカーに好き勝手させないための予防線なのだぞうで、特にマイケルとウェインには、目を光らせてくれるようくれぐれもと頼んでいた。

ドロシーもその場にいて聞いていたので、よく知っている。

(なんていうか、心配性？　っていうより、少し嫉妬深いわよね？)

オスカーは、マイケルの言葉を聞いて、真面目な顔で頷いた。

「おっしゃる通りです。周囲はもちろんですが、誰よりグレースの信頼をとり戻せるよう努力します」

「本当に頼むよ！　気をつけて！　……くれぐれも魔王を暴走させないようにね」

「…………魔王？」

魔王とは、ひょっとしてひょっとしなくても、ディリックのことなのか？

「ともかく！　絶対スキンシップは慎むこと！」

「…………あ、はい！」

――――マイケルも心配性なのかもしれなかった。

生徒会室は、落ち着いた部屋だった。

渋い色合いで統一されていて、大きな窓を背に置かれている会長用の机も、ほかの役員用の机もマホガニーの木目も美しい高級品だ。

その机のひとつに座って、ドロシーは間近に迫った文化祭の書類を見ていた。

各クラス、各部が練りに練った出し物の内容は多岐にわたり、この世界ではじめて参加する文化祭を、ドロシーは楽しみにしている。

(平民の通う義務教育の学校には、文化祭なんてなかったのよね。ああ、屋台とか幽霊屋敷とか、日本の文化祭みたいで懐かしいわ)

彼女が学園の文化祭に参加できるのは、今年だけ。来年の今頃は、きっと今まで通り師匠にこき使われているに違いない。

(ディリックさまにとっても、今年が最後の文化祭よね。絶対成功させなくちゃ)

密かに決意を燃やしながら、黙々と書類を確認していたグレースに、ディリックから声がかかる。

「グレース、そっちに演劇部の書類があったら私に回してくれないか。去年のような事故は二度とごめんだからな。厳重にチェックしたいんだ」

ちょうどその書類を見ようとしていたドロシーは、「はい」と言って立ち上がった。

内心は、首を傾げている。

(去年、何か事故があったのかしら?)

しかし、聞くことはできない。

(グレースさまは去年の文化祭に出たはずだもの。当然事件のことも知っているわよね?)

どうにかして聞きたいなと思っていれば、ウェインがその話題を拾ってくれた。

「ああ、演劇部の舞台が崩れたやつだろ。ホント、たいへんだったよな」

ドロシーは、思わず息を呑む。――それは、ゲームの中で、三年生の文化祭に起こるイベントだったからだ。

(そっか。シャルロットさんは、三年間のイベントを一年でクリアしたのよね。当然、演劇部のイベントも去年やったんだわ)

そのイベントは、ウェインが今言った通り、演劇部の舞台が突然崩れてしまうという危険なものだ。

ちょうどその場を通りかかったヒロインを狙うように、舞台が倒れかかってくるのである。

もちろん、そこは運良く、その時点で一番親密度が高い攻略対象者に間一髪で助けてもらうのだが、代わりにその彼が大ケガを負ってしまう。

それをヒロインが聖女の力で癒すというところまでが、イベントの内容だった。

(これで親密度がマックスまで上がって、だいたいそのキャラと最終イベントになるのよね)

――ということは、昨年シャルロットを助けたのは、オスカーなのだろう。

案の定――。

「オスカーは、あのとき大活躍だったね。運悪く舞台の近くにいた女生徒を助けたのだろう?」

マイケルに聞かれたオスカーは、顔色を悪くした。その女生徒というのが、シャルロットだからに違いない。

一方のマイケルは知らないのだろうか？　平然としている。

（ううん。情報通のマイヤーさまが、知らないはずはないわ。——ということは、わざとオスカーさまに話を振って困らせているの？）

よくよく見ればマイケルの口角は少し上がっている。もしかしたら昨年は、この騒ぎでものすごく迷惑を被《こうむ》ったのかもしれない。

「あ……その話は、その——」

チラチラとドロシーの方を見ながら、オスカーは言い淀《よど》む。いつの間にか額には、びっしり汗が浮かんでいた。

「ハ！　運悪くか？　——それが、本当かどうかは疑問の残るところだな。一部の生徒からは、その女生徒が用もなくその辺りでフラフラしていて迷惑だったという証言も出ている。邪魔だから出て行くように言ったのに、従わなかったそうだ。そのくせ、被害者ぶって、怪しい人影を見たと嘘の証言までしたんだぞ」

忌々しそうなディリックの言葉に、オスカーの顔はますます青ざめる。

（あ、そうか！　ゲームでは舞台が崩れるように細工したのはグレースさまだったけど、それは三年生になってからの話だったわ）

昨年グレースは一年生だった。ゲームの中では、三年間の積もり積もった恨みでシャルロットを害そうと、三年生のときに大がかりな仕掛けをしたグレースだが、一年生ではそこまでの恨みは持っていないはず。

(演劇部の舞台に細工したのは、グレースさまではないわよね?)

ならば、誰がやったのかということだが――――。

「ああ、そういえば、その女生徒は『銀髪の女性を見たような気がする』って言ったんだよね。それで、サンシュユ公爵令嬢も疑われたんじゃなかったかな?」

「ああ。だが、その時間グレースは、事故の直前に起こった飲食ブースでのドリンクサーバー転倒事件の後始末をしていた。一緒に片付けていた生徒や職員から証言を得ているから間違いない。サーバーが転倒した原因は、ある女生徒がグレースにぶつかったからだ。自分からぶつかっておいて、グレースに、わざと制服を汚されたと叫んで走り去り、後始末を押しつけたと聞いている。制服なんて全然汚れていなかったのにだ」

ドロシーは、頭が痛くなった。

その女生徒も間違いなくシャルロットだろう。

飲食ブースで飲み物をかけられ制服を汚されるのは、二年の文化祭でのイベントだ。

(本当に三年間のイベントを、全部起こしたのね)

それも、少なくとも二件は自作自演である。

(何かの条件を満たせば自動発生するのかと思ったのだけれど……やっぱり、現実はゲームのようにはうまくいかないのね)

それでシャルロットは強引な手段を講じたのだろう。彼女のバイタリティだけには感心してしまう。

「――――どっちの女生徒も、ラマフ男爵令嬢だったよね？」

言わずもがなのマイケルの確認に、ディリックが顔をしかめて頷いた。

「あちゃ〜」と言って、ウェインが額に手を当てるが、なんとなく嘘っぽい。

ガタン！　と椅子を蹴立てて立ち上がったオスカーは、グレースの方へ向くと、その場で深く頭を下げた。

「グレース、すまなかった！　去年の俺は、そんなことを確かめもせずに、シャルロットの言葉を鵜呑《うの》みにして君を責めてしまった」

――――まあ、そうだろうなとドロシーは思う。

「もう終わったことです。先日もそう言いましたわ」

「でも！」

「大丈夫です。今、オスカーさまは私の側にいてくださいますもの。それだけで十分です」

それに、一年の文化祭イベントは、実際にグレースが起こしたはずだ。

（たしか、シャルロットさんが文化祭のダンスで着る予定のドレスを切ったんじゃなかったかしら？　オスカーさまと踊る約束をしているのを偶然聞いてしまって、発作的にやっちゃったのよね。でも、切ったと言ってもほんの少しで、平民育ちで裁縫が得意なシャルロットさんは、レースを付けてアレンジして縫い直しちゃうんだわ。それをオスカーさまが褒めて、グレースさまが悔しがるっていうイベントだったはず）

しかし、ゲームならともかく、あのシャルロットに裁縫ができるだろうか？

（なんだかんだ理由をつけて、オスカーさまあたりから新しいドレスを用意してもらっていそうよね？　普通ならどうしてドレスが切られるとわかっていたんだって話になりそうだけど、シャルロットさんに骨抜きになっていたオスカーさまなら、誤魔化すのは簡単そうだわ）

むしろ用心がいいとか言って褒めていそうである。――――確認しても疲れるだけなので聞かないが。

ドロシーの言葉を聞いたオスカーは、感激に目を潤ませた。

「グレース！」

小走りに近づいてきて、手を伸ばしてくる。

抱きしめられると思ったそのときに、後ろからスッと伸びてきた手がドロシーの体を引いてくれた。

彼女を背後に庇ったディリックが、オスカーとの間に体を割り込ませたのだ。

「過度なスキンシップは禁止だと伝えてあるはずだが？」

ディリックの声が、冷たい。

「あ、それは――――でも！」

「でも、ではない！　オスカー、君は反省が足りないようだな？」

――――「魔王降臨」と、マイケルがこっそり囁いた。

ドロシーは、困ったなと思いつつディリックの服の裾を摑んで注意を引く。

「庇ってくださってありがとうございます。ディリックさま。オスカーさまも少し熱くなりすぎただけだと思います。お心は嬉しいので、お叱りにならないでくださいますか？」

別にオスカーを庇っているわけではない。こうでも言わないと、最悪延々とお説教一時間コースに突入してしまうのだ。

ツンツンと服を引っ張りながら、首を斜めに可愛らしく傾げる。我ながらあざとい仕草だが、これがディリックには効果抜群なのだから仕方ない。

「グレース、君がそう言うのなら。――――オスカー、君も彼女の優しさに感謝して、今後も節度ある態度を崩さないように」

厳《いか》めしく言いわたすディリックだが、その耳は赤く染まっている。

――――「すごい、あの魔王を手のひらで転がすなんて」と、再びマイケルが呟いた。

決してそんなことをしているわけではないので、誤解を招く言い方はやめてほしい。

「さあ、もうひと頑張りいたしましょう！　みんなで力を合わせて文化祭を成功させましょうね」

ニッコリ笑ってそう言えば、ディリックもオスカーも頷いてくれる。

二人ともに、少し顔が赤いような気がするのは、気のせいだろう。

――――「やっぱりすごい」と呟いたマイケルは、睨んでおいた。

念には念を入れ、何度も確認を繰り返し、ようやく文化祭当日がやってくる。

（さすがにいくらなんでも二年連続で舞台を崩すなんてやらないわよね？）

なずなは、隠しキャラであるディリックルートをクリアしなかった。

このため、彼の文化祭イベントがなんなのかわからないのだが、演劇部だけはないだろうと思う。

当日のドロシーたちは、生徒会の仕事でてんてこ舞い。おかげでゆっくり文化祭を見て回ることもできないのだが、不思議と残念には思えない。

(きっと、周囲の学生たちがとても楽しそうだからだわ)

歓声をあげながら笑顔で行き交う人々を見ているだけで、達成感が感じられる。

ただひとつ、気がかりなのは、シャルロットのことだった。

(朝からまったく姿が見えないんだけど?)

クラスの出し物にも協力せずに行方をくらましているという。

朝、寮では普通にしていたみたいなので、病気とかではなさそうだ。

いつもうるさいくらいにディリックにまとわりつき迷惑千万なシャルロットは、いなくなったらなったでやっぱり迷惑だ。

(ゲームと違ってオスカーさまの婚約者に戻った私《グレース》が、イベントを引き起こすいじめなんてするわけないってわかっているはずだから、きっとまた自作自演で何か起こすはずなんだけど)

唯一たしかなのは、それがディリックに関連するイベントだということだ。

このためドロシーは、今日一日できるだけディリックと行動を共にするようにしていた。

(まあ、私がそうしなくても、ディリックさまの方で放してくれないんだけど)

生徒会は文化祭でトラブルが起きていないか定期的に見回りをしているのだが、ペアで行われる見回りに、いつもディリックはドロシーを連れて行く。

「打ち上げパーティーのダンスは、本当にオスカーと踊るのかい？」

今も二人で歩きながら、ディリックが話しかけてきた。

しかしそんなに恨めしそうな目で見ないでほしい。

「婚約者ですから」

「ドロシーの婚約者ではないだろう？」

「今の私はグレースさまです！」

何度この会話を繰り返したことか。

「やっぱり、生徒会長権限で今日のパーティーは中止に――」

「そんなことをしたら、嫌いになりますからね！」

ディリックは、この世の終わりだとでもいうように、ガックリと肩を落とした。

「……わかっているんだ。自分がバカなことを言っているということは。でも本当に、どうしても我慢できなくて。……自分がこんなに嫉妬深いとは、思ってもみなかった」

シュンと落ち込むディリックは、なんだか可愛く見える。

「ディリックさまとも踊りますから」

「でも、オスカーの後だろう？」

「ファーストダンスを婚約者と踊るのは常識です」

「……うう。やっぱり中止に」

「ディリックさま！」

こんなやりとりが、とても楽しい。

一分、一秒、刹那の間さえも、この上なく大切にしたいとドロシーは思う。

もう二度とないディリックとの文化祭だから。

それを、見回りとはいえ一緒に回れて――――ドロシーは、きっと浮かれていたのだ。

ディリックの姿を心に刻もうと、彼ばかり見つめて、周囲への注意が疎かになってしまった。

ちょうど演劇部の出し物が終わった体育館を、ご苦労さまと声をかけながら通り過ぎようとしたとき――――。

ピンクブロンドの髪の毛を、視界の上方に捕らえて、え？　と思った一瞬後――――。

「危ない！」

そう叫ぶ声を聞くと同時に、ドロシーの体は突き飛ばされていた。

そんなことができるほど近くにいたのはディリックだけで――――つまり、彼女はディリックに押しのけられたのだ。

床に叩きつけられ、なぜ？　と、疑問に思う間もなく、ドドドドドッ！　と、目の前に物が降ってきた。

それは演劇部が使っていた背景パネルで、体育館の二階スペースに置かれていたものだ。

分割して束ねてあったものが、なぜか落ちてきた。

たった今まで、歩いていたその場所が、パネルで塞がれる。

ドロシーは突き飛ばされ間一髪難を逃れたが、彼女を突き飛ばしたディリックは、当然まだそこにいて――――。

「――――ッ、キャァアッツ――――」

喉から悲鳴が迸《ほとばし》った。

自分が出しているとは、とても信じられないほど切羽詰まった金切り声！

「ディリックさま！　ディリックさまっ！　ディリックさまっ！」

半狂乱になって泣き喚《わめ》いた。

危険だ！　と誰かに制された気がしたけれど、そんなものにかまうことなく、ディリックがいると思われる辺りに駆け寄る。

「うっ――――」

そこには、大きなパネルに腰から下を挟まれたディリックが倒れていた。

顔面は蒼白《そうはく》で、額から血が流れている。

きっと彼もドロシーを突き飛ばしてから逃げようとしたのだろう、上半身に目立った傷はない。

ただ、パネルに挟まれた腰から下はどうなっているかもわからない有り様だった。

積み重なったパネルの隙間からわずかに見える赤は、血の色だろうか？

情けないことに、ドロシーは腰を抜かした。

立っていられず、ヘナヘナとディリックの頭の脇に座り込む。

「…………ディリックさま」

周囲では学生たちが大騒ぎをしていた。

「誰か！　先生を呼んでこい！」

「手を貸せ！　パネルをどけるぞ！」

「こっちだ！　早くしろ！」

それらすべてが耳に入っていながら、頭には届かない。

（どうしよう？　どうしたら？　どうするの？　………ディリックさまが、死んじゃう！）

パニックを起こしかけたドロシーの頭に、師匠の怒鳴り声が響いた。

――――もちろんそれは今ではない。かつて、何かの折に聞いた声だ。

『何をしたらいいかわからなかったら、とりあえず深呼吸！　落ち着いて、自分ができることを考えなさい！』

（師匠！）

大きく息を吸って――――吐いた。

こんなときまで師匠の教えを思い出すように刷り込まれている自分に呆れるが、今だけは、それに感謝する。

（今の私にできること――――）

まず、呼吸の確認だ。

怖くてもディリックの生死を確認しなければならない。

ドロシーは、そのまま頭を低くして、彼の胸を凝視した。

わずかではあるが、胸が上下していることから、息をしていることを確認する。

(よかった。生きている)

それだけでも、涙が出るほど安堵した。

たちまちぼやける視界の中に、男子学生たちが力任せにパネルをどかそうとしている姿が目に入る。

「ダメよ！　乱暴にしないで！　ゆっくり静かに。二人一組で、できるだけ振動を与えずにパネルを撤去するのよ」

ドロシーの指示に、驚いたように動きを止めた学生たちは「わかった！」と頷いた。

お互い声をかけ合って、今度は慎重にどかしはじめる。

(あとは、救急車――――なんて、この世界にはないから――――ああ、でも、そうだわ！)

ドロシーは、パッと閃《ひらめ》いた。

「治癒魔法よ！　傷を治さなきゃ！」

そこに――――。

「私を呼んだ？」

そう言って現れたのは、シャルロットだった。

ピンクブロンドの髪の少女は、こんな事態なのになぜかニヤニヤしている。

ゆっくり歩いてきながら片手で髪を払う仕草は、無性にいらいらさせられた。

――――しかし、彼女は聖女だ。

聖女ならば、治癒魔法が使えるはず。

「シャルロットさん！　ディリックさまを！　ディリックさまを早く治してください！」

ドロシーは、シャルロットに駆け寄った。

両肩をむんずと掴み、引き寄せる。

「ちょっと！　気安く触らないでよ。……まったく、なんであんたは無傷なのよ。あんたなんて見捨ててディリックだけを助ける計画が、台無しじゃない」

シャルロットは、わけのわからないことをブツブツと呟いた。

しかし、今はそんなものにかまっている場合ではない。

「早く！　早く、治して！」

「触らないでって言っているでしょう？　言われなくたって治すわよ。聖女であるこの私だけが、ディリックを助けられるんだから。それを忘れ――――」

「いいから！　早く治しなさい！」

偉そうに話しながら、なかなか治癒魔法を使おうとしないシャルロットを、ドロシーは怒鳴りつけた！

鬼気迫る彼女の迫力に、さすがのシャルロットも気圧《けお》されたようだ。

「わかった。わかったわよ。なんで私が悪役令嬢なんかに命令されなきゃ――――」

「早く！」

半ば引きずるようにして、ドロシーはシャルロットをディリックの脇に座らせた。

ゴン！　とシャルロットの膝が床にぶつかり、痛そうな音を立てたが、そんなものは気にしない。

「痛いっ！　もうっ！　乱暴ね。わかったたって言って——って…………え？」

文句を言いつつ、ディリックを見たシャルロットは、息を呑んだ！

「なっ？　なんで、こんなに血が出ているの！　——顔色も、土気色だし！　……いやっ！

まるで、死んでいるみたいじゃない！」

シャルロットの顔から血の気がざっと引いていく。

「死んでいないわ！　早く治療を！」

「なんで？　どうして、こんな大ケガになっているの？　去年のオスカーはかすり傷だったし、ゲームでも、軽傷だったのに？　こんなはずじゃ——」

いやいやをする赤子のように、シャルロットは首を横に振る。

「いいから！　早く治癒魔法をかけなさい！」

ドロシーに怒鳴りつけられたシャルロットは、ビクッと体を震わせると、ようやく両手を胸の前で組み合わせた。

そのまま祈るような格好で目を閉じる。

微かにシャルロットの体が光り、ドロシーは弱い魔法の波動を感じた。

彼女が魔女だからこそわかる感覚だ。

少し経つと、ディリックの額の傷が、わずかだが小さくなったように見えた。——しかし、
完全には消えず、顔色もよくならない。

「もっと強く！　しっかり魔法を使って！　こんなに弱くては大きな傷は治らないわ！」

魔法の種類は違っても、師匠の魔法の波動は、こんなものではない。大きく圧倒的な力に満ちて、対象を覆い尽くすのだ。

見習い魔女のドロシーだって、シャルロットより、よほど強い魔法の波動を出せた。

師匠いわく、魔法の強さは種類を問わず波動の大きさで測れるのだそうで、強くするためには、一にも二にも鍛錬あるのみなのだという。

だからこそドロシーは、学園にいる間でも日々の鍛錬は欠かさなかった。

どんなに疲れた日でも、必ず師匠の教えを繰り返し練習していたのだ。

それは、魔法使いや魔女であれば当然のことで、聖女だって例外ではないはず。

「なっ！　弱いって何よ！　私は聖女なのよ！」

ドロシーに文句を言われたシャルロットは、目を見開いて文句を言ってきた。

「だから聖女の力をもっと強く出しなさいって言っているんでしょう！　このままじゃディリックさまが死んでしまうわ！　まさか、これが精いっぱいだなんて言わないでしょうね！」

「あ、当たり前よ！　私を誰だと思っているの！」

「だったら早くしなさい！」

ドロシーに怒鳴られたシャルロットは、再び両手を組んで祈りはじめた。

しかし、力は少しも強くならない。

「……なんでこんなに弱いの？　これじゃ、魔法を覚えはじめた子供と変わらないわ。……あなた、まさか、何も訓練していないんじゃないでしょうね?」

いくらなんでもそんなことはないだろうと思いながら、ドロシーは確認する。

「な、何よ? 訓練って。そんなもの、聖女の私に必要なはずがないでしょう?」

返ってきたのは、信じられない言葉だった。

ドロシーは、呆気にとられて固まる。

(……そういえば、ゲームのヒロインは魔法の訓練なんてしていなかったわ)

そんな地道な努力は、ゲームの中では一切語られていない。

(だって、ヌルゲーだったから)

そして、ゲームの知識が豊富なシャルロットは、その知識だけを信じて、自ら努力をすることを怠ってきたのだ。

(ひょっとして……このシャルロットには、ディリックさまを助けるだけの力がないの?)

ドロシーは、愕然《がくぜん》とする。

ちょうどそのとき、懸命に救出作業をしていた学生たちが、ディリックの上にかぶさっていたパネルをようやく持ち上げた。

下から現れたのは、流れる血で赤く染まったディリックの下半身だ。

パネルの直撃を受けたのか、片方の足はありえない方向に曲がっていて、あまりのむごたらしさに学生たちも息を吞む。

「――――ひっ! ……キャアァァァァ!」

シャルロットが悲鳴をあげた。

顔を蒼白にして、座ったままズルズルと、ディリックから離れようとする。

「何をしているの?」

「イヤァァッ！　無理！　無理よ！　こんな大ケガ！　治せっこないわ！」

首を大きく左右に振り、シャルロットはディリックから逃げようとする。

「何を言っているの！　あなたは聖女なんでしょう！　ケガ人から逃げてどうするのよ！」

ドロシーが怒鳴りつけても、シャルロットは動かなかった。

両手で顔を覆い、見たくないとばかりに床にうずくまり、ガタガタと震える。

ドロシーは、絶望した。

このままでは、ディリックは死を待つばかりだ。

彼女を優しく見つめた紫の目は二度と開かなくなり、唇からはどんな言葉も聞けなくなる。

ディリックの顔色はますます悪く、呼吸もどんどん小さくなっていた。

(本当に、もう何もできないの?　私は、ここで、ディリックさまが息絶えるのを見ているしかないの?)

そんなことは――――嫌だった！

絶対、絶対、認められない！

――――気づけばドロシーは、先ほどのシャルロットと同じように手を組み祈っていた。

(私に、癒しの力なんてないけれど)

それでも、祈らずにはいられない。
（お願い！　ディリックさまを、助けて！）
真摯に、ただひたすらに、ディリックを助けたいと――――ドロシーは祈り続けた。

――――やがて、彼女の中から、温かな何かが、溢れてくる。
こんこんと湧き出る泉のように、溢れるモノは、彼女の中で力となった。
（…………これは！）
ドロシーは、それが治癒の力だと――――理解する。
誰に教えられなくともわかる。
これは、自分が今、一番望む力なのだと。
なぜ、それが自分の中にあるのかは、わからなかった。
でも、わからなくとも、それを使うことに、躊躇いはない。
使って、ディリックを治すのだ！
そう思ったドロシーは力を、魔法の波動に変えた。
そして、ディリックへと注いでいく。
（お願い！　私の力よ！　ディリックさまを治して！）
――――一心に、祈った。
――――自分の力の限界まで、魔法を使う。

――たとえ、この身がどうなろうとも、ディリックを助けたかった。

祈って、祈って――祈り続ける。

――やがて、すべてを出しきって疲れ果て、目を開ければ――彼女の前には、先ほどとはうって変わって血色のよい顔色をしたディリックの顔があった。

呼吸も穏やかで落ち着いている。

見れば、変な方向に曲がっていた足も普通になっていた。

表情も、とても安らかだ。

（……あ、私、やったの？　ディリックさまを助けられた？）

ホッと安心すると同時に、力が抜けていった。

へなへなとその場に横になり、気が遠くなる。

それでも、心は達成感に満ちていた。

意識が徐々にかすれていく。

――そのとき、シャルロットの声が聞こえた。

「……ハッ！　ハハハ！　見た？　この私の力を！　私が、聖女が！　ディリックさまを助けたのよ！」

場違いな高笑いがその場に響きわたる。

何を言っているのかと、呆れてしまった。

思いっきり怒鳴りつけたかったが……力が出ない。

（とても愚かで、可哀相な人。…………あなたは、それでいいの？）

そう思いながら、気を失った。


そして次に目覚めたときにはすべてが終わっていた。

ベッドに寝ている状態で目を開き、最初に視界に入ったのは、いやみなくらいスタイルのよい白い髪と緑の目をした美女だ。

「…………師匠、ここは？」

そう、美女はドロシーの師匠だった。

年齢不詳の魔女は、気がついたドロシーを見て、満足そうに口角を上げる。

なんとなくホッとしているように見えるのは、幻覚だろうか？

「懐かしの我が家よ。決まっているでしょう？　ドロシー、あなたは魔法の使いすぎで魔力切れを起こしたのよ。……覚えている？」

言われて、ぼんやりしていた頭が、急にはっきりした！

「――――ディリックさまは！」

勢いよく上半身を起こして、途端に視界がぐるりと回る。

気持ち悪さに起きていられなくなり、ベッドに沈んだ。

「落ち着きなさい。王太子なら無事よ。ケガはきれいに治り、後遺症もなくピンピンしているって話だわ。さすが、あの王妃の息子だけあるわよね？　しぶとさは遺伝するのかしら？　まあ、私は実際見たわけじゃないから、グレースの報告によれば、だけどね」

ドロシーは、ホッと安堵した。

(そうか。私は、治癒魔法を成功させて、ディリックさまを救えたのね)

心の底から大きく息を吐く。

そして、ハッと気がついた。

「グレースさまの報告……ですか?」

「ええ。あなたの役目は、終わったの。予定より少し早かったけど、グレースに復帰してもらったのよ。徹底的に性根を入れ替えてやったから、もう心配ないでしょう。……あなたは、少しゆっくり休むといいわ」

「あ―――」

ドロシーは返事ができなかった。

(………終わった?)

師匠の言葉の意味が、理解できない。

―――いや、わかるけど、わかりたくなかった。

(私は、もう学園には行けないの? ……二度とディリックさまに会うことはないの?)

ただの魔女の弟子に、王太子との接点などあるはずもない。

「………で、でも……私には、生徒会の仕事が!」

「グレースがやるわよ。決まっているでしょう? あの娘はバカではないもの。学園の生徒会くらい、なんということもないわ」

公爵令嬢として高度な教育を受けてきたグレースは、性格は悪くても頭が悪かったわけではない。その性格も師匠に叩き直された後なのだ。ドロシーよりも、よほどうまく生徒会の仕事をするに決まっている。

「あ、でも……シャルロットさんが！　……私、彼女に目を付けられていて！　――彼女、聖女なのに弱い治癒魔法しか使えないんです！　それで、私がディリックさまを治して……でも、シャルロットさんは、それを自分が治したって言ったんです！」

気を失う寸前のことを思い出し、ドロシーは焦る。

あの後どうなったかはわからないが、きっとシャルロットは今まで以上にグレースを邪魔に思っているはずだ。

「ああ、そうみたいね」

師匠はすべて知っていた。

知っていて、落ち着いている。

「でも、だからこそドロシー、あなたは学園に行かない方がいいのよ。……グレースなら大丈夫。彼女は魔法なんて使えないし、なんといっても、グレースが好きなのはオスカーなんだもの。一目でそうとわかるグレースなら、王太子狙いの聖女は、敵対視しないわ」

本当に、そうだろうか？

シャルロットの行動は、あまりに自分本位すぎて予想がつかない。

「やっぱり、危険です。だから私が――」

「ドロシー！」

師匠に大声を出されて、ドロシーは口を閉じた。

師匠が「大丈夫だ」と言っていることに、今まで彼女がこれほど逆らったことはない。

でも、ドロシーの心の底には、自分でも不思議なほどの焦燥が渦巻いていた。

「危険なのは、あなたの方なのよ。私は、これ以上私の弟子を危ない目に遭わすつもりはないわ！」

師匠の言葉は――ものすごく嬉しい。

あの弟子を弟子とも思わない傍若無人な師匠が自分を心配してくれるなんて、天変地異の前触れかと思うような事態だ。

それでも、ドロシーは学園に戻りたかった。

「大丈夫だと言っているでしょう？　グレースには、この私が腕によりをかけて作った護符を持たせたわ。たかが聖女ごときが、私の護符をどうにかできるわけがない。だから、あなたは心配せずに、学園のことなんてすっかり忘れて養生すればいいの」

きっぱり言いきった師匠は、次には、緑の目を心配そうに陰らせてドロシーを覗き込む。

その言葉が正しいと、よくわかっているのに、ドロシーは頷けなかった。

師匠は大きなため息をつく。

「…………ドロシー、これは王太子の意向でもあるのよ」

そう言った。

ドロシーは、目を見開く。

「ディリックさまの？」

「ええ。そうよ。あなたを迎えにきてほしいと、サンシュユ公爵家に連絡をよこしたのは、実は王太子なの。安全な場所に匿《かくま》って、決して学園に近づけないようにと頼まれたわ。……まあ、そんなこと、あの坊やに言われるまでもないことだったけど」

つまりディリックは、ドロシーが学園から離れることを望んでいるということだ。

それは、彼の優しさなのかもしれないが――――ドロシーは悲しかった。

（だって、私はもう二度と、ディリックさまと会えなくなるのに。……こんな、何もわからない内に、離されてしまうなんて）

あんまりだと、思う。

「私…………さよならも言えなかった」

言葉が口をついた途端、涙がこぼれた。

ポロポロポロと、大粒の涙が頬を伝い、後から後から溢れてくる。

「もう会えないのに…………私、きちんと伝えていないんです」

協力してもらったお礼も、自分の正体も、名前以外は何も伝えられなかった。

好きだという気持ちは伝えたが、ディリックに愛されて自分がどれほど嬉しかったのか、彼の一挙手一投足に、どれほど心震わせたのか――――その想いを、十分に伝えられなかったと思う。

いずれくる別れに怯えていたから、ディリックの想いに真っ直ぐ応えられなかったのだ。

別れまでの時間はまだあると、勝手に思っていて――そして、失った。

そのまま泣き続けて――どれだけ泣いていたのだろう？

気がつけば、ドロシーは師匠の手でベッドに寝かしつけられ、頭を撫でられていた。

こんなことは、師匠に引きとられたばかりの頃以来だ。

見れば、師匠の使い魔のフクロウまで、枕元にきている。ドロシーより、よほど偉そうなフクロウは、チロリと呆れたように彼女を見ながらも、側に寄り添ってくれていた。

「師匠――」

「今日だけは、甘やかしてあげる。……でも、それだけ泣ける元気があるのだもの。さっき言ったこれからゆっくり休むのは、取り消しにしなさい。明日からバンバン働いてもらうから、覚悟してね。……それに、そうね。あなたには新しい特訓も必要だし。だから休めるのは今日だけよ。このまま眠ってしまいなさい」

相変わらず人使いの荒い師匠だった。

それに、新しい特訓とは、なんだろう？

それでも、師匠の優しさが……今は、嬉しい。

「…………はい」

撫でてくる手の温かさが、まどろみをもたらしてくれる。

胸の痛みに、もう一度涙をこぼして――ドロシーは、眠った。

さて、根っから怠け者の師匠なのだが、意外なことに彼女は『有言実行』を旨としている。

このため、師匠は翌日から本当にドロシーを普通に働かせた。

次から次へと用を命じられ、おかげでドロシーは余計なことを考える暇もない。

（今は助かるんだけど！　でも、もう少し弟子に対する労りがあってもいいんじゃない？）

魔力切れを起こして寝込んだ弟子に対して、あまりに容赦がなさすぎるように思えるのは気のせいか？

「はじめての治癒魔法で、瀕死《ひんし》のケガ人を治すような規格外れの弟子に、容赦なんてするはずないでしょう？」

大真面目で抗議すれば、そんな答えが返ってきた。

――今まで治癒魔法の「治」の字もドロシーに言ったことのない師匠だが、実は彼女はドロシーに治癒の力があることに気づいていたのだと言う。

「あれだけ効き目のある化粧品が作れるんですもの。当たり前だわ」

お肌が潤うだけではなく、しみ、しわ、たるみを解消し、肌荒れ、吹き出物も一発で治し、乾燥肌も敏感肌も、赤ちゃんのようなモチモチ柔肌にしてくれるドロシーの化粧品。

そこまでの効果は、魔法だけでは不可能で、ドロシーが無意識の内に治癒の力を発揮していたことに、師匠はいち早く気づいていたのだ。

「どうして教えてくれなかったんですか？」

「だって、教えても教えなくても同じでしょう？　それとも、あなた、聖女になりたかったの？」

治癒魔法の使える魔女は、聖女と呼ばれて、普通の魔女の管轄から外れて教会預かりとなる。

「それほど力の強くない聖女は、教会の表向きの宣伝のために、比較的自由にできて、学園に通えたり公の場に出してもらえたりするけれど……本当に力のある聖女は、教会がその存在を秘匿して私利私欲のためにこき使われるのよ。――あなたは間違いなく強い治癒の力を持っているから、教会に入ったら最後、絶対外に出してもらえなくなるに決まっているわ」

そんなかごの鳥になりたかったのかと、師匠は呆れたように聞く。

ドロシーは、ブンブンと首を横に振った。

（…………何それ？　怖い）

異世界聖女事情。恐ろしすぎである。

「だから、今回、あなたが王太子を治したことを、あの聖女が自分のしたことだって言い張ってくれたのは、ホント儲けものだったわね。そうでなければ、今頃あなたは教会の貴賓室という名の牢《ろう》屋《や》に入れられていたかもしれないもの。この点だけは、聖女に感謝してもいいと思うわよ」

あの場にいた学生たちの中には、王太子を治したのはシャルロットではなくグレースだったと証言する者もいたらしい。

ただ、グレースは魔法の力も何もない一般人。

翻って聖女は、誰もが認める治癒魔法の使い手。

このため、その証言は何かの見間違いだろうということになった。

もっとも、証言した者は一人ではなく数人だったため、グレースが王太子を治したのは自分だと言い張れば、なんらかの調査が入り真実が明らかになる可能性もあったのだそうだ。

「そんなかすみ網に自ら飛び込むような真似を、私が弟子にさせるはずないでしょう？」

そのあたりの事情はディリックも知っていて、だからこそドロシーとグレースの入れ替えは急がされたようだった。

偉そうに胸を張る師匠に、このときばかりは、ドロシーも感謝する。

ゲームの聖女と現実の聖女の落差が大きすぎて、めまいがしてくるようだ。

実際ちょっとフラついたのだが――――。

「もう、ダメよドロシー、これくらいでヨロヨロしている暇はないわよ。午後からは、学園から歴史学の教諭がくるんだから」

「…………は？」

「あなたったら、あんなくそ真面目な堅物の授業が好きだったんですって？　ホント、物好きなのね。――――授業が途中になっちゃったから、特別に出前授業をしてくれるそうよ。よかったわね」

ドロシーはポカンと口を開けた。

師匠が何を言っているのか、ちょっと理解ができない。

「何よ？　嬉しくないの？」

固まって動けないドロシーに対し、師匠は不満そうに口を尖らせた。

「嬉しいですけれど……出前授業って？　私にですか？」

「あなた以外に誰がいるの？　言っておくけれど、私は歴史であれほかのどんな授業であれ、完璧にマスターしていますからね」

いや、そういうことではない。

「私は、もう学園の生徒ではないんですよね？」

「当たり前でしょう？　グレースの身代わりはもう終わったもの。今のあなたは、ただの私の弟子よ」

「だったら！　どうして私が学園の出前授業を受けるんですか？」

声が大きくなってしまったのは、仕方ないだろう。

師匠は、これ見よがしに耳を押さえた。「すぐに大きな声を出すクセは、なんとかしないといけないわよね」と呟いて、ドロシーの方を向く。

「サンシュユ公爵家からの特別報酬よ。予定よりずっと早く婚約破棄を撤回できたから、そのお礼ってところでしょう。――ああ、大丈夫。歴史学の教諭は公爵家の遠縁だから。今回の入れ替わりの件も承知しているわ。グレースが急に真面目な優等生になったから不思議に思っていたけれど、理由を聞いて納得できたって言っていたそうよ。安心して出前授業を受けなさい」

師匠いわく、公爵家からの特別報酬は、歴史学だけにとどまらず広く全教科に及ぶそうだ。中にはダンスやテーブルマナーなどの礼儀作法も入っていて、教師は公爵家の伝手《つて》を使って最高の人材を集めるという。

――はっきり言って、意味がわからない。

「それってお礼の範疇《はんちゅう》を超えていると思うんですけど？」

「まあまあ、いいじゃない。勉強はしていて損はないわよ」

「でも、意味がわかりません！　……ハッ！　ひょっとして、またグレースさまに何かあったときには、身代わりを頼まれるってことですか？」

要は、ドロシーをグレースの影武者にするということだ。それであれば、グレースと同じような教育を受けさせるのも納得できる。

「……あのわがまま娘をまた預かるなんて、絶対ごめんだわ」

師匠のきれいな眉間に、深い縦じわがくっきり浮かんだ。この師匠にこんな顔をさせるなんて、グレースもかなり大物だったようだ。

「仕方ありませんよ。私たち公爵家のお抱え魔女ですし。……そうか、そういうことなんですね。だったら、頑張ります！」

万が一、今年度中に影武者が必要になれば、またディリックにも会えるかもしれない。

そう思えば、俄然《がぜん》元気が出てきた。

師匠にも励ますように笑いかければ、なんだか複雑な表情を向けてくる。

「まあ、それであなたが納得してくれるんならいいんだけど」

大きなため息をつく師匠に「頑張りましょう！」と声をかけるドロシーだった。

幕間その三　とあるヒロインの身勝手な回想

シャルロットの前世は、いわゆる引きこもりだった。

もちろん幼い頃からそうだったわけではなく、むしろ小学校低学年までの彼女は、活発でわがままな子供。なんでも自分の思い通りにならなければ癇癪《かんしゃく》を起こし、気に入らない子は周囲を従えていじめる、悪い意味でのクラスの中心人物だった。

そんな彼女の立場が逆転したのは、今までいじめていた子の起こした反抗から。耐えて耐えて、ついに耐えかねた子が、彼女に殴りかかったのだ。

その際、打ち所の悪かった彼女は、一時脳しんとうを起こし、救急車で病院に運ばれた。まあ、本当に一時的なケガだったのだが、いじめを疑った病院が警察に連絡したことから、事件は公になった。

当初ケガをした彼女は、被害者として同情されたのだが、調べてみれば出てくるのは彼女が中心となっていた陰湿ないじめの数々。一緒になっていじめていた仲間たちからも、彼女に脅されて仕方なくいじめに加担していたのだと証言されたため、彼女の立場は一気に加害者へと転落してしまった。

それからは、悪い方へ悪い方へと落ちるばかりの人生だった。

放任主義だった親からも責められた彼女は、完璧な引きこもりになり、家の中の自分のスペースから一歩も出られなくなった。

そんな彼女がはまったのは架空の世界。

中でも一番のお気に入りは乙女ゲームだ。ゲームをしている間は、引きこもりの現状を忘れられ、イケメンたちにちやほやされ、愛を囁かれる。

辛い現実から、目を背け続けた彼女は、ゲームのことしか考えられなくなった。

毎日毎日、寝食を忘れてゲームをしていた自分が、どうして死んでしまったのかは、はっきりしない。病気になったのかもしれないし、ひょっとしたら餓死したのかもしれない。

それでも、そんなことはもうどうでもよかった。

なぜなら、彼女は憧れていたゲームの世界に転生できたからだ。

しかも、ヒロインだなんて、もう幸せを約束されたも同然だ。

（私は、この世界のヒロイン。この世界は私が幸せになるためだけにあるの！）

シャルロットは、それが唯一絶対の真実だと、知っていた。

その証拠に、彼女は聖女に選ばれて、学園に入学し、難なくオスカーを攻略できた。

（二年になって、なんだかバグが起こったけれど…………でも、最終的には何もかもうまくいったもの。やっぱり私は世界の中心なんだわ！）

聖女の力が発動しなかったのも、きっとバグのせいだろう。

そんな一時的な不具合なんて、気にする必要はない。
（だって私はヒロインだもの！　誰も彼も、みんな私のために存在しているのよ！）
この世界には、前世のように自分を傷つけ拒絶するものは存在しないのだ。
シャルロットは、そう信じて今日も笑う。
ずっとずっと、笑い続けていた。

第七幕　魔女の弟子の未来

「ドロシーさん、あなたには本当に迷惑をかけてしまったわ。ごめんなさい」

青い目を殊勝に伏せて、頭を下げる銀髪の美少女に、ドロシーは焦ってしまう。

「そんな！　グレースさま、私になど頭を下げないでください！」

美少女は本物のグレースで、これまでずっとドロシーが毎日鏡の中で見てきた姿だ。

（でも、なんていうか、本物は迫力があるわ！　気品が滲み出ていてオーラが違うもの！）

よくこんな美少女の身代わりが務まっていたものだと、自分で自分に驚く。

指摘はされなかったものの、グレースが別人だと気がついていた人もいたのではないだろうか？

そんな疑念を抱くほど、今のグレースは楚々《そそ》として美しい公爵令嬢だった。

「フン。八十点ってところかしら？　前よりずいぶんマシになったけれど、まだまだ優雅さが足りないわ」

そんなグレースに対して辛口の採点をするのは、もちろん師匠である。

相変わらず雇い主のご令嬢をご令嬢とも思わない態度にヒヤヒヤするが、グレースは「はい」と素直に頷く。

「日々お師匠さまの教えを胸に、精進していきます」

「まあ、頑張りなさい」

――――いいのかそれで？

ドロシーは、心の中でツッコんだ。

ドロシーとグレースが入れ替わって二度目の週末。まだ体調が今ひとつ優れないという理由で、学園から帰宅許可をもらったグレースに、ドロシーは会いにきた。

そして、サンシュユ公爵家の立派な客室で人払いをした途端、この展開なのである。

「私がドロシーさんに頭を下げるのは、当然ですわ。だってあなたは、私の姉弟子なんですもの。しかも、オスカーさまとの再婚約もとり持ってくださって――――本当にドロシーさんには、感謝しかありませんわ！」

ズズィッ！　と近づいてきたグレースは、両手でドロシーの手を掴み、大切そうにギュッと握ってくる。

公爵令嬢の姉弟子なんて、とんでもない！

「あ、いえ。私は……その、師匠の言いつけに従っただけで――――」

「その従うだけが、難しいのではないですか！　お恥ずかしいお話ですが、私など、お師匠さまのお言いつけを正しく実行できたことがありませんもの！」

うん。それが普通である。

師匠の言いつけといえば――――魔法を使ったこともない相手に対して、いきなり「この部屋を片付けの魔法できれいにして」と汚部屋の掃除を押しつけたり、「回復魔法で二日酔いを治して」と言われながら目の前で倒れられたりと――――いろいろとアレなのだから。

　ちなみにドロシーは、地道に汚部屋の掃除を手作業で行った。二日酔いにはよく効くと言われているトマトジュースを飲ませ、頭痛を緩和するツボや肝臓の働きをよくするツボを押す。

　どちらも師匠には「魔法みたい！」と喜ばれたのだが…………魔法ではない。努力の成果である。

　残念な師匠の命令を思い出し、遠い目になるドロシーに、グレースはハイテンションのまま再度お礼を言ってきた。

「ドロシーさんのおかげで、私、学園生活が楽しくて仕方ありませんわ！　周囲の皆さまは、とても優しいですし、オスカーさまも紳士的に接してくださいますの！　昨年のことを心から悔いて、この上なく優しくしてくださって。――――でも、ときおり想いが抑えられずに、少し乱暴に私の手を握ったり、抱きしめてきたりもするんです！　それがとっても情熱的で、私、胸がキュンキュンしてしまいますの！　それに、それに――――」

　グレースは、際限なく自分とオスカーのラブラブっぷりを話し続ける。

　――――うん。二人の仲が順調なようで、たいへん結構である。

　結構では、あるのだが。

「シャルロットさんから、何か嫌がらせとかされていませんか？」

　しかし、ドロシーが気になるのは、そっちの方だった。のろけ話なんて、正直どうでもいいのである。

話を遮られたグレースは、少し不満そうにしながらも、首をきっちりと横に振った。

「いいえ。……そうですね。入れ替わった最初の内は、ずいぶん睨まれましたけれど……最近はまったく会っていませんわ」

なんでも、グレースが学園に復帰した当初、シャルロットは――――「私は聖女なのよ！　あなたの言葉なんて誰も信じないんだから！」とか「どんな手を使ったって、最終的に勝った方がヒロインなのよ！」――――等々、出会う度に高飛車に言い放っては睨みつけてきていたという。

誰がどう聞いても悪役のセリフだが、師匠から「シャルロットにはかまうな！」と命じられていたグレースは、言い返すこともなく無視していたそうだ。

すると、段々突っかかられることもなくなり、近頃は、ほとんど会うこともなくなったという。

「会わない？　どうしてですか？」

ドロシーが学園にいた頃、シャルロットは会いたくなくとも神出鬼没に出現する、ゲームのザコモンスターのような存在だった。彼女から逃げるために出現マップまで作っていたドロシーにしてみたら、何もしなくとも会わなくなるということは、とても信じられないことだ。

「どうしてと言われましても、クラスも違いますし……それに、私と彼女とでは、学園生活を送る上での目的が違いますもの。行動範囲がかぶることはないと思いますわ」

「目的が違う？」

言われていることがわからずに、ドロシーは首を傾げる。

学園生活の目的といえば、勉強なのではないだろうか？

グレースは、恥ずかしそうにウフフと笑った。

「はい。私の目的は、もちろん！　オスカーさまと少しでも長くご一緒に過ごすことです。いずれは結婚して共に暮らすことになっても、学園という初々しくも甘酸っぱい学び舎《や》での思い出は、今このときを逃せば一生得ることはできないものなんですもの！　許される限り一分一秒でも多い時間を、オスカーさまと過ごすことこそが、私の唯一無二の目的ですわ！」

ドロシーは、「はあ？」と間の抜けたような相槌《あいづち》を打ってしまう。

堂々と主張するグレースの勢いに押され、二の句が継げない。

「昨年までのシャルロットの目的は、私と同じオスカーさまでした。だからこそ私たちは何度も相対し、ついに私は敗れてしまったのですが――――今の彼女の目的は、オスカーさまではなく、王太子殿下です！　であれば、私と彼女が同じ行動をとることは少なく、会わないでいることも、それほど不思議なことではありませんわ」

完璧な説明をやりきったとばかりに、グレースは胸を反らしてドロシーを見る。

一方ドロシーは呆然としていた。

（…………納得したくないけれど……納得してしまうわ！　師匠が言っていた、グレースさまなら聖女が敵対視しないっていうのも、こういうことだったのね）

たしかにグレースが、オスカー以外を眼中に入れていないことは、一目瞭然だろう。ほんの少し話しただけのドロシーだって、嫌というほどわかるのだ。入れ替わってから二週間が経った今なら学園中がそれを知っていたとしてもなんの不思議もない。

だから、グレースの言うことには納得以外ないのだが――――なぜかドロシーはすっきりしなかった。

(だって、あのシャルロットさんよ？　それに、私はシャルロットさんが聖女の力をほとんど使えなかったことを知っていて、なおかつ自分で聖女の力を発揮してしまった。こんな自分の弱みをすべて知られている天敵みたいな相手を、目的がかぶらないからっていう理由だけで見逃してくれるのかしら？)

そんな甘い性格をシャルロットは、していないと思う。

しかし、実際の話、グレースがシャルロットに何もされていないというのは嘘ではないのだろうなと思う。

(だって、グレースさまには嘘をつく必要がないもの)

――――嘘は、言っていない。

――――ただ、何かを意図して隠しているのではないだろうか？

――――ドロシーには、伝えたくない何かを。

ドロシーは、ジッとグレースを見つめた。

するとグレースは、途端にオロオロとしはじめる。視線を彷徨《さまよ》わせ――――やがて青い目が、縋るように師匠に向けられた。

ずっと、ドロシーとグレースの会話を黙って聞いていた師匠は、大きなため息をつく。

「0点。――――貴族令嬢が、その程度で狼狽えてどうするの？　笑顔で誤魔化しきるくらいの腹芸は見せなさい！」

　師匠に怒られたグレースは、しゅんとして肩を落とした。

「……申し訳ありません」

「もういいわ。ドロシーの方が一枚上手だったってことでしょうから。…………仕方ないから教えてあげなさい。――――王太子のことをね」

　ドロシーは、ビクッと震えた。

　ディリックがどうかしたのだろうか？

　心配する彼女に、いかにも気が進まないという様子で、グレースは話しはじめた。

「シャルロットが私に手を出してこないのは浮かれているのと、実際そんな暇がないからですわ」

「……浮かれている？」

　いったい何に浮かれているのだろう？

　グレースの顔が、心配そうに曇る。

「文化祭の事件の後、ディリックさまは、シャルロットに交際を申し込まれたんです。……自分を助けてくれた聖女の優しさに感動されたそうですわ。ディリックさまとシャルロットは、文化祭以降、ほぼいつも一緒にいて、仲睦《むつ》まじく過ごされています。――――それこそ、私にかまけている時間などないほどに」

　ドロシーの足からスッと力が抜けていった。

　床の上にしっかり立っていたはずなのに、フラフラとよろめいたドロシーは、ペタンと尻餅をついてしまう。

（ああ、足下が崩れるって、こういう感覚を言うのね？）

ストンと納得してしまった。

脳裏にディリックの顔が浮かぶ。

紫の目がたしかな熱を持って自分を見つめてくる。

想いを伝え合って、キスをした――あのときの、彼の目だ。

……今、この瞬間、同じ目が同じ熱を持って、シャルロットを見ているのだろうか？

（そんなの……ひどい！）

「ドロシー！」

「ドロシーさん！」

師匠とグレースの声を聞きながら、ドロシーは意識を失った。


「マイナス三十点。たかが男が浮気をしているかもと聞かされたぐらいで気を失うなんて、たるんでいる証拠だわ」

目覚めた途端の師匠の採点が厳しすぎる。

ベッドの上でドロシーは、世を儚んだ。

どっぷり落ち込んでいるのに、師匠は容赦なく追い打ちをかけてくる。

「そういうときは、その場は笑って聞き流して、後でしっかり調査して、結果、本当だったら殴りに行くなり毒を盛りに行くなりするのが、世間の常識ってものでしょう？　あ、もちろん殺《や》るのは慰謝料しっかりふんだくった後よ」

それは絶対世間の常識ではないと思う。

「………師匠、私を殺人犯にするのはやめてください」

真剣に懇願すれば、師匠はニカッと笑った。

「安心しなさい。弟子を死刑囚になんてさせたりしないから。やるなら完全犯罪。いざとなったら魔法で学園ごとぶっ飛ばして証拠も遺体も隠滅してあげるわ」

「安心できないので、絶対やめてください！」

叱りつければ、師匠はブーと頬を膨らませた。

「せっかく、師匠の恩を、高く売りつけられると思ったのに」

そんなもの買ってたまるかと、ドロシーは思う。

相変わらずハチャメチャな師匠だが、おかげで彼女は、気持ちをしっかり持ち直すことができた。

「……ご心配かけてすみません」

「まったくだわ。グレースも、さっきまで心配してあなたの側についていたのよ。余計なことを言ってしまったと、同じ言うにしても、もっと言葉を選ぶべきだったと後悔していたわ」

それは、申し訳ないことをした。

「……本当にすみません」

「そう思うんなら、早く元気になりなさい。……まあ、今回は、私も病み上がりのあなたをずっとこき使っていたから……そこは、少しだけ反省しているわ」

「雨でも降るんですか？」

思わず聞けば、師匠はますます頬を膨らませた。

「弟子を心配する優しい師匠に、それはないでしょう？」

さすがに悪いと思ったドロシーは、もう一度頭を下げる。

「大丈夫です。私、元気になりますから！　決めたんです。もう、うじうじ悩まないって！　私、このままディリックさまを好きでいます！」

顔を上げて、前を向く。

ドロシーの心は、自分でも不思議なくらい凪《な》いでいた。

師匠は、驚いたように緑の目を見開く。

「好きでいるの？」

「はい」

「気を失うくらい、傷ついたのに？」

あれは少し恥ずかしかったなと、ドロシーは頬を熱くする。

心配そうに見てくる師匠に、小さく頷いた。

そして、自分がこの心境に落ち着いた理由を話し出す。

「……私、気を失って倒れている間に、繰り返し夢を見ていたんです」

「夢？」

「はい。気を失う前も、そうだったんですけど……ディリックさまの夢です。――シャルロットさんに交際を申し込んで、ずっと一緒にいるって聞いたから、最初は悲しくて、嫌だって、もう顔も見たくないって思ったんですけど……いくら打ち消しても、何度も何度も、ディリックさまの顔が浮かんできて――ディリックさまったら、ずっと私を見ているんですよ。……だから最後には、ああ、私は彼がホントに好きなんだなって、諦めちゃいました。こんなに好きなんだから……好きでいようって」

足下が崩れるような思いを味わって、ひどいと詰《なじ》りながら気を失ったはずなのに、脳裏に浮かぶのは、自分を熱く見つめていたディリックの顔ばかり。

あまりにしつこい自分の想いを自覚したドロシーは、開き直ることにした。

「どうせ元々叶うはずのない恋だったから、お別れする覚悟はできていたんです。……ただ、あまりに突然で、この前は取り乱してしまいましたけど。……そのときから、きっとお別れしても、ディリックさまが好きだって想いは、簡単に消えないだろうなって予感はしていました。ディリックさまに相応しい身分の婚約者ができても、私は忘れられないんだろうなって。――だから、今の状況って、ある意味予想通りなんですよね。……まあ、その婚約者が、あのシャルロットさんだっていうのは、予想外でしたけど」

クスッと笑えば、師匠が辛そうに顔をしかめる。

「ドロシー」

「想うだけなら、ご迷惑をおかけしないのなら、忘れなくてもいいですよね？　ずっと好きでいても、かまいませんよね？」

頷いてほしくて、ドロシーは必死に師匠を見る。

だって、この想いを否定されてしまったら、どこにも行き場のない熱で、自分がどうにかなってしまいそうだから。

忘れたくても忘れられない、この想いを抱えて生きていくことを、誰かに許してもらいたい！

気づけば、ドロシーは泣いていた。ポロポロポロポロ涙がこぼれる。

師匠は、クシャリと顔を歪めた。「バカね」と呟いて大きなため息をこぼす。

「仕方ないわね。……本当は、伝えてやるつもりなんて、これっぽっちもなかったけれど、教えてあげるわ。――『信じて待っていてほしい』――そうよ」

「え？」

ドロシーはキョトンとした。

師匠は、ムゥッと唸って口を尖らす。

「ディリック坊やよ。……あなたを迎えにきてほしいと連絡をもらったときに、伝言を頼まれたの。『この私を伝言メモ代わりに使おうなんて、何さまのつもり？』って、怒鳴りつけて、その場で断ったから、伝えてやる義理なんて何もないけれど――可愛い弟子に泣かれちゃったら仕方ないわよね？」

相変わらず唯我独尊な師匠だった。

王太子を「坊や」呼ばわりし、あげく依頼を、怒鳴りつけて断るとか、ありえないだろう？

注意しなければと思うのに、ドロシーは声が出なかった。

(信じて、待っていて……いいの?)

そうディリックが言ったのだと、師匠が教えてくれたから。

「私的には、待ってやる必要なんてないと思うけど。……その伝言以外の取引は、してやって損のないものだから引き受けたのよ。でも、だからといって、あの坊やに、私の弟子《ドロシー》はもったいないわ。忘れられるようならさっさと忘れて、ほかにいい男を見つけなさい」

伝言以外の取引とは、いったいなんのことだろう?

気になるのに、溢れてくる喜びが、ほかの思考をかき消していく。

「………忘れられません」

「人間は、忘れる生き物よ」

「忘れても、それ以上に、また思い出してしまいますから」

師匠は肩をすくめた。

「だったら、忘れずに、信じて待っていなさい」

それは、ドロシーが今一番ほしい言葉だった。

素直に嬉しいと思う。

――――しかし、同時に不安が襲ってきた。

「でも、本当に、待っていていいのでしょうか? 私は、平民です。待っていてもディリックさまと――――王太子殿下とハッピーエンドになれるような未来は見えないのに」

どうしても迷ってしまうのだ。以前ディリックは、グレースと結ばれるために王位継承権を捨てるようなことを言っていた。もしも彼の言葉を信じて待っていた先にあるのが、そんな未来なら、ドロシーは待ってはいけないと思う。

「…………ハッピーエンド？　何それ？」

真剣に悩んでいれば、師匠はそんなことを聞いてきた。

そういえば、この世界に『ハッピーエンド』という言葉は、なかった。

「ハッピーは『幸せ』。エンドは『結末』。ハッピーエンドは『幸せな結末』という意味です」

ドロシーの説明を聞いた師匠は、嫌そうに顔をしかめた。

「何それ？　ドロシー、あなたったら、その年でもう結末を迎えるつもりなの？」

いやいや、そういう意味じゃない。

ドロシーは、焦って首を横に振る。

師匠は、大げさなくらいホッとした。

「ああ、よかった。あんなクソ生意気な坊やのために、人生終わらせるなんてとんでもないことよ。……ハッピーエンドなんてやめときなさい。あなたはまだ若いんだから。未来は千変万化。いろんな可能性があるんだもの」

あっけらかんと言われた師匠の言葉に、ドロシーは、びっくりした。

「…………ハッピーエンドでなくてもいいんですか？」

「ハッピーはともかく、エンドはやめときなさいって言っているのよ。まだまだ続く人生を、そこで決めつける必要はないでしょう？　その時点でハッピーでも、その先もずっとハッピーとは限らないし、ハッピーでなかったのなら、それからハッピーになれるように努力すればいいだけだもの」

師匠の緑の目が、真っ直ぐにドロシーに向けられる。

ドロシーは、震え出しそうになった。

「…………師匠！　師匠は、すごいです！　さすが、師匠です！」

「あらいやだ。何当たり前のことを言っているのよ。私がすごくないはずないでしょう」

ドロシーの褒め言葉を、師匠は当然と受け取る。大きな胸を反らして、艶然と微笑んだ。

「そう、ですよね。……待っていて、その結果がハッピーでなくとも、そこで終わりじゃないですものね！　そこから未来があるんです。ハッピーでないなら、ハッピーになれるようにまた努力すればいいんです！」

平民である自分と王太子であるディリックの未来に幸せなんてないとドロシーは思っていた。

身分違いの恋愛は、ハッピーエンドになれないのだと。

しかし、まだ決めつけるのは早かったのかもしれない。

…………だって、自分たちには未来があるのだから。

ここは、攻略対象者と結ばれて、それでハッピーエンドなゲームの世界ではなかったのだ。

幸せになったりなれなかったり、山あり谷ありの人生を重ねて生きていく、現実なのだ。

「好きにしていいのよ。それが恋でしょう？」

師匠が、優しく囁いた。

「はい！」

ドロシーは大きく頷く。

ディリックの笑顔が脳裏に浮かんできた。

困った顔も、怒った顔も、真剣な顔も――――そのすべてを思い出す。

（今は、信じて待っていよう。……そして、その後のことは、ディリックさまと二人で考えるのよ）

きっと、自分たちが幸せになるのは、簡単なことではない。

それでも、二人で考えられるのなら、それもまた幸せだった。

胸の中に、希望の火が灯《とも》る。

「……まあ、待たせたあげく、私の弟子をこれ以上泣かせたりしたら、王太子だろうがなんだろうが、消し炭にしてやるだけだけど」

――――ディリックのためにも、幸せになろうと決意するドロシーだった。


その後、元気になったドロシーは、忙しい日々を送っている。

午前は今まで通り魔女の弟子としての仕事をして、午後からは勉強三昧。何かしらの予定が入っていない時間はなく、おかげで夜はバタンキューと、夢も見ずに眠る毎日だ。

（いくらグレースさまの影武者候補だからって、ここまで勉強させなくてもいいのに）

忙しすぎて、ディリックの顔をしんみり思い出す暇もない。

「本当に忘れてしまったら、どうしてくれるんですか？」

「いいじゃない？　お一人さまって最高よ。せっかく親子になったのだもの、私と一緒に生き生きシングルライフを楽しみましょう」

師匠に文句を言ってもムダだった。

ドロシーは、ガックリと肩を落とす。

――今まで通り魔女の弟子として仕事をしていると言ったドロシーだが、実は先日師匠と正式に養子縁組をした。

いったいなんの気まぐれを起こしたものか、突然師匠が「本当の親子になるわよ」と言い出したのだ。

「まさか断ったりしないわよね？」と師匠に確認されて、断れる人などいるはずがない。

（……ううん、本当は、嬉しかった）

師匠にはなんのメリットもないのに、いいのかと聞けば、緑の目の魔女は、片手で自分の白髪をかき上げ、もう一方の手でドロシーの赤毛をすいてくれた。

「いいのよ、どのみちいずれはするつもりでいたんだから。それが少し早まっただけ。……経緯を考えると腹立たしいけれど、それはあなたのせいではないもの」

ポンポンと頭を撫でられれば、それ以上聞くこともできず、ドロシーは受け入れた。

ちなみに呼び方は、変わらず「師匠」のままだ。今さら「お母さん」と呼ぶのは、ドロシーも恥ずかしいし、師匠も照れくさいそうだ。

――グレースは、時々手紙をくれた。

そこには、学園の様子も書かれていて、ドロシーの貴重な情報源となっている。

（まあ、三分の二はオスカーさまとの、のろけ話なんだけど）

交際が順調のようで何よりである。

学年末には、正式な婚約者同士に戻ったことを、公にアピールするパーティーを開くのだそうで、今はその準備で大わらわのようだ。

（卒業式の準備もあるはずだし、きっとみんな忙しいんでしょうね）

夜遅くベッドに潜り込み、小さなベッドランプの灯《あか》りで、ドロシーは手紙に目を通していく。

ディリックのことは、手紙にはあまり書かれていなかった。

（きっと私に気をつかってくれているのだと思うけど）

彼の話を聞いた途端、ドロシーはグレースの目の前で倒れてしまった。グレースが気づかうのも当然だろう。

それでも、手紙の端々で、ディリックの様子は知ることができた。

合唱コンクールがつつがなく終わったとか、後期の対抗戦でオスカーは準優勝だったが、総合は二年生が勝ったとか。

（合唱コンクールは、生徒会主催事業だもの。きっとディリックさま頑張ったんだわ。対抗戦だって、オスカーさまが準優勝なら、優勝はきっとディリックさまよね？）

そんな風に想像するだけでも、ドロシーの胸はドキドキする。

シャルロットのことは、まったく書かれていなかったが、グレースが元気に手紙を書けるという事実が、彼女の現状を語っていた。

（きっと、ディリックさまとずっと一緒にいるんだわ）

そうやって、シャルロットの注意をグレースから――――ひいては、ドロシーから逸らせるのが、ディリックの目的だろうと、師匠も言っていた。

（わかっているけど……寂しいわ）

いくら自分のためでも、好きな人が別の女の子と仲良くしていたら、悲しい。

自分は案外嫉妬深かったんだなと、思いながらその日は眠った。


次の日の午後、ドロシーは思わぬ人と再会した。

「はじめまして。ドロシーさん。――――それとも、久しぶりかな？　サンシュユ公爵令嬢」

それは、学園の生徒会会計ウェイン・ガルセスだった。平民出身の天才は、ニコニコと笑いかけてくる。

今は経済学の時間で、ここにくるのは経済の専門家だというおっとりとした男性のはずだ。なのに、どうして彼がここにいるのだろう？

驚きながらも椅子を勧めたドロシーから、少し距離をあけてウェインは座った。

「ガルセスさま。どうしてここへ？」

先ほどの挨拶から、彼がドロシーの事情を知っているのは間違いない。しかし、事情をディリックに聞かされたとしても、彼がここにくる理由は思い当たらなかった。

「うん。君に経済学を教えていたおじさんがいるだろう？　あれ、うちの父なんだ。サンシュユ公爵家はうちの商会のお得意さまでね。その縁で、君の講師を頼まれたんだけど――君は、父にかなり面白い話をしたみたいだね？　――ジーディーピー《GDP》がどうのとか、インフレがどうのとか？」

ウェインの実家であるガルセス商会は、飛ぶ鳥を落とす勢いの、この国一番の商家である。

そんな商家の主人に自分の教育をさせたのかと、ドロシーは顔色を悪くする。

（なんか、商人なんていうわりに、ものすごく人の良さそうなおじさんだったのよね？　話しやすくて、ついつい大学で学んだ経済学の話題で盛り上がっちゃったんだけど）

別に商人すべてが、人が悪いと言っているわけではない。ただ本当に純朴そうな人だったのだ。

ドロシーが話したのは、経済学と言っても本当に初歩の初歩で、日本人なら誰でも知っている話だけ。それのいったい何が、そんなに興味を引いたのだろう？

「……面白かったのでしょうか？」

「うん。父が俺に、代わりに行って、ぜひ話してこいと言うくらいにはね。……まあ、渡りに船の機会でもあったから引き受けたんだけど」

それは、ひょっとしてディリックから伝言か何かがあるということだろうか？

ドロシーは、期待をこめてウェインを見る。

「さあ、それじゃあ、早速ジーディーピーとやらについて教えてもらおうか」

――どうやらウェインの目的は、ひどく真っ当なもののようだった。

それから、ドロシーは一生懸命、経済について語ることになる。

(大学の講義を聴くより疲れたわ)

「────そうか、今まで経験や勘で見極めてきた利潤の最大点も、こうやってグラフ化すれば一目でわかるんだな」

ウェインは、感心したように頷きながらメモをとっていた。

そうそう簡単なものでもないだろうと、ドロシーは思う。少なくとも大学の経済学程度の知識しか持たない彼女では、実際の商売なんかお手上げである。理解して実践できるウェインが、規格外なだけだ。

さすが天才と感心しきりだったのだが。

「ドロシーさんはすごいね。君を見出《みいだ》せるあたりが、さすが殿下ってことなのかな?」

……………なんだか、ウェインには大きな誤解をされたようだった。

「まだまだ君と話していたいけど、そろそろ俺の持ち時間も終わりだな。これを渡さないで帰ったら殿下にどんな目に遭わされるかわからないから、受け取ってほしい」

そう言ってウェインが差し出してきたのは、小さなオルゴールだった。手のひらサイズの木製品で、蓋の部分に蔦《つた》模様の透かし彫りが入っている。

「きれい」

両手で受け取ったドロシーは、思わず感嘆のため息をこぼした。

渡さないと殿下が怒ると言うからには、このオルゴールは、ディリックからのプレゼントなのだろう。

大切に握りしめれば、ウェインが苦笑した。

「そうかな？　俺はドン引きするけどね。……蔦の花言葉って知っている？　『永遠の愛』とか『死んでも離さない』とかなんだよ」

ドロシーの頬は、たちまち熱くなる。そう言われれば日本でも、強い生命力と蔦の絡まる特徴から、同じ意味だったような気がする。

「どんなに執着心が強いんだよって話だよね？　昨日だって、殿下ってば、俺がドロシーさんと会うってわかった途端、呪詛《じゅそ》をまき散らかしたし。――――『俺だってまだ彼女の素顔を見たことがないのに』なんて睨まれても、俺だって不可抗力だよね？　あげく『目隠しして会え』とか、『一メートル以上近づくな』とか、無茶を言い出すし」

ウェインは深～いため息をつく。

それで彼は少し離れて座っていたのだろうか？

思わぬ理由にドロシーは、ますます顔を赤くした。

照れ隠しのようにオルゴールの蓋を開けようとしたのだが、焦ったウェインに止められる。

「悪いけど、それを開けるのは、夜一人になってからにしてくれる？　さすがの俺も人の睦言《むつごと》を聞く趣味はないんだ。まあ、マイケルあたりなら喜んで聞きそうなんだけど」

ドロシーは、オルゴールの蓋に手をかけたまま固まってしまう。

ということは、ひょっとしてひょっとしたら、このオルゴールの中にはディリックの声が録音されているのだろうか？

「昨日知ったことなのに、もう今朝にはオルゴールの準備ができているあたりも、呆れるしかないよね。————愛されているね、ドロシーさん」

バチンと音がしそうなくらいにウインクされて、ドロシーは狼狽えた。

嬉しくて、恥ずかしくて、でもやっぱり嬉しくて、仕方ない。

その後、学園に帰ってからのディリックの質問攻めが怖いと言いながら、ウェインは帰っていった。

ドロシーは、気もそぞろに別の授業を受け、師匠の世話をなんとかこなし、ドキドキしながら夜を迎える。

オルゴールを、しっかり持ってベッドに入った。

大きく三回深呼吸をしてから、そっと透かし彫りの蓋を開ける。

ジーと音がして、ディリックの声が流れ出した。

『ドロシー、会いたい』

第一声を聞いて、涙がこぼれる。

『ああ、でもまずお礼を言わなければならないな。俺を癒してくれて、本当にありがとう。君が聖女の力を————しかもあんなに強い力を持っていたとは思わなかったけれど、おかげで俺はこうして元気でいられる。……でも、こんなことを願ってはいけないのだろうが、君に聖女の力がなければよかったと、思う。そうしたら、こんなに急に離れることはなかったのに。……でも、その場合、俺は最悪死んでいたかもしれないから、だから、やっぱりこれは我慢しなければならないんだろうな。……ドロシー、会いたい。……どうしよう？　それしか言葉が思いつかない。会いたくて、会いたくて、たまらない。…………今は多くを説明できないけれど、俺は君を、君だけを愛している。必ずすべてに決着をつけて、堂々と君を迎えに行くから、待っていてほしい。……ドロシー、君が健やかでありますように』

涙で、オルゴールがぼやけた。

震える手で、透かし彫りの蓋を閉め、もう一度開ける。

『ドロシー、会いたい――』

ディリックの声が流れ出し、胸が詰まった。

（ディリックさま。私も会いたいです）

一言一句、聞きもらさないように、彼の声を聞く。

泣きながら、もう一度聞いた。

そして、もう一度と思いながら、際限なくなりそうな気持ちを我慢してオルゴールを胸に押しつける。

（明日も、朝早いから、だから眠らなきゃ。……それに、何度も開け閉めを繰り返していたら壊れちゃうかも）

それだけは、嫌だから――だから、グッと我慢して目を閉じた。

（ディリックさまが、私に会いたいって……待っていてほしいって、言ってくださった）

その言葉だけで、頑張れる。――――生きていける。

そう思う。

すべての決着をつけるともディリックは言っていた。

それがいつ、どんな形になるのかの説明はなかったが、なんとなくドロシーは、卒業式なのではないかと思う。

（ゲームと違って婚約者のいないディリックさまでは、婚約破棄のイベントは起きないはずだけど……でも、きっと卒業式に何かがあると思うから）

そこで、ディリックは、どんな風に決着をつけるのだろう？

（文化祭のイベントみたいに危険なものじゃないといいんだけど。…………なんとかして、卒業式に潜り込むことはできないかしら？）

ディリックを待つしかできない今の自分が、とてつもなく歯がゆく感じる。

それでも、無茶はできないから――――。

手の中に木のぬくもりを感じながら、喜びと寂しさ、焦燥と愛おしさで溢れかえりそうな心を抱えて、その日、ドロシーは眠った。


そうして日々は過ぎていく。

季節は巡り、学年の終わりが近づいてくる。

なんとウェインは、その間、二回もドロシーの元に訪れた。

もちろん経済学の教師としてである。

「俺は、ラマフ男爵令嬢にとって、いないも同然の人間らしいからな。学園を抜け出しても気にされないんだ。マイケルのことは、それでも多少は存在を認識しているようだが……平民の俺は目に入れる価値もないってことだろう」

そういえばシャルロットは、ウェインを「化け物」と呼んで嫌っていた。自分も平民出身でありながら、平民を蔑む傾向のあるシャルロットは、突出した才能を持つウェインを認めたくないのかもしれない。

シャルロットに無視されているウェインだからこそ、ドロシーに会いにこられるのだが、ディリックはそれがかなり不満らしかった。

「四六時中ラマフ男爵令嬢につきまとわれているから、俺に文句を言うわけにもいかなくて、なおさらイライラがたまっているみたいだ」

それでもオルゴールの伝言だけは毎回作ってくれて、今ではそれが三つたまっている。

内容はひとつ目とさほど変わらず「会いたい」と「愛している」と「待っていて」が切なく繰り返されているだけなのだが、それがとても嬉しいドロシーだ。

ちなみに、二つ目のオルゴールの透かし彫りは桔梗《ききょう》で、三つ目は勿忘草《わすれなぐさ》だった。

桔梗の花言葉は『誠実な愛』で、勿忘草の花言葉は『私を忘れないで』だ。

「必死すぎて笑えるよね」

………ウェインの言葉を否定しきれないドロシーだ。

返事を出したいと思うのだが、いつ何時《なんどき》シャルロットに見つかるかもしれないから、しないでほしいと頼まれている。

なんでもシャルロットは、勝手に生徒会室に侵入してモノを漁《あさ》ったり、ディリックの部屋にも忍び込もうとして失敗したりを繰り返しているらしい。

「いったいどこから調べるのかわからないけれど、ラマフ男爵令嬢は恐ろしいくらいに学園の構造を知っているんだ。誰も知らない隠し通路を知っていたり、俺たちの行動パターンも教えなくともわかっていたり。――――ともかく油断しない方がいい」

それはきっとゲームの中の知識だろう。ドロシーと違いゲームをやり込んだシャルロットならそれくらい知っていても不思議ではない。

(攻略本とか設定集とか買い漁っていそうよね?)

あまり人気のなかったゲームだが、絵だけは美しかったのでビジュアルファンブックは、充実していた。

(私も本当は、ほしかったのよね。……まあ、結局は、高くて買わなかったんだけど)

こんなことになるとわかっていたら買ったのにと、少し悔しく思う。

「大丈夫だよ。ドロシーさんが殿下を信じて待っていることだけは、きちんと伝えているから」

それはそれで恥ずかしいドロシーだ。

「あと、きっと殿下は君には黙っていると思うから伝えておくけれど――――卒業式で、殿下はラマフ男爵令嬢の件に決着をつけるつもりでいる」

ドロシーは、目をぱちぱちと瞬かせた。

「それは、私に言ってもよかったのですか？」

「もちろん。……だって君はそれくらい察しているだろう？」

ウェインは、ニヤリと笑うとウインクした。どうやらこれは彼のクセらしい。

図星をさされて返事のできないドロシーに、ウェインは楽しそうな視線を向けてきた。

「俺がどれだけ君に授業をしたと思う？　君は、とても賢い人だ。君なら、きっと殿下の行動くらいお見通しのはずだよね？」

――とんだ買いかぶりである。

ドロシーが、卒業式にディリックが行動を起こすだろうとわかるのは、頭の良さとは関係ない、ゲームの知識ゆえだ。乙女ゲームのお約束を、賢いなどと勘違いされては立つ瀬がない。

なんとか誤解を解きたいのだが、ゲームのことを話すわけにもいかなかった。

「きっと君は、こっそり卒業式に紛れ込んで、もしものときは殿下を守ろうと考えているんじゃないのかな？　だから、それくらいなら最初からきちんと話をして、見えるところにいてもらった方が、俺たちの精神衛生上いいっていうのが、俺とマイケルの意見なんだ。……あ、大丈夫だよ。殿下には内緒にしておくから」

ドロシーを危険な目に遭わせたくないディリックが、彼女が卒業式にくることに同意するはずがない。

だから、この計画は三人の秘密だとウェインは話す。

言われてみれば、それはよい案だった。なんとかして潜り込めないかと思っていたのだから、二人の協力を得て堂々と卒業式に行けるのなら、ドロシーにとってもそれ以上のことはない。

「私はどうすればいいんですか？」

彼女の質問を聞いたウェインは、そうだねと、頷いた。

「ドロシーさんには、俺の妹って設定で卒業式にきてもらおうかな。式の間は、父と一緒に保護者席にいてもらって、その後のパーティーでは、俺とダンスを踊ってくれたら嬉しいな」

パチンともう一度大きくウインクしたウェインに、ドロシーは呆気にとられる。

「――――ダンスですか？」

「ああ。俺にはパートナーがいないから、君が踊ってくれたらちょうどいい。……大丈夫、君の容姿の話は、殿下にはしていないから、きっとバレないよ。後で教えて、思いっきり悔しがらせてやろう？」

素のドロシーと最初に会ったウェインは、学園に帰った後、ディリックに彼女の本当の容姿を伝えようとしたそうだ。しかし、自分の目で確認したいと言ったディリックは、頑なに容姿の話を聞こうとしなかったという。

「変な先入観を持ちたくないんだそうだよ。『可愛い子だったよ』っていう、俺の一言にも『余計なことは言うな！』って叱りつけたぐらいだ」

可愛いと言われたドロシーは、ポッと頬を熱くする。

同時に少し不安になった。

（あんまり期待してもらっても困るんだけど）

ドロシーの容姿は十人並みだ。

彼女自身の目から見たら「変」としか思えない顔も、この世界の基準的には平々凡々だと思う。

（要は、逆立ちしたってグレースさまみたいな美女にはなれない感じなのよ！）

そのあたりを、ウェインがディリックに話してくれていると思ったのに、まさかの聞きとり拒否。

（再会して名乗った途端『イメージが違う！』とか言われて拒否られたら、どうしよう？）

不安になってしまうのだが、今は怯えている場合ではなかった。先ほどウェインにはダンスをしてほしいと言われたが、それがディリックのやろうとしていることと、どんな関係があるのだろう？

「ダンスをしながらシャルロットさんを見張ったりするのですか？」

ディリックが、いったいどうやってシャルロットとの関係にけりをつけるのかわからないドロシーは、真剣な表情でウェインに聞いた。

ウェインは、キョトンとして首を傾げる。

「いや、別に見張りとかはいらないんじゃないかな？　そんなことしなくても、ラマフ男爵令嬢は殿下から離れないし。……純粋にダンスを楽しもうよ」

シャルロットがディリックから離れないと聞いたドロシーの胸がツキンと痛む。

思わず顔を伏せれば、ウェインが「ごめんね」と謝った。

「大丈夫。きっと君と殿下が笑って一緒にいられるようにしてみせるから。……だから君は安心してその瞬間を見ていてね」

言い聞かせられてドロシーは、パッと顔を上げた。『ダンスを楽しもう』だの『見ていてね』だの言われているのだが、ひょっとしてひょっとしたら、本当にそれだけしか、させてもらえないのだろうか？

「ディリックさまがやろうとしていることで、私が手伝えることはありませんか？」

ウェインは、申し訳なさそうに頬をかく。

「うん。特にないかな」

「そんな！　何かお手伝いさせてください！」

必死で言いつのればウェインは、困り顔をする。

そういえば、彼はドロシーに、見えるところにいてもらいたいとは言ったが、何かをしてほしいとは言っていなかった。

「私にできること、ないですか！」

なおも言えば、ウェインはうんうんと考え込んだ。――――そして、ハッ！　として、手を叩く。

「あるよ！　ドロシーさんにしかできないこと！　…………お願いだ！　君を卒業式に招いたことで、俺たちを怒る殿下を宥めてくれ！」

両手を組み、祈りを捧げるようにして、ウェインは頼んでくる。

――――それは、自分のやりたいことではない。

必死に頼んでくるウェインに、ドロシーはガックリと肩を落とした。

そして――――。

「うららかな日差しの中、私たち三年生一同は、無事卒業式を迎えることができました――――」

朗々とした声が、学園の大講堂に響きわたる。

王国の創立当初より連綿と続いてきた学園の栄えある卒業生代表として、ディリックが答辞を読んでいるのだ。

ドロシーは、感動に涙ぐんでいた。

この卒業式に潜入した目的を思えばそんな場合ではないのだろうが、それでも感動するものは感動するのだから仕方ない。

ドロシーの隣では、ウェインの父がやはり同じように目に涙を浮かべていた。息子のおかげで国一番の商人になったと噂される男は、穏やかで優しい好人物。てらいもなく息子の才能をべた褒めし、自分の役目は突出しすぎる息子の緩衝役だと言って笑う。

「お父さま、ハンカチを」

一応娘の役なので、ドロシーはウェインの父にハンカチを渡した。

「ありがとう。優しい子だね」

泣きながらハンカチを受け取った男は、涙を拭いた後で、ビィーム！　と大きな音を立てて鼻をかむ。

周囲の保護者が、一斉にこちらを振り向いて睨んできた。

それに頭を下げて謝っていれば、卒業生の席に座るウェインから、呆れかえった視線が向けられてくる。

彼が、小さく胸の前で両手を合わせるのは、ドロシーへのお詫《わ》びのジェスチャーだろう。

壇上で答辞を読み終わったディリックも、チラリとこちらを向いた。

ドロシーの胸は、ドクン！　と、大きく波立つ。

しかし、ドロシーの本当の姿を知らないディリックが、彼女に気がつくはずもなく、彼の視線はすぐに離れていった。

ホッとすると同時に寂しくなるのは、ドロシーが彼を好きだから。

無意識に、身につけていたネックレスを触った。

このネックレスは、ドロシーがディリックと出かけたはじめての買い物で購入した中の一点だ。

グレースと交替したとき、すべて学園に置いてきたのだが、後日みんなドロシーの元に返ってきた。

グレースいわく、ドレスは胸と腰のサイズが小さすぎて合わないし、アクセサリーもディリックの色のものなどつけられないそうだ。

言われれば当然のことで、恐縮しながら受け取るしかなかった。

ずっとタンスの肥やしになるかと思われた品々から、今日はネックレスだけをつけている。

もちろん、そのままでは悪目立ちしてしまうため、黄金の鎖は銅の鎖に、中央のアメジストは、黒いガラス玉に見えるように魔法をかけてあった。

（本当は、いくら魔法で誤魔化しても、こんな高価なものはつけない方がいいんでしょうけど……

でも、勇気がほしくって）

今日で、すべての決着がつくと思えば、どうしたってドロシーは怖くなる。うまくいけばいいけれど、最悪シャルロットがディリックを攻略してしまうかもしれないのだ。

（ここは、今の私にとって現実で、ゲームなんかじゃないって信じているけれど）

それでも、怖いものは怖い。

その恐怖を、このネックレスは、鎮めてくれた。そっと触れれば、そこから勇気が湧き出てくるような気がする。

ディリックと出かけた懐かしい思い出に浸りながら、ドロシーは卒業式をやり過ごした。


式は、なんの問題もなく終わり、卒業祝いのパーティーが、学園の大ホールではじまる。

輝くいくつものシャンデリアに照らし出された会場は、周囲に豪華な料理を配したビュッフェ形式になっていた。中央には、大きくダンスをするスペースがとられ、一角には生演奏をする室内楽団も控えている。

（すごい！　私は行ったことがないけれど、王宮の夜会より派手なんじゃないかしら？）

そんな風に思えるほど、キラキラしい場だった。

中でも一段と目立つのは生徒会の一団だ。

（グレースさま、きれい！　オスカーさまと揃いのご衣装で、とっても幸せそうだわ）

先日無事に婚約披露パーティーを済ませた二人は、誰が見ても一目瞭然の幸せオーラを出している。

その二人の隣では、マイケルとウェインが話し合っていた。侯爵家の次男と国一番の商家のあととりの組み合わせは、ご令嬢たちの目を引いている。

(――本当なら、一番目を引くのは、ディリックさまのはずだけど)

残念なことにディリックの側には、これ見よがしに寄り添うシャルロットがいた。

おそらく彼女は、今日の卒業式で、ディリックに求婚されると信じているのだろう。ゴテゴテとした派手な衣装に身を包み、これでもかというくらいアクセサリーで身を飾り立てている。

周囲は、そんな彼女に呆れ顔を向けていた。

(だって、今日の主役は卒業生なんだもの。二年生は、卒業生より目立たない衣装を選ぶのが常識なのに)

自分がヒロインだと信じるシャルロットに、そんな配慮はないのだろう。

(……見たくない)

ドロシーは、そっと目を逸らした。

見たくないのは、シャルロットなのか、それとも彼女に微笑むディリックなのか。

顔を背けたドロシーに気がついたのだろう、心配そうな表情を浮かべたウェインが、マイケルに断りを入れ、こちらに近づいてくるのが見えた。

ドロシーは、慌てて顔を上げ、笑みを浮かべる。

(ご心配をかけてはいけないわ。きちんとお祝いを伝えなきゃ)

そう思ったからなのだが――なぜか、ウェインの後ろにいたディリックと目が合って、思いっきり顔をしかめられてしまった。

（え？　……なんでディリックさまは、あんな顔で私を見ているの？）

そう思ってしまうほどに、バッチリ目が合っている。

今のドロシーは、素のままの彼女だ。この姿でディリックと会うのは、はじめてで、彼がドロシーの正体に気づくはずはない。

ドロシーは、右を見て、左を見た。自分を見ているように見えるディリックだが、実は違う誰かを見ているのではないかと思ったからだ。

ドロシーの右にいるのはウェインの父で、左は学園が雇ったウエイターだった。さすがに、この二人を見つめているとは思えない。

念のため背後も振り返ったが、そこには誰もいなかった。

どう考えても、ディリックが見ているのはドロシーのようだ。

不思議に思って首をひねれば、そのタイミングで室内楽団が演奏をはじめた。どうやらダンスがはじまる時間らしい。

背後のディリックが見えないウェインは、ちょうどよかったとでも言うように、ニッコリ笑う。右手をこちらに差し伸べようとしているのは、きっとドロシーをダンスに誘おうとしているのだろうなと、思う。

その瞬間、ディリックが、とても凶悪な顔で笑った。

（え？　なんで？）

思わずドロシーは息を呑む。

「ねぇ、ディリックさまぁ――――ひっ！」

運悪く、ディリックに話しかけようとしたシャルロットが、小さく悲鳴をあげた。

そのくらい恐ろしい笑顔だったのだ。

「演奏を止めろ！」

驚いて見ていれば、ディリックが、片手をあげて声を発した。

途端、ピタリと音が消える。

「――――ダンスの前に、皆に伝えたいことがある」

急に音楽が止み、何事かとざわついた会場に、ディリックの落ち着いた声が響いた。

たった今、悲鳴をあげたばかりのシャルロットが、あっという間に笑顔になる。

胸の前で手を組んで、クネクネと体をしならせる様が気持ち悪かった。

「まあ、ディリックさま、急にどうされたのですか？　もし、私とのお話ならば、こんな皆さんの前で恥ずかしいですわぁ」

恥ずかしいと言いながら、「フフッ」と自信たっぷりに笑って周囲を見回すシャルロットは、明らかに優越感に浸っている。

それを見た人々は、一様に眉をひそめた。

「ああ。君のことだよ」

ディリックは冷静に頷く。先ほどあげたのと同じ手で、スッとシャルロットを指し示した。

「……………ディリックさまぁ～」

シャルロットは、媚《こび》を含んだ甘え声でディリックの名を呼び、うっとりと見上げる。

それにディリックは、冷たい視線を返した。

「衛兵！　出会え！　シャルロット・ラマフ男爵令嬢を捕縛せよ！」

凛として命令する。

「…………え？」

呆然とするシャルロットを、会場の外からなだれ込んできた衛兵たちが囲い込んだ。

「なっ、何よ、これ？　……私に触らないで！　ディリックさま！　これは、いったいなんの冗談なのですか？　いくらなんでもひどすぎます！」

突然衛兵に剣を突きつけられたシャルロットは、金切り声で怒鳴る。キッ！　と、鋭い視線でディリックを睨んだ。

「冗談ではない。ラマフ男爵令嬢、君を逮捕する。罪状は数限りなくあるが――――一番大きな罪は、文化祭における、私及びサンシュユ公爵令嬢の殺人容疑だ」

ディリックの声を聞いたシャルロットの顔は、見る見る青ざめる。

「な、何をおっしゃっているのか、わかりませんわ！」

「いや、君にはよくわかっているはずだよ。実は、国一番の魔女の協力を得られてね。文化祭当日の君の行動を再現することができたのさ。――――それに必要な君の魔力構造を探るために、ずっと一緒に行動しなければならなかったのは苦痛だったが――おかげで君があの日、体育館の二階スペースに置かれていた演劇部の背景パネルを笑いながら落とす姿を、再現することができた」

国一番の魔女とは、おそらく師匠のことだろう。

魔力構造とは、魔法を使える個人個人が持っている力のＤＮＡみたいなものだ。同じものはひとつとしてなく、犯罪などで魔法が使われた場合に犯人を特定するために使われる。

もっとも、個人の魔力構造を知るためには、その人の放つ魔法をかなりの量集める必要があり、分析するためにも高度な術を駆使しなければならないため、あまり現実的ではない方法だったりする。それができるあたりが、師匠の師匠たる所以《ゆえん》だろう。

「魔法使いや魔女であれば、日々魔力を感知してそれを取り込み自分の魔法とする鍛錬を繰り返すと聞いていたけれど、ラマフ男爵令嬢、君は鍛錬をまったくしていなかったね。おかげで十分な量の君の魔法を集めるのに、かなり手こずってしまった。この精神的苦痛も罪に上乗せさせてもらうから、覚悟してね」

それは、八つ当たりというのでは？

シャルロットは、ギュッと唇を噛む。

「そんなこと、信じないわ！」

「信じなければ、それでもいいよ。ただ、君の魔力構造は解析されて、結果再現された映像がある。――これを見るがいい！」

片手をあげてディリックが手を振れば、何もない空間に、突如立体映像が現れた。

まるで3Dホログラムのような映像には、学園の体育館が映されている。

体育館の奥に大きな舞台が設置されている様子から、それが文化祭時の映像なのは一目瞭然で、動く生徒たちの中には、輝く金髪のディリックと、一緒に歩くグレースの姿もあった。

同時に、映像には体育館の二階席も映っていて、そこにはストロベリーブロンドの少女の姿が見える。

少女は、憎々しげな視線をディリックとグレースの方に向けていた。

やがてニヤリと笑った少女は、演劇部の背景パネルが束ねられているスペースへと歩み寄る。

一階を確認して、ディリックとグレースが真下にきた瞬間に、隠し持っていたナイフでパネルを束ねていた紐を切った。同時に、力いっぱいパネルを押し出す！

ガガガッ！　と音を立てたパネルが、階下へと落ちていった。

――固唾《かたず》を呑んで映像を見ていた周囲の人々から、悲鳴があがる。

映像は、阿鼻叫喚の騒ぎの中、パネルの落下を確認した少女が、満足そうな笑みを浮かべたところで、フッと消えた。

「ひどい！」

「なんてことを！」

「悪魔の仕業だ！」

見ていた人々から、次々と非難の声があがる。

ドロシーの心臓もバクバクと大きく脈打っていた。当時を思い出し、胸が痛くなる。

ディリックからもらったネックレスを握りしめ、うつむいた。

「────思い出させてしまってすまない。大丈夫かい？」

そんな彼女に優しい声がかかる。

「え？」

驚いて顔を上げれば、そこにはディリックがいた。

いつの間にきていたのだろう？

心配そうに見つめてくる紫の目を、ドロシーは信じられずに見返す。

（え？　え？　え？　……いったいどうしてディリックさまが、私《ドロシー》の側にいるの？）

「こんなもの！　偽物だわ！　私を陥れるための狂言よ！　これが本物だっていう証拠がどこにあるの！」

そこに、シャルロットが金切り声で叫ぶ抗議の言葉が聞こえる。

不快そうに顔をしかめたディリックが、彼女の方を向いた。

「君を陥れる？　いったい誰が？」

「そ、それは！　……グレースとか────」

「サンシュユ公爵令嬢は、アルカネット公爵令息との婚約を先日のパーティーで発表したばかりだ。なぜ今さら君を貶める？」

オスカーとよりを戻したグレースに、シャルロットを害する理由はない。

シャルロットは、グッと拳を握りしめながら、往生際悪くキョロキョロと周囲を見回した。

「……そ、それなら、私とディリックさまの仲を嫉妬した誰かとか。え、ええ！　きっと、そうです！　ディリックさまに横恋慕して、ディリックさまに愛されている私が邪魔になって、きっとこんな偽映像をでっちあげた、誰かがいるんです！　――――ディリックさまぁ、お願い、私を信じてください！」

いかにも被害者然として、急に弱々しく肩を落としたシャルロットが、上目づかいにディリックを見つめ、フラフラと近づいてくる。

「止まれ！　それ以上近づかないでもらおうか！　それに、偽映像？　あいにくだったな。こちらには、この映像と同じ現場を見たという目撃者がいる。君の犯行は確定的だ」

ピシャリとシャルロットを拒絶したディリックが、凛として宣言した。

「目撃者？」

「ああ、しかも複数人だ」

シャルロットは、キリリと目をつりあげる。

「そんなの嘘よ！　ありえないわ！　だって、私は周囲に誰もいないことをきちんと確認したもの！　目撃者なんているはずな――――あ？」

語るに落ちるとはこのことである。

ディリックがニヤリと笑う。

「自白してくれてありがとう。――――衛兵！　捕らえろ！　即刻牢屋に連れて行け！」

ディリックの命令で、衛兵の一人がシャルロットの肩に手をかけた。拘束するため腕を縛ろうとする。

ブルブルと震えていたシャルロットは、衛兵の手を振り払い、身を捩《よじ》った。

「触らないで！　こんなのおかしいわ！　私は、ヒロインなのよ！　なのに、どうしてこんな目に遭うのよ！」

顔を真っ赤にして、周囲を睨みつける姿に、普段の愛らしさはひとつもない。

「君は罪を犯した。捕まるのは当然のことだ」

「当然じゃないわ！　だって、ここは私のための世界なんだもの！　私が愛され、幸せになる！　私を中心に、私のためだけに作られた世界！　ヒロインは、この私なのよ！」

おかしい、おかしいと繰り返し叫び、衛兵の手から逃れようと、シャルロットは暴れ回る。

その姿は、滑稽で惨めでさえあった。

「…………シャルロットさん」

ドロシーは、思わず手を伸ばす。

その途端――――。

「――――いらないわ！　……こんなおかしな世界、いらない！　私を認めない世界なんて、いらないのよ！」

そう叫んだシャルロットは、据わった目でディリックを睨んだ。

「私を愛さないディリックも、いらない！」

カッ！　と、シャルロットの体から光が迸る！

（なっ！　これって――ひょっとして、ヤンデレ攻略対象者とのメリーバッドエンドで目覚める究極の浄化魔法じゃないの？）

ゲームには、オスカー以外にも攻略対象者がいて、その中にはヤンデレキャラもいた。

浄化魔法は、その対象者とのメリーバッドエンドのときだけ現れ、すべてを消し去る凶暴な力だ。

あまりにもヒロインに都合よく発揮される必殺技。

それが今発動されようとしている。

（この浄化魔法を浴びたら……その人は、記憶をなくしてしまうんだわ！）

ヒロインを愛するあまり、彼女を監禁し、動けないように足を切ろうとするヤンデレ攻略対象者も、この光を浴びて記憶を失いヤンデレでなくなる。そして、子供のようになってしまった彼とヒロインのメリーバッドエンドとなるのだ。

そんな恐ろしい魔法を、シャルロットはディリックに使おうとしていた。

ドロシーは、咄嗟に彼の前に飛び出ていく！

両手を広げて、庇った。

（そんなことさせないわ！　ディリックさまは私が守ってみせる！）

「ドロシー！」

「動かないでください！」

後ろで焦ったディリックが彼女を引き寄せようとしてくるのに怒鳴り返す！

ドロシーは、一心不乱にディリックを守ろうとした。

全身全霊をこめて防御魔法を展開する。

――防御魔法のイメージは、鏡よ。どんなものも表面に映し、相手にはね返す鏡をイメージしなさい。そうすれば、鏡の内側にはなんのダメージもないわ。

ドロシーの頭の中に聞こえてきたのは、師匠の声だ。

不出来な弟子のドロシーは、今まで一回も成功したことがないけれど――。

(絶対、今回は成功させる!)

あらん限りの力を振り絞り防御魔法を展開させれば、「ギャァァ!」という、醜い悲鳴が聞こえた。

同時に、こちらに向かってきていたシャルロットの魔法が消えたのを感じ、恐る恐る防御魔法を解く。

見れば、シャルロットは倒れていた。ストロベリーブロンドの髪の毛が床に散らばって、ぐったりして見える。

(やったの? 私は、ディリックさまを守りきれた?)

ハッとして振り返れば、すぐ後ろにディリックが立っていた。

「あ、ディリックさま。ご無事ですか?」

浄化魔法で記憶を失ってはいないかと、心配する。

「ドロシー! 君は、なんて無茶をするんだ!」

叫ぶなり、ディリックは、ドロシーを抱きしめた。

「君を失ってしまうかと思った。…………もう二度とこんなことはしないでくれ」

ギュウギュウと抱きしめられれば、ドロシーの心臓は破裂しそうに高まる。頬も熱くなって、頭がクラクラした。

（わ、私…………ディリックさまの腕の中にいる？　なんで？　どうして、私がドロシーだって、わかるの？）

そういえば、咄嗟にディリックを庇ったときも「ドロシー」と呼ばれたような気がする。

ボーッとする頭を必死に動かして視線を上げれば、自分を見るディリックと目が合った。

「ど……どうして？」

「うん？　俺が、君を君《ドロシー》だとわかるのが不思議かい？　――――愛の力だよ――――と、言いたいけれど、残念ながら違う。……そのネックレスのせいさ。それは俺が贈ったものだろう？」

ドロシーは慌ててネックレスを隠そうとする。たしかにその通りなのだが、目くらましの魔法で色も材質もまるで違って見えるようにしているのに、どうして簡単にばれたのだろう？

首を傾げるドロシーに、ディリックは「そんな顔も可愛いね」と言って、ネックレスを隠した彼女の手をとり、甲にキスを落とした。

「それだけ繊細で美しい鎖細工は、なかなかないからね。多少材質が違って見えても、このデザインを見間違えるはずはないよ。それに、君はウェインの父上と一緒にいただろう。君が卒業式にくるのなら、きっとウェインの伝手でくるだろうなと思っていたんだ」

ディリックは笑って、そんなドロシーの手にもう一度キスをした。

ドロシーの頬は、また熱くなる。

そのとき、衛兵が拘束して連れて行こうとしていたシャルロットが目を覚ました。

「うっ」と唸って顔を上げた少女は、自分をガッシリと捕まえる大柄な衛兵を見て、怯えた表情になる。

「いやっ！　こわいっ！　――――どうして？　ここは、どこ？　なんで、あたしはこんなところにいるの？　……パパ！　ママ！　………うわぁ～ん！　……どこにいるの？」

両親を呼びながら、シャルロットは泣き出してしまった。

それは、まるで幼い子供のようで、ドロシーはビックリしてしまう。

「………あ？　ひょっとして、浄化魔法を自分で浴びて、記憶を失ってしまったの？」

今のシャルロットの様子は、そうとしか思えない。

「浄化魔法？」

「あ、はい。シャルロットさんが使った魔法です。この魔法を浴びると、記憶を失って子供のようになってしまうんですけれど」

ディリックの問いかけにドロシーは答える。

「ママ！　ママ！　……うぇ～ん！」

本当に小さな子供のようにシャルロットは泣き喚いた。

その姿を見たドロシーは、シャルロットが失ったのは、ひょっとしたら前世の記憶ではないだろうかと、思う。前世のシャルロットが何歳だったのかはわからないが、もしもその記憶があったなら、こんなに頑是なく泣くことはないだろう。

ひたすら両親を求めて泣くシャルロットを可哀相に思ったドロシーは、彼女に近づこうとした。

しかし、それをディリックに止められる。

「可哀相だが、あれが芝居でないという保証はない。確認がとれるまで迂闊に近づいては危険だ」

シャルロットの側には、ディリックの命令を受けた女性の衛兵が近寄っていく。宥めながら立たせると、手を繋いでシャルロットを連れて行った。

その後ろ姿は、とても芝居には見えなくて、ドロシーは複雑な気持ちになってしまう。

（シャルロットさんのやったことを、絶対許すことはできないけれど――――ほかにも方法はあったんじゃないかしら？）

しかし、すべて終わったことだ。自分が使った浄化魔法をはね返されたシャルロットは、ある意味自業自得で、今後は文字通り人生を最初からやり直すことになるのだろう。

感慨深く見送っていれば、いつの間にかパーティー会場は元通りになっていた。

「皆、騒がせてすまない。だが、これで文化祭以降謎のままだった、パネル落下事件の犯人は捕まった。私たちも、安心して卒業することができる。――――さあ！　パーティーの再開だ！　思う存分語り、笑い、食べて、踊ってくれ！」

ディリックの言葉と同時に、室内楽団が演奏をはじめる。

わぁーっという歓声があがり、拍手が起こった。明るい喧噪が戻ってくる。

（……終わったのね）

ホッとしていれば、ドロシーの手をディリックが引き寄せた。三度《みたび》手の甲にキスを落とされる。

「ディ、ディリックさま！」

「残念だけれど、俺は長くパーティーにいられない。今捕まえたラマフ男爵令嬢の件を父や関係者に報告して処理しなければならないからね。――――でも、ダンスを一曲踊る許可だけは、あらかじめもらってあるんだ。将来の自分の妃を決める大事なことだからと言ってね」

「え？」

今、ディリックは「妃」と言っただろうか？

ポカンとするドロシーの手が、強く引かれる。

「踊ろう、ドロシー。さっきは危うくウェインに先を越されるところだったから焦ってしまったよ。君のファーストダンスを奪われたら、いくらウェインとはいえ、半殺しくらいにはするかもしれないと思ってしまった」

ニコニコ麗しい笑みを浮かべながら、ディリックは物騒な言葉をもらす。

「…………怖ぇえよ」

近くにいたウェインがぼそりと呟いた声が聞こえた。

ドロシーは、まだ混乱中だ。

（ファーストダンス？　半殺しって……え？　ウェインさまを？　…………っていうより、妃？）

聞かされた言葉がグルグル頭の中を回って落ち着かないのに、ディリックはグイグイとドロシーを引っ張って、ダンスフロアの真ん中に出てしまう。

右手をとられ、背中に手を回されて向き合った。

「左手は俺の腕の上だよ」

「あ………はい」

言われるままに手を乗せる。――そのままダンスがはじまった。

頭は混乱しているけれど、体は覚えたステップを正しく踏んでいく。

「ずいぶん上達したね？　講師がよかったのかな？」

「あ、はい。丁寧に教えてくださるご婦人で、とてもわかりやすかったです」

公爵家から派遣されたダンスの講師は、キリリと男装した伯爵夫人で、ドロシーに優しく教えてくれた。なんでも結婚前は、王妃さまの警護をしていた近衛《このえ》騎士で、王妃さまの命令でダンスの男性パートも踊れるようになったそうだ。王妃さまは「タカラ○カ」がどうのとか「オ○カルさま」がどうのとかしきりに話していたそうで、それを聞いたドロシーは遠い目になってしまった。

（王妃さまが転生者なのは、わかっていたけれど！）

「本当は、俺が手取り足取り教えたかったけれど、今回の件が解決するまではダメだと禁止されてしまったんだ。……でも心配だったからね。どの教科も教えるのは女性か既婚の年配男性にするように条件をつけていたんだ。ウェインだけは、渋々許可をしたんだけど……何もされなかったよね？」

心配そうに顔を覗き込まれて、ドロシーはポカンとした。

たしかに、出前授業の教師は、ウェイン以外は女性か既婚の年配男性だった。

「え？　どうしてディリックさまが、そんな条件をつけられたのですか？」

ドロシーの受けていたのは、公爵家からの出前授業だ。目的はグレースの替え玉になることで、そこにディリックは関係ないはず？

「当然だろう。自分の妃の王妃教育に、若い男なんて近づけるはずがない」

驚きすぎたドロシーは、ピタリと足を止めた。

一緒にディリックも動きを止め、周囲が優雅にダンスを踊る中、二人は立ったまま見つめ合う。

「すみません。聞き損ねたみたいです。なんておっしゃったのですか？」

今日はいろいろあって疲れてしまったようだと、ドロシーは思う。聞き間違いをするにしても、あまりにひどい内容だ。

（王妃教育だなんて――）

そう思っているのに。

「自分の妃の王妃教育と、俺は言ったんだよ。――俺は、君を愛している。妃にするなら君以外は考えられないからね」

ドロシーの頭は、真っ白になった。

無意識にフルフルと首を横に振る。

「む、無理です！　……だって、私は平民で――」

そういえばドロシーは自分が平民だと、ディリックに言っていなかった。それで彼はこんな無謀なことを言い出したのだろう。

「大丈夫。君に王妃教育をするように、サンシュユ公爵家に指示したのは俺だから。当然君の生い立ちだって、ちゃんと聞いているさ」

「だったら！　どうして？」

平民が王太子妃になんてなれるはずがない！

からかわれているのかと思えば、ドロシーの目からは涙がこぼれた。

それを見たディリックは、慌てて彼女を抱きしめる。

「泣かないで。大丈夫だから。――ドロシー、君はもう平民じゃないんだよ。君は君の師匠と養子縁組をしたんだろう？　彼女は、ルーシー・ソフィア・オルガリア。俺の大叔母で、歴とした王族なんだ」

「師匠が……王族？」

信じられない話に、ドロシーの涙が引っ込む。

「そうだよ。王族としては変わり者で、雇われ魔女なんてしているけれど、一族随一の実力者でもある。養子と言えど彼女の娘である君が王太子妃になることに反対できる貴族なんていないんだよ。安心して俺の妃になって」

そんなことがあるのだろうか？　思いがけないにしても、ほどがあるだろう。なんで王族が公爵家の雇われ魔女になんてなっているのか？

なのに、ディリックは、ニコリと笑って頷く。

「ああ、そうさ。――王妃教育でも、君は派遣した教師陣が全員折り紙付きで保証するほど優秀な結果を出している。特に経済学の講師は、君の素晴らしい発想力に感服して、王太子妃にするなんてもったいないと言い出すくらいだ」

笑顔で話すディリックだが、ダンスのターンを決めた瞬間にちょうど視線の先にいたウェインと彼の父を、冷たく睨みつける。

「だから、怖ぇえって！　嫉妬深すぎだろう！」

ウェインがぼやき、彼の父は顔を青ざめさせた。

ドロシーは、もはや声も出ない。

知らぬ間に、王族の養女にさせられていて、しかも王妃教育まで受けさせられていたのだから、当然だろう。

なのに、「それに」と言って、ディリックは彼女の耳元に囁いてくる。

「君が力の強い聖女で、俺の命の恩人だということは、父に伝えてあるんだ。君を愛していて妃にしたいと伝えたら、父は『絶対逃がすな！』って、応援してくれたよ」

そういえば、国王も「王妃なんて面倒なものになりたくない」と断った王妃を諦めず、泣き落としに近い形で口説き落としたと言われている人物だ。

愛する者への執着心は、遺伝するのかもしれない。

「あと、そうそう――――」

「まだあるんですか！」

思わずドロシーは叫んだ。声に泣きが入ってしまったのは仕方ないだろう。

「うん。君におやきを作ってもらったって話をしたら、母がすごく食いついてね。『その娘を妃にできなかったら、親子の縁を切る！』って、言われたんだ」

——王妃は、ひょっとしたら同郷なのかもしれなかった。

（おやきで、息子の嫁を決めたらダメでしょう！）

本当に、いろいろ言いたいことはあるのだが、もはや言葉にならない。

「だからね、ドロシー。俺の妃になって。——俺は、君を誰より愛している。きっと幸せにするから」

とどめに甘く囁かれた。

好きな相手にこんなことを言われて、断れる女性がいるのなら、見てみたい！

少なくとも、ドロシーにはできなかった。

（っていうか、こんなに外堀を埋められたら、逃げ出すこともできないわ）

ここまでするかと思うのだが、同時にそれを心から嬉しく思ってしまう自分もいた。

溢れてきた涙もそのままに、ドロシーはゆっくりと頷く。

「はい。ディリックさま。私も好きです。……あなたの妃にしてください」

言い終わるか終わらないかの内に、ドロシーは一際強く抱きしめられた。

胸に伝わる大きな鼓動は、ドロシーのものか、はたまたディリックのものなのか。

おずおずと手を伸ばしたドロシーは、自分からもディリックに抱きついた。

彼を好きなこの心が、少しでも伝われればいいと思う。

「おめでとう！　ドロシー！」

「おめでとう！」

二人で抱き合っていれば、グレースたちから祝福の声がかかった。

ウェインと彼の父、その他の周囲の人々からも大きな拍手と祝福の声があがる。

「みんな、君が身を挺《てい》して俺を守った姿を見ているからな」

あらためて言われてしまえば、なんだか恥ずかしい。

熱い頬を隠すように、ドロシーはディリックの胸に頭を押しつけた。


それから一カ月後。

ドロシーは、師匠と一緒に王宮へ行くことになった。

王妃さま主催のお茶会に、招かれたのだ。

今まで遠くから眺めるだけだった白亜の城は、近づけば近づくほど威容を増していく。

おかげでドロシーは、城に着く前から疲れ果てていた。

「……師匠、帰っていいですか？」

「まだ着いてもいないでしょう？　そもそも帰るとしたら私の方が先よ！　……ったく、この私を呼びつけるだなんて、いったい何さまのつもりなの？」

何さまも何も、王妃さまである。

師匠の傲岸不遜は相変わらずだ。

――ディリックに告白され、彼の妃になることを了承したドロシーだが、彼女はまだ国王夫妻に会っていなかった。

別に放っておかれていたのではなく、何度か非公式に顔合わせのお誘いがあったのだが、それをすべて師匠が断ってしまったからだ。

師匠いわく、「娘を嫁にほしいのなら、向こうから挨拶にくるのが常識」なのだそうで、呼びつけようとする王族は、非常識極まりないという。

「……それは平民の常識で、王族相手には通じないと思います」

「あら、失礼ね。私だって王族よ。でも、私は、ちゃんと常識を弁《わきま》えているもの」

弁えていても、行動が伴わなければダメだという見本が、師匠である。

「ドロシー、あなたは、私の大切な娘になったのよ。そんな非常識な人間に会わせる時間なんて、どこにもないわ！」

――「大切な」の後に、（美容液を作る）という副音声が聞こえたような気がするのは、きっと気のせいではないだろう。

そう思わざるをえないほどに、ここ最近のドロシーは、美容液をこれでもかと作らされていた。

「お城に嫁がせたら最後、あの執着心の塊みたいな王太子が、あなたを放すはずがないもの。今の内に、たくさん作り置きをしておいてね」

ドロシーの疑いを裏づけるように、師匠はそんなことまで言ってくるのだ。

しかし、問題はセリフの後半だ。執着心の塊？　自分を放さない？　いくらなんでもそんなことは…………たぶん、ないはずだ。

そうドロシーは、信じたい。

そうこうしている間に、しびれをきらした王妃が、正式な招待状をよこしたため、今日ドロシーは、師匠と一緒に登城しているのであった。

王妃主催の正式なお茶会ともなれば、しっかりドレスコードが指定されている。

このため二人は、女性の昼の正装といわれるアフタヌーンドレスを着ていた。

ドロシーが着ているのは、淡い紫の襟の高いドレス。キュッと細く絞られた腰から、ふわりとロングスカートが広がり、裾には濃い紫のレースがたっぷりあしらわれている。ネックレスは、もちろん卒業式にしていたもので、今日は目くらましの魔法はかけていない。

一方、師匠は、モスグリーンの大人っぽいドレスを見事に着こなしていた。いつもは無造作に流している白髪を高く結い上げ、見事なエメラルドの髪飾りをした姿は、まるで女神のよう。さすが王族という、近寄りがたい高貴な雰囲気を纏《まと》っていた。

しかし――――。

「ああ、ホントに面倒くさいわ。何が悲しくて、こんな堅苦しいドレスを着なければならないのかしら？　まるで拷問だわ」

いったん口を開けば、そんな雰囲気は跡形もなく消し飛んでしまうのが、師匠である。

城に着いた二人は、案内役がくるのを絢爛《けんらん》豪華なエントランスで待っていた。

「その拷問を受ける羽目になったのは、大叔母上がさっさと王宮からの呼び出しに応えなかったからでしょう?」

その場に、呆れたようなディリックの声が聞こえてくる。

慌てて振り向けば、いつの間にか超至近距離に金の髪の王太子が立っていた。案内役というのは、もしかして、彼のことなのだろうか?

すぐに礼をしようと思ったのに、ディリックは流れるような動作でドロシーの腰を引き寄せてしまう。

「……きれいだ」

一言呟くなり、彼女の額にキスを落としてきた。

押しつけられた柔らかな感触に、ドロシーの頰はたちまち熱くなる。

「ディ、ディリックさま」

「どうしよう? 可愛すぎて、ほかの誰にも見せたくない。両親にはうまく断っておくから、このまま二人で俺の部屋に行かないか?」

甘く囁かれて、クラクラとしてしまった。

「そんなこと、この私が許すはずがないでしょう! この色ぼけ王太子!」

師匠が、いつの間にか手に持っていた羽扇《うせん》で、ディリックの頭をスパ〜ン! と叩く。身長差があるために、わざわざ魔法で体を浮かしての仕業《しわざ》である。

「……大叔母上、まだいらっしゃったのですか? あなたなら案内なんていらないでしょう? さっさと母上の元に行ってください。私とドロシーは遅れますので、そう伝えてくださいますか?」

「そんなこと、許すはずがないでしょう！」

師匠は、もう一度ディリックの頭を叩いた。

いくら前国王の妹とはいえ、そんなに王太子を叩いていいものなのか？

あまり痛そうではないものの、ディリックは自分の頭に手をやった。

「相変わらず乱暴な方ですね。……ねぇ、ドロシー、ひどいと思うだろう？　こんな乱暴な大叔母上なんて見限って、今日にでも俺の宮に引っ越してこないか？　大丈夫。いつでも君と暮らせるように、もう準備万端、整っているんだ。ベッドもキングサイズに変えたから、安心して一緒に眠れるよ」

「へ？　……………べ、ベッド？　一緒に……って？」

ニコニコ微笑んで、さも当然とばかりに言われた言葉に、ドロシーは狼狽える。

妃になってほしいと言われていても、まだディリックとドロシーの結婚は時期も何も決まっていない。それなのに一緒に暮らす準備万端とは、どういうことなのだ？

「暴走するのもいい加減にしなさい！　私を本気で怒らせたいの！」

怒髪天を衝《つ》く勢いで師匠に睨まれたディリックは、仕方なさそうに肩をすくめた。

「さすがにそれはまずいですね。大叔母上を怒らせたら、国が滅びますから。……わかりました。ドロシーといちゃつくのはお茶会が終わってからにします」

堂々と悪びれることなく、ディリックは宣言する。

国が滅ぶは、言いすぎだろうと思うのだが…………いや、師匠の場合はあるかもしれない。

「勝手にしなさい。ただし、ドロシーに無理強いだけは、許さないから。あと、お泊まりも禁止よ！」

ディリックは、しばらく黙り込んだ。……やがて。

「――門限は何時ですか？」

「九時よ」

「そんな！　せめて十時にできませんか？」

勝手知ったる城の中をスタスタと歩く師匠の後を、ドロシーの腰に手を回したままディリックはついていく。

「文句を言うなら八時にするわよ」

「わかりました。……では、九時半で」

「何もわかっていないようね？　本当に、国を滅ぼされたいの？」

ドロシーそっちのけで交わされる会話は、意味不明だ。

（なんで？　お茶会に出るだけじゃなかったの？　…………っていうか、いちゃつく？　それに、国を滅ぼすって、なんで？）

いろいろ言いたいことはあるのだが、とても口を挟める雰囲気ではない。

（ひょっとして、王族ってみんなこんな性格なの？）

そうじゃないことを祈る以外できないドロシーだった。

そんなわけで、不安に押しつぶされそうになりながら参加した王妃さまのお茶会だったが、ドロシーはいい意味で拍子抜けする。

「はじめましてドロシーさん。会えて嬉しいわ。ディリックは、あなたに迷惑をかけていない？」

明るい琥珀《こはく》色の目と焦げ茶色の髪をした優しそうな貴婦人が、笑顔でドロシーを迎えてくれる。

王妃で、ディリックの母でもある女性は、美人というより可愛らしいという印象が強い人だった。

気品は、たっぷり感じるのだが、威圧的なものではなく、包み込むような慈愛に満ちている。

「王妃さま。お初にお目にかかります」

緊張しながらドロシーが頭を下げれば、王妃は自ら彼女の方へ近寄ってきてくれた。

「そんな堅苦しい挨拶はしなくてもいいわ。今日は正式なお茶会と言っても、お招きしたのはあなたたちだけなのですもの。どうか気楽にしてちょうだい」

ドロシーの肩の力がストンと抜ける。

「本当ですか？」

「ええ。後で陛下が顔を出すと言っていたけれど、それだけよ。ほかは誰もこないし、メイドも下げたわ。私、こう見えてお茶を淹《い》れるのは得意なの」

ふわりと笑う王妃は、ディリックみたいな子供がいるとは信じられないほど若々しい。

見回せば、お茶会の会場である部屋の中には、本当にドロシーとディリック、師匠、そして王妃だけだった。

「身内のお茶会にしたから、どうか身構えないで。いつも通りのあなたを見せてほしいの」

そうは言われても、はいそうですかと言うわけにはいかないだろう。

それでも、ドロシーはずいぶん気が楽になった。

なぜなら――――。

「まずは、あなたの個人情報を聞いてもいいかしら？　――――郵便番号と前世の住所、それに日本名も教えてもらえたら嬉しいわ？」

パチンとウインクしながら、王妃が聞いてくる。

やはり！　と、ドロシーは思った。

王妃は、自分と同じ転生者だったのだ。『おやき』の話をディリックから聞いているのなら、きっとドロシーのこともわかっているのだろう。

傍らでディリックが怪訝《けげん》な顔をして母を問いただそうとしたが、ドロシーは首を横に振って彼を止めた。

「はい。私の日本名は『高山なずな』です。住所は――――」

スラスラと答えるドロシーを見て、王妃は満足そうに頷く。

「私は『柳沢《やなぎさわ》めぐみ』よ。住所は、あなたの隣の市だわ！」

二人は、顔を見合わせて笑った。

「ここで、同郷の人と会えるとは思わなかったわ」

王妃は、はしゃいだ声を出す。

「はい！　あ、でも私は都内に就職していたので、さっきのは実家の住所ですけど」

「そっか。私は、Uターン就職したの。どうも都会は水が合わなくて」

「なんとなくわかります。でもうちは兄がさっさとお嫁さんをもらっちゃって。私の部屋も姪《めい》っ子の部屋になっちゃったから」

「あ〜、それはたしかに帰りづらいわね」

前世のことを思い出しながら、ドロシーと王妃は会話した。両親や兄夫婦、自分の部屋を奪った姪っ子の顔が、ドロシーの胸に懐かしくよみがえってくる。

「――――あなたたち、転生者だったの？」

そこへ、師匠が驚いたように声をかけてきた。

今の会話を聞いて『転生者』という単語があっさり出てきたことに、ドロシーの方も驚く。

「師匠、転生者を知っているんですか？」

「知らないわけがないでしょう？　私は魔女なのよ」

――――聞けば、この世界には時々『転生者』が生まれて、それを魔法使いや魔女がフォローするのだとか。なんでも『転生者』には、特殊な力を持つ者が多いため、トラブルを起こしやすいのだそうだ。

「普通に暮らしてもらっている分には、全然かまわないのだけれど。――――そうか。転生者なら、ドロシーの桁外れな癒しの力も、アーシュラの規格外にも納得だわ」

うんうんと、一人頷く師匠。

ちなみに、アーシュラというのは、王妃の名前である。

王妃は、ムッとした。

「何よ？　規格外って」

「規格外でしょう？　辺境侯爵家の異端児が、普通ぶっているんじゃないわよ！　……ドロシー、見かけに騙されちゃダメよ。この女は、この体型で大の男を軽々運べるんだから」

「軽々じゃなかったわ。重かったって言っているでしょう？　それに、二十年近くも前の話じゃないですか！　それをいつまでもネチネチと繰り返すなんて、叔母さまもいよいよお年ですわね」

「なんですって！」

「お耳まで遠くなったのですか？」

ああ言えばこう言うで、王妃と師匠はいがみ合う。

ドロシーは、呆気にとられて二人を見ていた。師匠は安定の傲岸不遜だが、その師匠にこれだけもの申せる人物を見るのは、はじめてだ。

声もないドロシーの肩を、ディリックがそっと抱き寄せた。

「心配しなくて大丈夫だよ。この二人は、いつもこんな調子だから。これで、案外仲良しなんだよね」

「仲良しじゃないわよ！」

ディリックの言葉とほぼ同時に、王妃と師匠は同時に大声で否定した。

――――うん。やっぱり仲良しかもしれない。

ディリックいわく、王妃が運んだ大の男というのは国王陛下のことで、行き倒れていた国王を王妃が助けたことで、二人は知り合ったのだそうだ。なんだか複雑そうな事情に、これはツッコまない方がよい案件だと、即座にドロシーは判断する。

「――――転生者というのは、はじめて聞いたけど……生まれる前の記憶があるってことで、いいのかな？　……ドロシー、君は転生者なのかい？」

あらためてディリックに聞かれて、ドロシーは「はい」と答えた。

迷いながらも、自分には前世の記憶があること。その前世で、王妃と同じ日本人だったことを伝える。

（ディリックさまは、私が転生者だって知ってどう思うかしら？　……前世の記憶があるなんて、普通じゃないわよね？　気持ち悪いと思われたら、どうしよう？）

彼の母である王妃も転生者だということを考えれば、嫌ったりしないだろうとは思うのだが、世の中、絶対ということはない。

心配になって見上げれば、ディリックは苦笑して頭を横に振った。

「そんなに不安そうな顔をしなくても大丈夫だよ。君が転生者だからって俺の気持ちは変わらない。今の君はドロシーだ。それで十分だと思っている。…………ただ、自分が知らなかったことを、母が知っていたのかと思うと悔しいんだ。君のすべてを誰よりよく知っているのは、俺でありたいと思っている。…………つまり、俺は嫉妬しているんだ」

ドロシーは、キョトンとした。

「嫉妬……ですか？　ディリックさまが、私のことで？」

そんなことがあるのだろうか？

「そうだよ。俺は、君のことに関しては、世界で一番狭量な男になれる自信がある」

「――――そんな自信、捨てなさい！」

堂々と宣言したディリックに、たった今まで言い争っていた師匠と王妃が、口を揃えて怒鳴りつけてきた！

やはり、なんだかんだと気の合う二人のようだ。

ドロシーの頬は、じわじわと熱くなる。

（嫉妬……………ディリックさまが）

以前も、ディリックが自らを嫉妬深いと言ったことはあったが、まさか自分の母にまで嫉妬するとは思わなかった。

呆れてしまうと同時に、喜びが溢れてくる。

（私の方が、絶対ディリックさまを好きだと思っていたけれど、ディリックさまも私を相当好きなのかもしれない）

相当どころか、かなり好きだろう。

「愛しているよ、ドロシー。君に前世があっても、その前世も含めて、誰より君を愛している。……………これまでも、これからも」

甘く囁かれて抱きしめられれば、ドロシーに抗《あらが》う術《すべ》はなかった。

そもそも、抗うつもりもない。

「わ、私も愛しています。ディリックさま」

小さな声で応えれば、抱きしめる力は、ますます強くなった。

師匠と王妃が、呆れたように肩をすくめるのが視界に入ったが、ドロシーにできたのは、ディリックの胸に顔を隠すことだけ。

「これは、結婚式の準備を早めなければいけないわね」

「式前に妊娠させたら、ぶち殺すから！」

王妃と師匠の声に、ドロシーは、ますます顔を上げられなくなった。


――――ヌルい乙女ゲームの顔も出ない端役である魔女の弟子に転生したドロシー。

思いもかけず悪役令嬢の身代わりになった彼女は、逆境もヒロインも乗り越えて、隠しキャラである王太子のハートを摑んだ。

それは、ゲームにはない――――しかし、たしかな現実。

幸せな二人が、周囲の祝福を受けて結ばれる日は、きっともうすぐだろう。

番外編　転生王妃の波瀾《はらん》万丈な日常

前世の記憶を思い出したきっかけがなんだったか、アーシュラはもう忘れてしまった。

テンプレみたいに木から落ちたのか？　それとも水に落ちたのか？　はたまた転んで頭を打ったのか？

どれも幼い頃の思い出として、あまりにたくさんあったから覚えていないのだ。

それくらい彼女は活発でお転婆《てんば》、一時《いっとき》も大人しくしていない少女だった。

辺境侯爵家の男ばかりの兄弟の中で紅一点。母の期待を一身に受けた少女は、その期待を無残にもドブに投げ捨てた。

剣を持って馬を駆り、野を駆けては獣を狩った。

（だって、前世の私は病気で全然運動ができなかったんだもの。せっかく健康に生まれたのに、淑女教育で家にこもりきりなんて絶対ごめんだわ！）

辺境侯爵家の人間は総じて身体能力に優れている。その中でも、どの兄弟よりもすばしこくずる賢い娘に、やがて家族はさじを投げ好きなように生きさせた。

「アーシュラには勝てない」

それが家族の合言葉だった。

そんな風に自由気ままに生きてきた彼女が、自分のその生活態度を後悔したのは一度だけ。

普通の令嬢ならば決して一人では踏み入らないような森の奥で、行き倒れの男を見つけたときだ。

(…………うわっ！　これ、隠しキャラのディリックじゃん)

それはアーシュラの前世の記憶にあったゲームの知識。とある乙女ゲームの隠しキャラに目の前の行き倒れはそっくりだったのだ。

(…………げえっ。ってことは、ここはあのヌルゲーの世界なの？)

絵がきれいだったから手を出したものの内容のあんまりな情けなさに途中で放り出したくなってしまったゲーム。それでも意地で隠しキャラまで攻略したが、やらなきゃよかったと心の底から後悔した。

思い出した。ディリックのフルネームは、ディリック・ライアン・オルガリア。

そういえば、この国はオルガリア王国だった。

(どうりで聞き覚えのある国名だと思ったわ。……でも、あのチョロイ王太子がなんでここに？)

ゲームの中のディリックは、本来三年かかるメインヒーローの攻略を一年で達成することによってはじめて攻略可能となる隠しキャラだ。ヒロインの一年先輩で、ゲームの舞台となる王立学園の生徒会長をしている。三年分のイベントを一年で行うことはそれなりに苦労するのだが、攻略可能になってからは、呆れるほどに簡単に堕ちてくれるので、チョロイ王太子と呼ばれていた。

(ちょっと悩み相談に乗って慰めるだけで好感度がマックスになるんだもの、チョロイにもほどが

あるわよね）

学業と公務の両立に疲れていると言う王太子に『ディリックさまが頑張っていることを、私は知っています』と、励ましてやったり、平民出身の天才に対し自分を卑下しているときに、『ディリックさまには、ディリックさまの良さがあります』と慰めてやったりするだけ。

その程度の言葉で悩みが解消するのも単純すぎると思うのだが、それ以前の問題として『王太子なのだからそんな悩みを下級生の少女に相談するな！』と叱りつけてやりたかった。

（あ〜あ、ディリックに会うなんてホントついていないわ。こんなことならもう少し大人しくしていればよかった）

後悔先に立たずだと、アーシュラは肩を落とす。

それにしても、本当にどうしてディリックは、こんなところで行き倒れているのだろう？

外で遊ぶのが好きなアーシュラだが、まったく教育を受けていないわけではない。王都にある王立学園に入学こそしなかったが、父侯爵に王都から教師を招いてもらい、一通りの知識は得ている。

その中には、現在の政治情勢も入っていた。

（…………今の国王陛下にお子さまは三人。王太子殿下はクレイグさまで十八歳。第二王子がメイナードさま十二歳。第三王子はテッドさま十歳よね？）

ちなみに、このときアーシュラは、十六歳。

王太子は亡くなった先の王妃の子で、第二、第三王子は現王妃の息子。現王妃は自分の子に王位を継がせたいから、優秀な王太子を目の敵にしているという。

いかにも物語にありそうな王位継承者争いを思い出して、アーシュラは眉をひそめた。

（えっと？　……あ、でも、王太子の名前はディリックじゃないわよね？　ほかの王子も違う名だし。……じゃあ、この人は誰？）

隠しキャラのディリックは王太子だった。

目の前の行き倒れは、よく似ている別人なのだろうか？

そう思ってよくよく見れば、たしかに男は、ディリックとは少し異なる面差しをしているような気がした。乙女ゲームの絵よりも、もう少し男らしく骨太な気がするのだ。

（でもこれだけ似ているんだもの。赤の他人ってことはないわよね？　間違いなく血縁関係はありそうだわ）

考えられるとしたら、親か子。歴代の国王にディリックという名の王はいなかったから、この男の子孫がディリックと名付けられる可能性が高い。

（年格好から考えたら、この人はクレイグ王太子とみるのが自然なんだけど。――――ここで行き倒れているってことは、後継者争いの陰謀にはめられて逃げてきたんじゃないかしら？　……いや、そんな面倒くさそうな人、私は助けたくないんだけど）

アーシュラは、決して悪人ではない。

しかし、だからといって正義感溢れる善人かと言われれば、そうではなかった。

前世の知識があるせいで、正義というものが永遠不変ではないと彼女は知っているからだ。

（国が変わり時代が変われば、正義も変わるものだわ）

アーシュラは、そんな正義に振り回されるよりは好き勝手に生きたいと常々思っている。

――――とはいえ、目の前で生き倒れている人を見捨てられるかといえば、そこまで薄情な人間でもなかった。

(あまりひどいことをすると後々夢見が悪くなりそうだもの。……この人も、ここに放置して死んじゃったりしたら絶対後悔するわよね)

結果としてアーシュラは、非常に渋々ではあったが目の前の男を助けることにした。

自分以外に誰もこの場にいないのだから仕方ないと思いながら、行動に移す。

男は意識はないものの大きな傷を負っているようではなかった。一応確認したが、コブもないので頭を打ったわけでもないだろう。

ただ、触れた額が異様に熱く、発熱していることだけは間違いなかった。

(逃げるのに無理をして体調を崩し、熱が出て倒れたってとこかしら?)

倒れて気絶しているような人間は本当は動かしたくないのだが、熱が出ている状態で戸外に放置するわけにはいかないだろう。

アーシュラは、あまり使われることのない森の中の狩猟小屋に男を背負って運ぶことにした。

なんとか男の上半身を起こし背中に回すと、ヨイショと背負って立ち上がる。

(体を鍛えていてよかったわ)

男はアーシュラよりかなり背が高かった。腕に抱えた両足は長く、ギュッと掴んだ手首は太い。

何よりとても重いのだ。

普通の女性であれば持ち上げることもできないだろうが、野山を駆けまわっていたアーシュラは、なんとか運ぶことができた。

（深窓のご令嬢じゃ絶対無理よね）

それどころか並の男でも無理かもしれない。優秀な者を多く輩出する辺境侯爵家の中でも鬼才の異端児と呼ばれるアーシュラだからこそ可能なことだろう。

えっちらおっちらと歩いて狩猟小屋まで辿り着き、足で扉を開けたアーシュラは粗末なベッドの上に男を横たえる。

暖炉に火をおこし靴を脱がせ着物をゆるめて、暖かな布団をかけた。

（たしか、熱冷ましの薬があったわよね？）

狩猟小屋は、森で獣を狩るすべての者のためにいろいろ準備されている共同の場所だ。使用者は自由に小屋と食料、薬などを使うことができる。

（もちろん、後で補充しておくことが原則だけど）

勝手知ったる小屋の中から薬を取り出し湯を沸かして煎じた後で、アーシュラは、さてと途方に暮れる。

（どうやって飲ませよう？）

なにせ相手は意識を失っているのである。意識のない相手に口移しで薬を飲ませる方法は恋愛小説などでは定番だが、実際にやったら殺人ものだ。

（気道に入ったら、笑い事じゃなくなるし）

ここは多少乱暴でも起こす以外にないかと、アーシュラは思う。

(ビンタの二、三発も食らわせれば、たいがいの人は起きるわよね?)

そう思って右手を振りかぶる。

しかし、今まさに振り下ろそうとしたところで、男の目がパチリと開いた。

深い緑の目が、アーシュラを映す。

――――緑の目は王族に現れやすい特徴だ。たしか稀代《きたい》の魔女と言われる王妹も、美しい緑の目をしていると聞いたことがある。

(ディリックは紫の目だったから、やっぱりこの人はディリックではないのね)

確信を得ながらアーシュラは、振りかぶっていた右手を下ろした。別に叩けなくて残念だとか、背負って重かった分の憂さ晴らしをし損ねたとか――――思っていない。

「――――君は?」

高熱で朦朧《もうろう》としているのだろう、男はぼんやりとして聞いてきた。

億劫《おっくう》そうにしながら上半身を起こす。

「通りすがりの村人Aです」

「は?」

パチパチと瞬きをする男に、アーシュラは先ほど煎じた薬湯を渡した。

「あなたは森の中に倒れていたんです。ここは狩猟小屋で、これは熱冷ましの薬湯です。かなり発熱していますから、また意識を失う前にちゃっちゃと飲んでください」

ヒラヒラと手を振って飲めと促したのだが、男は眉をひそめて黙り込んだ。薬湯には口をつけようとしない。緩慢な動きながらキョロキョロと周囲を見回す様子は警戒しているのだろう。

まあそうよねと、アーシュラも思った。

「私が信用できないのでしょうが、あなたは熱を出して倒れていたんですよ。私にあなたを害そうという気持ちがあれば、わざわざ重たい思いをしてここまで運んできません。あのまま放置しておけば、まず間違いなく野垂れ死ぬか獣に食い殺されるかでしょうからね。――――ということで、どうせ死ぬはずだったんだから助かったらラッキー！　くらいの軽い気持ちでその薬を飲んでくれませんか？　……あ、味は激苦《げきにが》ですから、そこは諦めてください」

健康優良児のアーシュラは熱を出したことなどないのだが、好奇心から一度この薬を舐《な》めたことがある。想像を絶する苦さに『好奇心は猫をも殺す』を実感してしまった。もちろん後日同じ薬を多めに補充させてもらった。この薬の一番の効能は、飲んだ人が二度とこの薬を飲むような事態にならないよう無理をしないようになることではないだろうか？

アーシュラの言葉を聞いた男は、ポカンとした顔になった。

やがて顔を歪めて笑い出す。

「そうか…………たしかにそう言われれば、君の言う通りだな」

そう呟くと一気に薬湯をあおった。

惚れ惚れするような思いきりの良さである。

ただ、飲み終わった瞬間ものすごく苦い顔をした。眉間に深いしわを寄せ口が変な風に曲がる。

「…………聞きしに勝る、だな」

「こちらをどうぞ。ショウガの砂糖菓子です。多少緩和できると思いますわ」

アーシュラは自分が持っていた携帯食を男に渡した。実は手作りで自慢の逸品である。

今度は躊躇いなく受け取った男は、素早く砂糖菓子を口に放り込んだ。モグモグと咀嚼《そしゃく》して嬉しそうに顔をほころばせる。

乙女ゲームの隠しキャラそっくりの男の笑顔は、破壊力満点だった。

あまりの神々しさに、アーシュラはクラッとしてしまう。

もっとも、それはそれとしてこの面倒くさそうな男とは一刻も早く縁を切りたいとも思った。

「確実に信頼できる連絡先はありますか？　あなたのお迎えをお願いしようと思うのですが」

アーシュラが問えば、男は笑顔をスッと消す。

「回復するまで、ここに置いてもらうことはできないのかな？」

「申し訳ありませんが、ここは森で狩りをする者が共同で使う狩猟小屋です。ほかの人間が近づかない保証はありません」

そんな場所では男だってゆっくり休むわけにはいかないだろう。

男は考えるように額に手を当てた。

「君の家は――――いや、迷惑がかかるな」

「その通りです」

アーシュラは躊躇いなく肯定する。

男が彼女を辺境侯爵家の娘と認識しているとは思わないが、どこの誰だって追われている王太子を匿って平穏無事でいられるはずがないのである。

「手厳しいな。……君は私が誰かわかっているのかな？」

「知らないことにしていただけたら嬉しいです。……なので早く連絡先を教えてお休みください。今のあなたにできることはそれだけです」

味も素っ気もないアーシュラの返事を聞いて、男はクスクスと笑い出した。

「それはとても残念だな。……そうしたら、次に目覚めるときには君はいないのだろう？」

当たり前である。

アーシュラは自由気ままな今の生活がとても気に入っているのだ。それを壊す可能性のある相手など、一刻も早くおさらばしたい。

それに、アーシュラはいずれはどこかの貴族に嫁がなければならない身なのである。その際に王太子殿下の命の恩人なんていう付加価値がつくのはお断りだった。

（私の目標は、うちと同じくらいかそれ以上に田舎の貴族への輿入《こしい》れだもの。高位貴族に目を付けられるなんて絶対ごめんだわ！）

本当は平民になりたいのだが、さすがにそれが許される身分ではないとわかっている。

だから、目の前の男――――十中八九、王太子クレイグには、さっさと安全な人に保護されてほしかった。その後、すべてを夢の中の出来事として忘れていただくのがベストである。

「私に向かってこんなに明け透けにものを言ってくれる女性は、叔母上以外では、はじめてなのに」

その叔母上とは、稀代の魔女として有名なあの王妹のことだろうか？

いろいろ問題ありまくりの性格をしていると聞くので、どうか違ってほしい。

ジロリと睨めば、嬉しそうに笑った男はバタリとベッドに倒れた。やはり今まで無理をして起きていたようで、息が荒い。

そのまま気を失いそうだったので、アーシュラは慌てて男の体を揺すった。

「気絶する前に連絡先を教えなさい！」

「アハハ、ひどいね。……ますます好みだ」

こいつはマゾなのだろうか？

若干ドン引くアーシュラに、連絡する相手と連絡方法をなんとか教えた男は、その後気絶するように眠った。眠る寸前に彼女の手をこれでもかと握ってきて、眠った後からも解くのに苦労したのは、まあ病人なのだから仕方ないと許してやる。

その後、男に教えられた通りの場所に赴き、そこに現れたフクロウに、アーシュラは半眼になりながらも事情を説明した。一声「ホー」と鳴いたフクロウが飛び去ったときには半信半疑だったが、その後狩猟小屋に行ったときには男の姿は影も形もなかった。

心配していたが、王太子が死んだとも失脚したとも聞かなかったのできっとなんとか丸く収まったのだろう。


それから半年。

何事もなく日々が過ぎていったので、アーシュラはすっかり油断していた。

風の噂で、王妃が病気になり南の島に建てられた離宮に移ったとか、これを機に王太子に妃を娶らせ国王が引退するだとか、いろいろと聞こえてきていたのだが、そんなものは自分とはまったく無関係だと思っていた。

だから、ある日突然現れた王宮からの使者に『アーシュラ嬢が王太子殿下の婚約者候補に選ばれました』と告げられたときは、なんのドッキリかと思ってしまった。

「そういうの間に合っています」

大真面目で答えたのだが、慌てた父に回収されてあれよあれよという間に支度を整えられ王宮に送り出されてしまう。

ブスッとした彼女を出迎えたのは、やはりと言うべきかあの森で行き倒れていた男――クレイグ王太子だった。

彼の隣には白髪で緑の目をした美女が立っている。こんな特徴を持っているのは王妹しかいないだろう。

「やっと会えた。……会いたかった」

――こちらは会いたくなかった。

「知らないふりをしていただきたいとお願いしてあったと思うのですが？」

「あれは君が私のことを知らないふりをしていたのであって、私が君を知らないふりをすると約束した覚えはない」

そうだっただろうか？

すっかり忘れ果てていたので、今となっては覚えてなんていない。

「それでなんのご用でしょう？　――――不敬罪で投獄ですか？」

「どうしてそんな話になっているんだい？　私は君を婚約者として招いたはずだけど？」

クレイグは驚いて、辺境侯爵家に使者に出した男を睨んだ。

男は青くなって必死に首を横に振る。

「婚約者ではなく、婚約者候補と聞いております」

「ああよかった。きちんと伝わっていたんだね。……婚約者候補と言っても候補は君一人だけだから、実質婚約者と同じだよ」

それは聞いていなかった。知っていたらどんな手段を講じてもこなかったのにと、アーシュラは臍《ほぞ》を噛む。

「一応お伺いしますけど、拒否権は？」

「ない――――と言いたいところだけれど、叔母上に怒られてね。無理強いするようなら国を滅ぼすと脅されているんだ」

クレイグは困ったように肩をすくめた。

ここにきてはじめて王妹が口を開く。

「当たり前でしょう？　王妃になるということの理解と覚悟のない者を据えるから、あんな現王妃のような迷惑女ができるのよ。……これ以上面倒に巻き込まれるのは私はごめんですからね。妃を迎えるのなら、きちんと職責を理解して受け入れられる娘を選びなさい！」

うんうん、まったく同感である。

そしてそれならなおのこと王太子妃になんてなりたくないとアーシュラは思った。

「でしたら私は失格ですわ。王妃なんて面倒くさいもの心底嫌だと思っていますもの」

正直に話せば王妹は緑の目を大きくする。

「…………あら？　なかなか見所のある娘のようね」

「目が腐っているんですか？　…………と、失礼老眼でしたね」

ついつい口が滑ってしまった。

聞いた王妹の白髪がうねうねと逆立つ。

「なんですって？」

「本当のことを言われて怒るのは度量の小さい証拠ですよ？」

緑の目が怒りに燃え上がるが…………ほどなくして王妹はフンと鼻を鳴らす。

「その手には引っかからないわよ。わざと私を怒らせようとしているでしょう？」

アーシュラは小さくため息をついた。

「引っかかったふりをしていただけたら嬉しかったのですが」

「お断りよ！　――――前言撤回。あなたはものすごく王太子妃に向いているみたいだわ。……クレイグ、無理強いでもなんでもいいからこの娘を妃にしてしまいなさい！　そのためなら私はどんな協力も惜しまないわ！　そうね。妃にならない限り、この城から出られない呪いをかけてやろうかしら」

――――それは『○○しないと出られない部屋』みたいなノリなのだろうか？

心の底からお断りしたい。

「いや、叔母上、せっかくのお申し出ですが、さすがにそれはご遠慮しておきます。これから私は全力で彼女を口説き落とします。その結果、プロポーズを受け入れてもらったときに、呪いがあるから仕方なくだなんて言ってほしくないですからね」

立派な心構えだが、受け入れてもらえる前提のお話はいかがなものかと思う。

それに、いつの間に婚約者候補からプロポーズへ順番が飛んでいるのだろう？

ジッと見ていれば、不満が顔に出ていたのだろう、クレイグは苦笑した。

そのままアーシュラの目の前へと歩み寄り頭を下げてくる。

「お礼がまだだったね。あのときは助けてくれてありがとう。おかげで私は死なずに済んだ。……私を狙った義母《はは》を幽閉して、義母を制しきれなかった父上にも引退してもらうことになって、次は私の妃を選ぶことになったのだけど――――私は自分を生涯支えてくれる相手として一番に君を思い出したんだ。そして君以外はいらないと思ってしまった。……どうか私が君を口説くのを許してほしい」

――――なかなかズルい男である。

妃になってほしいではなく、口説くのを許してほしいと言われては、強く断りにくい。

「口説かれても、私に妃になる気はないですよ」

「今はそれでもかまわない。誠心誠意頑張るから。せめてスタートラインに立たせてほしいんだ」

クレイグは前世のアーシュラが絵だけは気に入っていた乙女ゲームの隠しキャラ、ディリックにそっくりな父か祖父――――ともかく、先祖である。

つまり彼の顔はアーシュラの好みそのものなのだ。

そんな顔で「誠心誠意口説きたい」などとお願いされてしまったアーシュラの返事などわかりきっている。

「………口説かれるだけなら」

(ちょっとだけ好みのイケメンにちやほやされて、いい思い出を作るくらいならいいわよね？ どのみち妃になんてなる気はないんだから)

――――後日、自分のこの甘い判断をアーシュラは心底悔やむことになる。

「ありがとう！ 嬉しいよ！」

破顔一笑したクレイグは、思わずといった風にアーシュラを抱きしめた。

「な！ 何をっ？ 急に抱きしめるのは禁止です！」

「急じゃなければいいのかな？」

「いいわけないでしょう！」

不敬にも王太子殿下を怒鳴りつける辺境侯爵令嬢を周囲は生温《なまぬる》く見ている。

王妹が呆れたように肩をすくめた。

「一言忠告しておくけれど――――クレイグは、と〜っても執念深い子よ。狙った獲物は捕まえるまで決して諦めないわ。……あなたも早めに観念して捕まった方がいいと思うけど」

そういう重要情報は早めに与えてほしかった。

「やっぱりお断————」

「今さら断らせるはずないだろう?」

アーシュラを抱きしめるクレイグの腕にますます力が入る。

絢爛豪華な王宮の天井画を見つめ、早まったかなあと、ため息をつくアーシュラだった。


結果どうなったかを言う必要はないだろう。

現在オルガリア王国の国王はクレイグで、アーシュラは王妃だ。

ただ、この経緯はアーシュラとクレイグにとって必要不可欠なものだった。

口説き口説かれのこの間に、二人は恋に落ち愛情を育んだのだから。

————そう、二人だ。

どうかよく思い出していただきたい。

クレイグは、あのとき決してアーシュラを「好きになった」とか「愛した」とは言わなかったのである。

彼は、はじめて出会ったあの日に、手際よく自分を助けたアーシュラの手腕と、王太子を助けながらそれを恩に着せようともしない無欲なところが、自分の妃とするに相応しいと冷静に判断したのだ。

「もちろん多少は好意もあったよ。好感を持てない相手と一生添い遂げるとか絶対無理だからね。……でも、今のように好きで好きでたまらない！　とか、片時も離れたくない！　とか、君のすべてがほしい！　みたいな情熱はなかったな」

結婚間近になったときのクレイグの談である。

まあ、命の恩人とはいえ、たった一度ものの数分会っただけの令嬢に熱をあげるような単細胞でなかっただけまだよかったとアーシュラは思う。

こんなあたり、二人はお似合いの夫婦なのだろう。

きっかけはどうであれ、交際を重ねる間に二人は互いに好意を抱き恋をして愛し合って結婚した。

結果王妃となったアーシュラだが、そこはきちんと納得している。

ただ問題なのは、二人の愛の結晶である息子のことだった。

出産の苦しみに耐えて産んだ息子の目が美しい紫だったことに抱いた疑いは、王室会議で王子の名がディリックと決まったことで確信になる。

（…………ってことは、この子があのチョロイ王太子になるの？）

腕の中の我が子を見つめ、アーシュラは呆然とした。

できればそれだけは避けたいと思う。

（しかも、隠しキャラとはいえ万が一攻略されたら、あのヒロインが私の娘？）

いささか偏見ではあるが、ヌルゲーのヒロインなんて攻略対象者たちから甘やかされっぱなしで、ろくな性格じゃないに決まっている。

（それに、ディリックを攻略するには、まずオスカーの婚約者の座を奪いとり、その上でオスカーを捨ててディリックに媚びなきゃいけないのよね）

ゲームであればこれは攻略手段なのだと割りきって遊べたが、現実世界でそんなことをするなんてどんなビッチなのかという話だろう。

（無理無理無理！　絶対無理だわ！　……こうなったら断固として決行するわよ！『ディリックをチョロイ王太子にしないぞ！』大作戦！）

アーシュラは心密かに決意した！

――――その後、アーシュラは頑張った。

まだ物心もつかない我が子に『チョロイ王太子にだけはなるな！』と言い聞かせ。

王族の責任を説き、文武両道を極めさせ、日々鍛錬を繰り返させ。

ディリックに婚約者をという話が出たときには、ゲームと同じ展開にしないため、全力で反対してやめさせた。

万が一、ヒロインに誑かされ廃嫡やむなしとなったときのために、事業に投資させ個人資産の運用も教え込む。

もちろん厳しさだけではなく愛情もたっぷりと注ぎ、何より生きることの楽しさを伝えた。

（うんうん、我が子ながらなかなかによい男に育ったんじゃない？　……ちょっと二面性はありそうだけど、まあ許容範囲よね？）

なにせ、父があのクレイグなのだ。多少の腹黒さは大目に見るべきだろうと、アーシュラは自分のことを棚に上げてそう思う。

努力の甲斐があって、ディリックはヒロインには引っかからなかった。

それには安心したのだが、同時に別の平民女性を妃にしたいと言われてしまい、アーシュラは焦る。

（いったいどんな女性を選んだのかしら？　王太子妃という身分に憧れているだけの娘だったらどうしましょう？）

しかしそれは杞憂《きゆう》で、その女性はなんとあの王妹――今となっては前王の妹の弟子だった。

多少複雑な気分になったが、破天荒なあの魔女の弟子が務まる女性なのだ。きっと素晴らしい娘に違いない！

またまたアーシュラは自分のことを棚に上げてそう思った。

しかも、ディリックがその女性に作ってもらったと言って教えてくれた食べ物は――なんと『おやき』！

（私と同じ転生者？　……しかもまさかの同郷！）

「その娘を必ず妃にしなさい！　もしできなかったら親子の縁を切るわよ！」

思わず叫んでしまったが――後悔はない！

ディリックは無事に学園を卒業し、近い内にその娘を紹介してくれると言った。

「ああ早く会いたいわ！　もう、義理の娘なんてまどろっこしいわね！　いっそのこと私の本当の娘として養子にしようかしら？　そうすれば万が一ディリックが捨てられても、私と彼女の親子関係は残るもの！」

「母上！　縁起でもないことを言わないでください！」

ディリックに怒られてしまったけれど、それくらい楽しみなのだからしょうがない。

そんなアーシュラの背後に、いつの間にきたのかクレイグが立ち、背中から抱きしめてきた。

「……あんまり楽しそうにその娘の話ばかりしないで。嫉妬してしまう」

年月を経て深みを増した色っぽい声で耳元に囁かれる。

いったいどんなかまってちゃんなのかと、アーシュラは呆れた。

「息子の嫁ですよ？」

「それでも嫌だ」

ディリックが脇で大きなため息をついた。

「では、母上は父上の相手をしてください。ドロシーの相手は俺がします！」

きっぱりと宣言した息子は両親を残して出て行った。

「あらあら、牽制されちゃったわ」

フフフとアーシュラは笑う。

ディリックの執着心が強いところは、間違いなく父親の遺伝だろう。

（きっとその娘もたいへんね。…………まあ、幸せになれるでしょうけど）

ギュウギュウと背中からしがみつく一国の王の手をポンポンと叩いて宥める。

転生した王妃は、まだ見ぬ嫁に会う日を夢見て幸せそうに笑った。

あとがき

このたびは拙作をお手に取っていただきありがとうございます。

はじめて悪役令嬢ものを書いてみました！

しかし、ヒロインドロシーは魔女の弟子。ゲームでは名前どころか出番もないモブ中のモブです。それなのに断罪後の悪役令嬢の身代わりにされて、さあたいへん！

そこから頑張る物語です。

健気なドロシーとちょっと腹黒いディリックを楽しく書かせていただきました。

読んでくださる皆さまもお楽しみいただけたら幸いです。


可愛いイラストを描いてくださったななさま、ありがとうございます。

また在宅勤務の中ご指導いただいた担当さまには、感謝の言葉もありません。

そして、私のお話を読んでくださるすべての読者さまに声を大にして伝えたい！

「ありがとうございます！」

今回もこの一言を伝えられる喜びを、じんわり噛みしめております。

できうることなら、再びお目にかかれることを願って。

風見　くのえ

モブに転生したら、断罪後の悪役令嬢の身代わりにされました

著者　風見くのえ　© KUNOE KAZAMI

2020年8月5日　初版発行

発行人　神永泰宏

発行所　株式会社 J パブリッシング
〒102-0073　東京都千代田区九段北1-5-9 3F
TEL 03-4332-5141　FAX03-4332-5318

製版　サンシン企画

印刷所　中央精版印刷株式会社

ISBN:978-4-86669-315-6
Printed in JAPAN